BLACK COFFEE È UN PROGETTO EDITORIALE
DEDICATO ALLA LETTERATURA NORDAMERICANA
CONTEMPORANEA. OSPITA AUTORI ESORDIENTI,
VOCI FUORI DAL CORO E OPERE INEDITE
O INGIUSTAMENTE DIMENTICATE CON PARTICOLARE
ATTENZIONE ALLE REALTÀ INDIPENDENTI
PIÙ CORAGGIOSE, ALLE VOCI FEMMINILI
E ALLA FORMA DEL RACCONTO.

«VIA DAL MARE *RACCHIUDE QUINDICI RACCONTI SPAVENTOSAMENTE DIVERTENTI, QUINDICI LANTERNE CALATE NEI MEANDRI DELL'AMORE E DEL TRADIMENTO COME IN UN POZZO OSCURO, QUINDICI CANDELOTTI DI DINAMITE CHE FANNO ESPLODERE NUOVI ORIZZONTI DI POSSIBILITÀ. CHIUNQUE ABBIA LA FORTUNA DI TROVARSI QUESTO LIBRO FRA LE MANI, SI PREPARI A SPICCARE IL BALZO VERSO SPAZI EMOTIVI ANCORA INESPLORATI*».

KAREN RUSSELL

«*QUANDO ESCE UN NUOVO RACCONTO DI BEN MARCUS, IL MONDO LETTERARIO TREMA.* VIA DAL MARE *È L'ENNESIMA PROVA DEL VALORE DI UN AUTORE CHE NON HA BISOGNO DI SCENDERE A COMPROMESSI*».

FLAVORWIRE

«*I RACCONTI MIGLIORI DI* VIA DAL MARE *SONO QUELLI ALIMENTATI DALLA CORRENTE ELETTROSTATICA CHE SCATURISCE OGNI VOLTA CHE LA TRAMA DEL QUOTIDIANO SI INTRECCIA CON UN MATERIALE ALIENO E ALTAMENTE RESISTENTE. VIA VIA CHE PROCEDIAMO NELLA LETTURA, LA SENSAZIONE È QUELLA DI PERCORRERE GRADUALMENTE LA SPAVENTOSA CRONOLOGIA DI UN IMMINENTE DISFACIMENTO SOCIALE E POLITICO DELL'AMERICA*».

WASHINGTON POST

Ben Marcus
Via dal mare

Titolo originale: *Leaving the Sea*
Traduzione di Sara Reggiani

Progetto grafico: Raffaele Anello
Redazione: Emanuela Busà, Federica Principi

Edizioni Black Coffee
Via dell'Agnolo, 29 - 50122 Firenze
www.edizioniblackcoffee.it

I edizione: giugno 2019
ISBN: 88-94833-21-8

Ristampa	Anno				
5 4 3 2 1 0	2023	2022	2021	2020	2019

BEN MARCUS

VIA DAL MARE

Traduzione di
Sara Reggiani

BLACK COFFEE

Per Heidi

INDICE

1

CHE COSA HAI FATTO?

Quando il suo volo atterrò a Cleveland, erano lì ad aspettarlo. Dovevano essere venuti presto, per appostarsi ai piedi delle scale mobili da cui i passeggeri in arrivo iniziavano a guardarsi intorno in cerca di volti familiari. Lì riuniti avevano studiato il tabellone, cullando e alimentando in segreto la speranza che come suo solito Paul avesse cambiato idea, rinunciando a tornare a casa.

Quella volta, invece, era tornato, augurandosi di arrivare da solo e solo restare fino all'ultimissimo istante. Il piano prevedeva di darsi una rinfrescata, come facevano in tanti, allineati davanti ai lavandini del bagno dell'aeroporto a lavarsi le ascelle, e cambiarsi la camicia. Dopo di che avrebbe ordinato qualcosa da Starbucks, recuperato il bagaglio e preso un taxi fino a casa. Tutto questo per rimandare il più possibile l'inevitabile momento del confronto, il contatto fisico, il contatto in generale, e accumulare coraggio, o qualsiasi altra cosa servisse, in vista di Cleveland. Della gente di Cleveland. Della sua gente.

Gli avevano inviato un messaggio, però, ed eccoli lì, talmente pigiati l'uno contro l'altro che un solo colpo di fucile sarebbe bastato a farli secchi tutti e tre. Non che fosse un cacciatore.

Papà, Alicia e Rick: la triste compagnia al completo, meno uno. Per un attimo Paul valutò di andargli incontro a polsi uniti, come per farsi ammanettare e portare via – *Condannato a una settimana con la famiglia!* – ma non avrebbero colto l'ironia e per l'ennesima volta sarebbe stato lui a cominciare, dopo tanti anni di assenza, lui e le sue battute idiote, e perché sciupare tutto prima ancora di iniziare? A meno che, ovviamente, l'intento non fosse stato quello fin dall'inizio.

Quindi assunse il contegno più allegro che poté, ma forse esagerò, perché sul volto del padre comparve un'espressione di terrore che poteva derivare solo dalla prospettiva di un presunto, imminente abbraccio. E avrebbe potuto abbracciarlo davvero, per capire se tra loro fosse rimasto qualcosa, ma si era ripromesso di comportarsi bene e il padre ora gli sembrava una creatura antica, fragile e spaventata. Spaventata da lui, o dall'aeroporto e dalla folla, dove persone di inquietante bellezza e mostri geneticamente folli si mescolavano nell'illusione di appartenere alla stessa specie. Forse era questo che accadeva a una faccia, superati i settant'anni: diventava irrimediabilmente onesta, e l'espressione che la sua aveva assunto quel giorno era di sincera, incontrollabile paura, perché il figlio era tornato a casa e i suoi precedenti, be', non erano dei migliori. Paul capiva, capiva tutto, e annuiva e si sforzava di sorridere, perché in fin dei conti non potevano condannarlo per questo, e difatti si limitarono a seguirlo al recupero bagagli.

Una volta saliti in macchina nessuno gli domandò come fosse andato il viaggio e lui non si offrì di raccontare. Mentre il padre imboccava la superstrada, Rick e sua sorella bisbigliavano avvinghiati sul sedile posteriore, apparentemente impegnati in una sessione di inseminazione facciale. Alicia e Rick avevano la loro vita da sposati per scambiarsi liquidi e linguaggio, ma chissà perché avevano deciso di aspettare che Paul fosse presente per dar sfoggio della loro disinibita, per quanto discreta, lussuria. Avevano i loro segreti, come ogni adulto con un posto di lavoro fisso, e volevano che lui sapesse che erano creature sessualmente vivaci, perfino alla soglia dei quaranta, quando cioè i genitali dei più ingrigiscono e si ritraggono, come teste rimpicciolite, e che al diavolo il tragitto in macchina, il desiderio non poteva spegnersi a comando.

In solitudine probabilmente si odiavano, pensò Paul. Si masturbavano in stanze diverse per poi infilarsi a letto insieme e leggere sul Kindle dell'uno o dell'altra, ignorando la crisi di mezza età che ribolliva sotto le coperte. L'ennesimo matrimonio logoro che si affacciava all'undicesimo anno. Qual è il simbolo dell'undicesimo anniversario? Il ghiaino?

Paul osservava la periferia di Cleveland dal finestrino, come mosso da un interesse professionale per i tanti progetti edili incompiuti, per quel villaggio dalle fondamenta di cemento piene di sabbia, con cavi d'acciaio che spuntavano come tubi per la respirazione da uomini seppelliti vivi.

Il padre infilò l'uscita per Monroe e la rampa che conduceva su Cutler Road, che Paul aveva sempre amato per via della luce che ti avvolgeva non appena superavi le punte degli alberi. La città si estendeva sotto di loro con un profilo diverso da quello che aveva visto l'ultima volta, dieci anni prima. Le vecchie banche di pietra – Sovereign, Shelby, Citizens – erano accucciate all'ombra di nuove torri affilate dall'aspetto tutt'altro che sgradevole. Erano torri alte, sottili e nere, dalla cima adunca, interamente ammantate di vetro color carbone o semplicemente prive di finestre. Qualcuno aveva arruolato dei veri architetti. Qualcuno aveva scelto di non deturpare lo skyline di Cleveland e ne aveva pagato di certo il prezzo.

Mancava ancora un quarto d'ora a casa. Il momento delle chiacchiere futili era passato, perciò forse non sarebbe stato inopportuno passare agli argomenti importanti. Bisognava che qualcuno infrangesse il silenzio prima che li uccidesse, e Paul rifletté che tanto valeva, per così dire, smettere di ignorare l'elefante nella stanza. O nella macchina.

«La mamma non è potuta venire?»

«Oh Paul, non sai quanto avrebbe voluto» disse il padre, senza staccare gli occhi dalla strada.

«E tu gliel'hai impedito?» fece Paul ridendo. «L'hai legata?»

«No, non è questo» rispose il padre, contrariato.

«Si sta riposando, Paul» disse la sorella dal sedile posteriore.

«Non vede l'ora di vederti» aggiunse Rick, a voce troppo alta per l'abitacolo. Rick il Virtuoso. Il Pacificatore. Colui che diceva quello che volevi sentirgli dire. Orgogliosamente confortante dal 1971.

«Grazie, Rick» disse Paul senza girarsi. «Adesso so a chi rivolgermi se voglio sapere che cosa pensa mia madre».

Rick aveva ragione. Quando varcò la soglia di casa, sua madre era in vestaglia e corse ad abbracciarlo e baciarlo, lo ricoprì d'amore senza nemmeno lasciargli il tempo di posare i bagagli.

«Oh, Paul!»

«Ciao, mamma».

«Paul!» esclamò lei di nuovo, prendendogli la faccia tra le mani e inclinandosi all'indietro per ammirare quel gran disastro di suo figlio.

Sembrava così piccola nella sua vestaglia.

«Ti sei tagliato la barba! Non c'è più!»

«Eh già» disse Paul massaggiandosi il mento con un mezzo sorriso sulle labbra.

Di colpo era fiero. Questo era il grande regalo che sua madre sapeva elargirgli: farlo sentire bene per cose assolutamente banali, come radersi.

«Buon Dio, quanto sei bello».

La donna piagnucolava quasi. Non smetteva di abbracciarlo.

«Pauly!»

Era una bella sensazione, non c'era dubbio.

«Morton, lo vedi quant'è bello tuo figlio? Lo vedi?»

Tornò ad ammirarlo e Paul si scoprì capace di guardarla negli occhi senza sentirsi una persona orribile. Le sorrise, ed era un sorriso sincero. All'improvviso aveva voglia di prenderla in braccio e correre in strada.

Sua madre, grazie al cielo, non avrebbe mai visto lui o il suo corpo martoriato e sovrappeso per ciò che era davvero. Perfino Andrea aveva dovuto ammettere che non era dotato di una bellezza canonica. Però quando era in vena di affettuosità gli diceva che aveva l'aria di una persona seria. Tutta d'un pezzo, diceva.

«Morton!» strillò ancora la madre.

Accorgendosi di essere rimasta sola col figlio, la donna si incupì e un lampo di preoccupazione le attraversò il volto.

Era il panico di chi si ritrova chiuso in gabbia con un animale. Custode, mi tiri fuori! Paul si sentiva in colpa, povera mamma, in balia di un figlio che chissà di cosa era capace.

Il padre doveva essersi rifugiato in cucina. Rick e Alicia si erano precipitati di sopra a scopare, o a bisbigliarsi altre stupidaggini. O a bisbigliare mentre scopavano, insomma, a nascondersi mentre la povera mamma lo intratteneva, come sempre. Avevano fatto la loro parte in macchina e adesso toccava a lei. Così sarebbe stato per il resto del suo soggiorno, un continuo scaricabarile fra quei tre.

La donna armeggiò un po' con la lampo della sua giacca a vento, poi si sistemò la vestaglia, ma non c'era niente che richiedesse il suo intervento, nessuno da accudire, e si erano già abbracciati. Fu colta dal terrore. A un certo punto si avviò in fretta verso la cucina dicendo «Vieni, vieni, starai morendo di fame», e scomparve alla vista.

Paul attese accanto ai suoi bagagli.

«Dove devo venire?» gridò. Aveva bisogno del bagno e di cambiarsi. «Dove devo andare, mamma? In quale stanza?»

La madre non rispose; il padre se ne era andato, forse a riposare. Tutti in quella famiglia sembravano avere il costante bisogno di riposare, ma mai per stanchezza fisica. Sempre per quell'altro tipo di stanchezza. Gli serviva riposo da *lui*, Paul il Difficile, che si attaccava al loro centro energetico con la sua boccuccia rossa e li prosciugava. Si sarebbe detto che, visto quanto era stato via, si fossero riposati abbastanza.

Alicia comparve in cima alle scale con indosso una maglietta lunga. Era scarmigliata e rossa in viso. Non ci avevano messo molto.

«Sei quassù, Paul» disse, e lui la seguì sulle scale rivestite di soffice moquette fino alla sua vecchia stanza.

A casa dei suoi non c'era il Wi-Fi, e figuriamoci, i vecchi odiavano Internet. Ma del resto avevano solo il telefono fisso e il sito di *USA Today* non si caricava mai, e i video non partivano, e gli allegati delle e-mail impiegavano ore ad aprirsi, quindi perché disturbarsi tanto? Paul, insomma, non riusciva a collegarsi a nessuno dei suoi siti. Per fortuna aveva dei JPEG sepolti nel ventre dell'hard disk, in una cartellina nominata «Vecchie fatture». Aprì le immagini sullo schermo del suo portatile. Per sicurezza chiuse la porta a chiave e si accomodò sulla sedia che il padre gli aveva dipinto di rosso decenni prima. Era nella sua casa d'infanzia da quanto?, dieci minuti al massimo, e già aveva le braghe calate alle caviglie e l'omuncolo fuori, abbacchiato dal lungo volo, desideroso di essere massaggiato. Ma quelle fotografie, chissà perché, continuavano a ricordargli tutte persone che conosceva. Persone qualunque, di colpo nude e visibilmente a disagio nelle pose assunte, impazienti di rivestirsi e tornare a casa a preparare la pasta per tutti. L'omuncolo giaceva mesto e freddo nella sua mano, e nulla andava come avrebbe dovuto.

In casi simili aveva i suoi trucchi, degli stratagemmi, per mettersi almeno sulla via giusta e andare in meta, perché arrendersi era duro da digerire. Avrebbe potuto usare una stecca, legare l'omuncolo a un bastoncino di ghiacciolo finché non si fosse deciso a stare ritto da solo, ma proprio mentre valutava il da farsi Alicia bussò alla porta. Paul balzò in piedi e si tirò su i pantaloni, convinto che ci fosse almeno il trentadue per cento di possibilità che la sorella avesse intuito che cosa stava facendo lì dentro.

«Allora» disse quando le aprì, e rimase a guardarlo a braccia conserte. Paul intuì che quello era il segnale per dare inizio al discorsetto tra fratello e sorella – due adulti ormai, volenti o nolenti – che prima o poi avrebbero dovuto affrontare.

Un tempo ad Alicia era vietato l'accesso a quella stanza. Era stato alle superiori che Paul aveva stilato una lista di chi non poteva entrare: mamma, papà e Alicia, scritti in stampatello, e più in piccolo nonna e compagnia – fanculo lei e i suoi amichetti scheletrici, quegli sbirri dell'antidroga imbalsamati che salivano sempre a ficcanasare. L'aveva appiccicata fuori dalla porta quando non era più bastato ripeterlo ad alta voce, ripetutamente, ai tempi in cui l'ammonizione era il suo mezzo retorico preferito. Che uomo era allora, a comandare tutti a bacchetta. E quelli obbedivano! Mai più in vita sua avrebbe esercitato altrettanto potere.

In quella stanza non c'era più traccia di lui. Le pareti erano arrossite, i buchi nell'intonaco erano stati riempiti di stucco e coperti con una mano di vernice. Pavimento nuovo – finto parquet –, mobili nuovi, aria depurata dal ricordo del figlio errante. Sembrava di stare in una mostra, con una zona dedicata ai lavori all'uncinetto e agli album dei ricordi. Non era difficile immaginare che genere di figlio avrebbero desiderato i suoi, e quando pensava a quel moccioso Paul avvertiva l'urgenza di fiutarne le tracce, avvistarlo e divorarlo tutto intero.

«Come stai?» chiese Alicia, e si capiva che stava facendo del suo meglio, cosa di cui in silenzio la ringraziò, perché li attendevano lunghe giornate insieme e tanto valeva che fossero amici.

Chiusero la porta, si sedettero sul letto. Dio, com'era invecchiata. Aveva il viso cadente, stanco, e gli occhi torbidi, come se avesse passato la giornata a stropicciarseli e infine vi avesse versato del vino rosso. Da che pulpito. Anno dopo anno i suoi vestiti sembravano rimpicciolire, e ormai si era rassegnato a fare acquisti nel negozio per taglie forti, dove comunque si trovava qualche marca decente. Con quella faccia liscia e l'aria da bambino quarantenne, senza cioè la repellente barba che portava un tempo e senza la sua camicia, era uno spettacolo deprimente, e lo sapeva. «Deprimente» forse era un termine troppo forte. Ma no, era proprio così. Spalle piccole, calanti, da cui partiva un immenso corpo dotato di una protuberanza anteriore e una posteriore. Due pance insomma, il motivo per cui mangiava tanto. Due bocche da sfamare.

Rispose che stava bene e Alicia lo guardò attentamente, ripetendogli la domanda. Paul le assicurò che era vero, e come se la passava lei, invece, come andava con Rick, si trovavano bene ad Atlanta?

«Abitiamo a Charlotte» disse Alicia irrigidendosi. «Da tre anni».

Ma certo, lo sapeva, gliel'aveva detto, ma siccome l'indirizzo e-mail non cambiava... e comunque nessuno spediva più niente per posta...

La studiò di nascosto, ma non riusciva a capire. Non che fosse mai stata un fuscello. A un occhio esperto forse sarebbe parso lampante. Certe donne lo nascondevano bene. Si decise a domandare. Che ne volesse uno lo sapeva per certo, quindi che male c'era a chiedere?

«No» rispose lei con eccessiva allegria, cosa strana dato che in pubblico non avevano mai fatto segreto di volere un figlio.

«Il tempo sta per scadere, no?» Parlava con cognizione di causa. Era una nozione con cui aveva familiarità. Alla soglia dei quaranta il sole iniziava a tramontare.

«Stiamo bene così» disse Alicia. «Davvero».

Che era quello che si diceva quando non si stava bene affatto, perciò lasciò cadere l'argomento. Di chi era la colpa, sua o di Rick? Chi dei due era compromesso e marcio dentro? O lo erano entrambi, motivo per cui forse si erano trovati bene insieme sin dall'inizio? Magari esisteva un'agenzia d'incontri per soggetti sterili. Persone che scopavano come ricci ma a vuoto. Paul però sapeva come si erano conosciuti. C'era, quel giorno. Era accaduto proprio in quella casa. E all'epoca Rick era suo amico. Alle superiori c'era mancato poco che andassero in campeggio insieme.

Se anche l'impossibilità di avere figli la turbava, Paul era certo che Alicia non gliel'avrebbe fatto capire. Era l'ultimo nella lista dei suoi confidenti, l'ultimo cui fosse disposta a mostrare la propria vulnerabilità. I sentimenti non erano cosa per lui. Gli avrebbe rifilato la versione censurata, e forse era ciò che meritava.

«E tu» disse Alicia «hai qualcuno, se posso chiedere?».

Sembrava nutrire una sincera speranza e questo lo distrasse dalla stranezza della domanda in sé. Ammise che sì, aveva qualcuno, e quel qualcuno si chiamava Andrea, e che insomma chissà. Non era forse l'unica cosa che si poteva dire, anche dopo trent'anni di matrimonio? Chissà.

«Oh, Paul!» esclamò Alicia. «Ma è meraviglioso!»

Lo era, concordò, lo era davvero. Faticava a non sorridere, sentendosi così fortunato. Forse se la sarebbe cavata meglio di quanto pensava.

Quando però Alicia insistette per avere i dettagli, interrogandolo sull'occasione precisa in cui era avvenuto l'incontro con quella donna misteriosa, pretendendo le coordinate GPS di quell'evento altamente improbabile, o almeno una fotografia, una fotografia che li ritraeva insieme, Paul capì che non gli aveva creduto nemmeno lontanamente.

Dirottò la conversazione sui loro genitori. Il terreno comune, per quanto disastrato. Come stavano i vecchi? Eccetera eccetera.

«Mah... papà è sempre papà» disse Alicia stringendosi nelle spalle. «Ieri non ho fatto in tempo a mettere piede in casa che mi ha spedito a lavare i piatti. Sono la sua schiavetta».

«Puoi dire di no, sai?»

Alicia gli rivolse un'occhiata glaciale. «No, Paul, *tu* puoi dire di no».

«In effetti. Ma a me non chiedono neanche. Non ho modo di dire di no».

«Ah ah».

«E la mamma?»

«La mamma è bravissima. Un portento. Una vera guerriera».

Paul rimase sconcertato. A che si riferiva? Contro cosa lottava sua madre? Non l'aveva mai nemmeno vista arrabbiata. Cercò di raccapezzarsi da solo, perché si vergognava a chiedere – come poteva non sapere se era successo qualcosa a sua madre? – ma Alicia tirò fuori la festa, quello stupido ritrovo di famiglia che attendeva accucciato all'orizzonte come una bestiaccia.

L'evento era previsto per l'indomani sera. Cugini, zii, nonni e tutta la schiera di persone di cui avevano comprato l'amore. L'intero albero genealogico che agitava il culo su una pista da ballo. Il baccanale dei Berger. Un'orgia di cibo e spudorate bugie.

«Come ti vesti?» chiese Alicia.

Paul rispose che non sapeva neanche se avrebbe partecipato.

«Come sarebbe a dire? Non sei venuto per questo? Non puoi non venire, ci saranno tutti. L'alternativa qual è, stare a casa a menartelo?»

Allora sapeva.

«Non so, vedremo».

«Vedremo? Cristo, Paul, sei proprio uno stronzo».

Un tempo avrebbe avuto paura di dire persino questo, di dichiarare l'ovvio. Paul avrebbe potuto reagire scaricando la rabbia su un cimelio di famiglia, investendo ciò a cui sua sorella teneva di più con un furore spiraleggiante. La verità era che non aveva più la forza di rompere niente. Per farlo bisognava essere *in forma*. Mandare giù il rospo forse avrebbe giovato di più al loro rapporto. Di quel passo chissà che cosa avrebbero fatto a ottant'anni.

«Lo so» ammise. «Dai, penso che verrò. Ci proverò, almeno».

«Ma vaffanculo, Paul, non ci stai mica facendo un favore».

A cena quella sera fu pronunciata la fatidica domanda e Paul cercò di farsene una ragione.

«Ed economicamente come andiamo, Paul?» tuonò Rick. Tutti i commensali d'istinto si ritrassero, come se qualcuno stesse per vomitare e non volessero beccarsi uno schizzo. Forse Rick non c'era quando avevano deciso di andarci piano con lui, di evitare di stuzzicarlo. Rivolgendogli domande, ad esempio.

«Lasciamo stare» doveva aver stabilito il padre. «Non facciamolo neanche iniziare. Non ne vale la pena».

Sua madre e Alicia dovevano aver annuito in segno di approvazione, e adesso che gli combinava Rick? Mandava a monte il piano attaccandolo alla giugulare, mordendogli le parti basse, il poderoso fondoschiena.

«Non saprei, Rick» rispose Paul. «Nel mondo, dici? Parli di mercato? Domanda da un milione di dollari. Potrei stare a parlarne per tutta la sera, oppure potremmo prendere la calcolatrice e fare due conti insieme. Sarà il nostro piccolo summit finanziario».

Per un attimo lo intristì non appartenere a quella categoria di uomini che a loro volta ponevano domande come quelle e rispondevano, che nutrivano la certezza che quesiti simili aprissero la strada a un confronto statistico e puramente astratto tra falliti.

Rick era rimasto perplesso, così intervenne Alicia.

«Lo sai benissimo cosa intende, Paul. Che cosa fai, vuole sapere. Per vivere».

«Incasso gli assegni di papà e spendo tutto in massaggiatrici minorenni giù al cantiere».

La madre si portò una mano alla bocca.

Forse proprio in quello starsene seduti a tavola insieme

risiedeva la ragione di quello sbotto improvviso. Era colpa del tavolo, della sua stanza di quando era adolescente, della sedia rossa, della casa, di Cleveland addirittura. Ne aveva per tutti.

«Paul» lo ammonì Alicia.

«Sì, sì, ho capito. Comunque sono anni che non prendo soldi da papà, per tua informazione».

Smise di mangiare e gli altri rimasero a guardarlo in silenzio. Si era ripromesso di impegnarsi, e già stava cedendo. Fece un respiro e guardò Rick, e Rick sbatté le palpebre, in attesa.

«Lavoro in una stipetteria, Rick. Costruiamo stipi per la cucina. Io sono addetto alla sega a nastro».

Non era andata poi così male.

Rick, da solo, scoppiò in una risata fragorosa, forse perché era la cosa più buffa che avesse mai sentito o perché aveva già perso un'occasione e voleva dare a intendere che stavolta aveva mangiato la foglia. Si guardò intorno in cerca di appoggio, ma nessuno rideva.

«Cos'è che fai?» chiese.

Il capofamiglia si sporse sul tavolo, improvvisamente interessato. Qualcosa aveva riacceso la curiosità del Re dell'Indifferenza. Fissava Paul, e Paul non capiva se quello che gli vedeva negli occhi fosse buono o cattivo. «Sei un falegname?» chiese poi, colmo di stupore.

«Stipettaio, papà, si dice così. Ci occupiamo di ebanisteria, questo genere di cose. I falegnami sono un'altra cosa. Insomma, non devo certo venire a spiegarlo a te».

Si fermò lì. Aveva detto una cosa simile a uno che per tutta la vita aveva costruito case, un falegname prima e un grande appaltatore poi. Ma al diavolo. Era in pensione da una vita. Probabilmente non andava più nemmeno a trafficare nel suo laboratorio. E poi era la verità, c'era una bella differenza tra un carpentiere e uno stipettaio. Non era mica colpa sua.

«Perdinci, Paul» disse Rick. «Chissà quanti bei soldi, eh, con tutta la gente che si rifà la cucina. È una cooperativa?»

Paul confermò che lo era e Rick espresse la sua – falsa, secondo Paul – ammirazione, abbandonandosi a un fischio.

«Non male. Non male, eh? Ci potresti mantenere una famiglia, o sbaglio? Se volessi, dico».

E detto questo Rick fece gran mostra di strizzare l'occhio ai commensali, proprio lui, con il suo seme avariato. Perché mettere sotto torchio Paul, quando lui stesso non aveva nulla da mostrare a suo favore?

«È quello che faccio, Rick» mormorò Paul abbassando gli occhi sul piatto. Non poteva crederci, glielo stava dicendo. «Ci mantengo una famiglia».

Sorrise, desideroso di dire di più, di colmare il vuoto, ma loro lo fissavano come se fosse la creatura più strana che avessero mai visto. E magari lo era, ma significava forse che non poteva avere una famiglia sua?

Fu sua madre, però, a dargli il colpo di grazia. C'era costernazione, compassione nei suoi occhi, come a dire Povero, povero Paul, che ha ancora bisogno di raccontarci balle, che cosa abbiamo fatto per meritarci un figlio simile? Aveva a malapena iniziato a raccontare, eppure le aveva già provocato un tale dolore. Quindi chiese notizie del dolce, e lei si illuminò balzando in piedi e vantandosi poi, dalla cucina, di avere in serbo per loro la torta di mirtilli più buona del mondo.

Dovevano provarla. E chi voleva anche il gelato, e Alicia poteva darle una mano a sparecchiare?

Mentre guardavano la televisione, gli squillò il cellulare. Paul rispose all'esterno, perché in cortile prendeva meglio. Gli altri furono sicuramente sollevati di vederlo uscire.

«Ehi» disse Andrea.

«Finalmente, ciao».

Era così bello sentire la sua voce.

«Allora, come va?» chiese lei.

«Bene. Bene». Iniziò a fare dei respiri profondi. Doveva soltanto parlarle e lasciarsi rimproverare.

«Bugia» disse Andrea ridendo.

«No, no» insistette Paul. «Va bene, tutto tranquillo. Certo, è strano trovarsi qui. La città è diversa».

«Ah sì? In che senso?»

Era così buona. Le interessava davvero. Le interessava sapere tutto, e lui voleva dirglielo, se avesse avuto più tempo l'avrebbe fatto, ma che importava in fondo cosa era cambiato a Cleveland? Nulla. La sola cosa che contava era che sentiva la sua mancanza, glielo disse e lei parve contenta.

«Come sta Jack?» le chiese.

«L'ho appena messo a nanna. È proprio bravo. L'ha chiesto *lui*, di andare a letto. Si è alzato e si è avvicinato al lettino aspettando che lo sollevassi».

«Non ci credo» disse Paul. «Hai capito il piccoletto...»

«Già».

«Dagli un abbraccio da parte mia».

«Lo farò» disse Andrea. «Alle cinque e mezza del mattino,

quando si sveglierà, lo abbraccerò e gli dirò che manca tanto al suo papà. Poi preparerò il caffè e aspetterò che sorga il sole senza la più pallida idea di come farò ad arrivare in fondo alla giornata».

«Mi dispiace. Rimedierò. La prossima settimana le mattine toccano a me».

«Non volevo dire questo, Paul».

Parlarono, ma non di Cleveland o della sindrome dei Berger, come la chiamavano quando erano a casa insieme. Parlarono di cose futili, superflue, ma presto la voce di Andrea assunse un tono che tradiva una certa delusione, e lui sapeva a cosa era dovuto, ormai lo sapeva da tempo ed era colpa sua.

«And» disse. Certe volte, se erano in buona, la chiamava così, oppure «Andicap», che non faceva ridere, ma a lei sembrava piacere. O non dispiacere, insomma.

«And, tesoro, vorrei che fossi qui».

Lei respirò rumorosamente, e nel cortile della sua infanzia a Moreland Hills Paul attese immobile che sua moglie parlasse. La amava disperatamente, anche se non parlava, anche attraverso il telefono.

Alla fine, con voce fredda, Andrea disse: «Anch'io, Paul. Vorrei che io e Jack fossimo lì con te e la tua famiglia. Gliel'hai detto?».

«Gliel'ho detto» rispose Paul. «L'ho detto a mia sorella, cioè, e poi di nuovo a cena. Ci ho provato, almeno».

«Ci hai provato».

«Sono appena arrivato. Il volo è atterrato poche ora fa. Non è semplice. Ma gliene parlerò meglio. Voglio farlo. Perché mai non dovrei parlargli di una cosa così importante?»

«Perché forse così importante per te non è? Perché ti vergogni di noi. Perché non gli hai detto niente quando mi hai conosciuto, perché non gli hai detto niente quando è nato Jack, e continui a non dire niente».

«And».

«Scusa» disse lei con un sospiro. «Non volevo. Lo sai che non volevo».

Fecero pace dicendosi le cose che di solito si dicono per far pace, ma niente di più. Andrea gli assicurò di aver perdonato tutto, ma quando riattaccò e tornò dentro, Paul non aveva la sensazione che tutto, o se non altro qualcosa, fosse stato perdonato.

Dall'ingresso osservò la sua famiglia guardare la televisione, finché la madre non alzò gli occhi e lo vide. «Paul, vieni!» esclamò. «Vieni a sederti». E aprì le braccia per accoglierlo.

Il ritrovo della famiglia Berger avrebbe avuto luogo nella sala conferenze dell'Holiday Inn, giù in città. Paul si mise la camicia buona ma la lasciò fuori dai pantaloni, per via della vistosa pancia. In casa fervevano i preparativi, tutti si agghindavano con aria febbrile e nervosa, come in vista di un appuntamento galante.

Raggiunto il limite di sopportazione, Paul andò ad aspettare in macchina.

Parcheggiarono nella downtown. Le svettanti torri nere erano illuminate: allora c'erano, le finestre. A colpirlo era che fossero rotonde come gli oblò di una nave. Se ti affacciavi a una di quelle degli ultimi piani, immaginò Paul, dovevi avere la sensazione di essere in crociera, circondato esclusivamente d'aria. Aria e minuscole costruzioni, e più giù minuscole persone.

Quando fecero ingresso in sala, in sottofondo c'era Billy Idol. «White Wedding».

«Stiamo scherzando?» disse Paul ad Alicia, sbirciando i pochi altri Berger arrivati puntuali. I Berger più vecchi, quelli in completo di lana, radunati in cerchio, con i quali non avrebbe certo parlato quella sera. Bevevano da bicchieri grossi come bocce per pesci e presto sarebbero andati a coricarsi.

«Stiamo scherzando cosa, Paul?»

«Abbiamo voce in capitolo sulla selezione musicale?»

Battendo il piede a terra, scandagliò la stanza con lo sguardo. Sarebbe venuta anche Carla? La cugina che non solo aveva baciato, ma con cui era arrivato in terza base. E in più di un'occasione.

«Fa' un po' come ti pare. Lì c'è il DJ. Ma ricorda che c'è gente che è stata dietro a questa festa per mesi mentre tu, com'è che hai detto, te ne stavi al molo a fare sesso con le bambine?»

Era così sciocco litigare per questo, e mentre la stanza pulsava sulle note incalzanti e minacciose delle chitarre elettriche, dovette ammettere che quella canzone gli era sempre piaciuta. Anzi ne andava pazzo, anche se non l'aveva mai confessato a nessuno. Era un capolavoro.

It's a nice day for a... white wedding-uh.

Arrivarono i cugini Berger, e con loro una banda di bambini leccati a puntino, pronti a distruggere il mondo e a far raccogliere i cocci a qualcun altro. Presto orde di infanti sudaticci e paonazzi in tenuta da festa cominciarono a imperversare per la stanza, seguendo una logica da clan che lasciava Paul spiazzato. Ogni tanto uno di loro veniva acciuffato, strappato al branco e costretto a passare sotto le forche caudine di lascive cariatidi che allora iniziavano a toccarlo, sbaciucchiarlo, abbracciarlo, finché quello non riusciva a liberarsi e a tornare dagli amici, mezzo stuprato e traumatizzato a vita.

I bambini erano la soluzione, pensò Paul: potevi startene in disparte a guardarli senza per questo sentirti carta da parati, l'asociale che non riesce a far conversazione con nessun altro se non con le sue patetiche ossa.

Si appostò vicino al tavolo delle bevande e ingollò un bicchiere dietro l'altro di acqua frizzante. Stava masticando del ghiaccio quando si sentì chiamare.

«Non è possibile» stava dicendo un uomo di stazza imponente. «Ma che *cazzo* dici... Paul, vecchio bastardo».

Sotto lo strato di grasso, carne e pelle gonfiata dall'alcol, Paul riconobbe Carl, il figlio del fratello di suo padre. Il fratello di Carla, cioè. Genitori poco dotati di immaginazione. Per non dire di peggio.

«Bello, vieni qua!» urlò Carl spalancando le braccia. «Pensavo che avessi mandato tutti a quel paese. Che si dice?»

Paul si avvicinò e si lasciò avvincere dal suo calore e odore muschiato. Trattenne il respiro e si rassegnò, perché era possibile che quel giorno Carl avesse abbracciato Carla e quel semplice fatto poteva suscitargli un trip psicogeno da contatto.

Un gruppo di bambini andò a sbattergli contro per poi dissolversi in risate. Un attacco premeditato ai danni del quarantenne sovrappeso vicino al tavolo delle bevande? Paul e Carl li guardarono allontanarsi, l'abbraccio dimenticato.

«Tu ne hai, di quelli?» chiese Paul.

«Eh, sì» rispose Carl. «Temo proprio di sì».

Si rimisero in pari, se così si poteva dire di vent'anni accartocciati in un minuto, e Paul trovò semplice parlare a Carl di Andrea e del piccolo Jack. Carl lo fissava sbattendo le palpebre, e forse lo stava ascoltando o forse non gli importava. Dopo un po' iniziò a guardarsi intorno, a sbirciare dietro la sua spalla, rivolgendo di tanto in tanto un cenno del mento a qualcuno che passava di lì. Il Cugino Carl, che dalla sua regale postazione elargiva sorrisetti a destra e a manca.

«Per un po' è stata dura» disse Paul, e Carl sorrise alzando un pugno in aria con lo sguardo rivolto verso chissà chi dall'altra parte della stanza. Poi suonò una chitarra immaginaria e dopo afferrò Paul per le spalle.

«Amico, è stato *stupendo* rivederti. Vado a dar da mangiare a Louis, o mia moglie scatena l'inferno». E se ne andò, lasciando Paul in fila, una fila molto lunga adesso, per un altro bicchiere d'acqua.

Ballò. Ballò con la madre, bellissima nel suo abito verde smeraldo. Quando fu stanca, pressappoco verso la metà della prima canzone, la accompagnò al loro tavolo e prese Alicia, che pareva a sua volta divertirsi, e insieme ballarono Marvin Gaye e i Def Leppard e i Poison e infine, raggiunti da Rick, «Heart of Glass» dei Blondie.

Ballare non era poi così male. Sempre meglio che non ballare. Paul era stanco, fradicio di sudore, contento. Si lasciò cadere sulla sedia al tavolo della famiglia, dove i genitori stavano già mangiando insieme a certi parenti che non aveva mai conosciuto. Quelli lo fissavano come se sanguinasse dal naso.

«Ehi, papà?» gridò. «Balli?»

Il padre lo studiò attentamente. Lo fecero tutti.

«Paul, qui, se la passa piuttosto bene» disse l'uomo ai commensali. «È diventato un professionista della lavorazione del legno, lo stipettaio di una pregiata bottega».

«Non è nulla di che» borbottò Paul.

«Invece sì» lo contraddisse il padre. «Ci vogliono anni di preparazione e un bel po' di competenza per lavorare il legno come si deve».

«È tutto automatizzato, oramai» disse Paul sottovoce. «Abbiamo le seghe a nastro».

«È un miracolo che ti abbiano assunto» disse un vecchio ficcandosi in bocca una cucchiaiata di qualcosa. Lui non si sarebbe mai neanche sognato di assumere uno come Paul.

«Parla quello che per farsi prendere in squadra ha dovuto preparare venti incastri a coda di rondine» ribatté il padre.

«Accidenti» disse Paul.

«Venti. A mano. Con una sega giapponese».

«Io non ce la farei» ammise Paul.

«No?» fece il padre.

Stava forse giocando con lui? Suo padre?

«Tu sei più tipo da tenone e mortasa. Quelli sono ancora più difficili, però, no? In confronto i coda di rondine sono una bazzecola. Sbaglio?»

«Faccio anche quelli, ma come dicevo, con la sega».

«Non a mano?»

«Per carità, no, papà. Figuriamoci».

«Mi piacerebbe vederla, una di queste seghe, una volta. Dovrai mostrarmi. Dovrai mostrarmi come funziona ora che tutto è cambiato».

Paul guardò il padre, e poi la madre, che masticava con la perizia di un'assaggiatrice professionista, e guardò i parenti seduti intorno al tavolo, persone che si portavano dentro una storia di lui che non avrebbe mai potuto cambiare, nonostante gli sforzi. Una storia che privilegiava il risultato, un padre con inspiegabili lividi dopo una discussione degenerata in rissa, invece della struttura portante che influenzava profondamente ogni singolo cazzo di evento – era stato un incidente! – al di là del suo controllo. Per liberarlo dalla sua storia, quella gente sarebbe dovuta morire. Ma che stava dicendo... *Lui*, piuttosto, doveva morire.

«Mi farebbe molto piacere, papà».

All'altro capo del tavolo il padre lo guardò con una faccia che non esprimeva più alcuna paura. *Chi sei? Chi sei, davvero?*, diceva quella faccia.

Paul si scusò e fece per alzarsi. Prima di andare però domandò se qualcuno desiderasse qualcosa, da bere o da mangiare, ma tutti erano a posto, dissero, e lo congedarono.

In fondo alla stanza avvistò sua cugina Carla. Girava intorno a una tavolata di bambini come una cameriera, ed era ancora bellissima. Un tempo faceva girare la testa a tutti ed era rimasta la stessa. Tale e quale. Paul la guardava rapito chiedendosi quali fossero i figli o se, porca troia, quei bambini fossero tutti suoi, ma non si chiese neanche per un attimo se fosse il caso di andare a salutarla o meno. Si precipitò da lei.

Carla si illuminò. Paul si illuminò. Entrambi si profusero in esclamazioni di sorpresa e si abbracciarono stretti. Carla era piccola fra le sue braccia, piccola e calda a contatto col suo corpo, mentre Andrea era imponente, più alta di lui, anche se a sua volta, ovviamente, meravigliosa. Questo non avrebbe scalfito l'immagine che aveva di lei. Paul l'amava. Ma Carla era così piccola! Dio mio. Quanto gli piaceva stringerla al petto.

Paul avrebbe voluto appartarsi, ma era un pensiero ridicolo. Chiacchierando, si stringevano la mano all'altezza della vita. Carla parlava in fretta, sorrideva, raggiante. Disse che stava benissimo, che viveva nelle Twin Cities. In una delle due, naturalmente! Faceva l'assistente infermiera in un ospedale pediatrico e aveva tre figli, e finalmente aveva conseguito il dottorato in una materia che Paul non capì. Non sentiva bene con quel baccano. La sala rimbombava, era buio, e faceva un tale caldo che tutti puzzavano. L'avrebbe voluta solo per sé.

«Andiamo a fumarci una sigaretta» propose. «Possiamo sederci sui gradini all'ingresso».

Di solito non fumava, non aveva neanche le sigarette, ma Carla lo seguì.

Si accomodarono sui gradini dell'Holiday Inn, guardando il valletto che attendeva l'arrivo delle auto.

Dal nulla Carla scoppiò a ridere.

«Cosa?» chiese piano Paul. Una voce dentro di lui, una molto lontana, gli stava suggerendo in modo poco convincente di non sembrare tanto preso. Non stava bene corteggiarla apertamente.

Carla si coprì la bocca, scosse la testa. Un gesto di divertita incredulità.

«Non dimenticherò mai quella cosa che mi hai detto, Paul. Me la ricordo ancora».

«Cos'ho detto?» Era già fiero di questa cosa incredibilmente intelligente che a quanto pareva aveva detto da ragazzo. Tanto intelligente che Carla non se l'era più scordata!

«Hai detto, "A che serve una cugina se non puoi infilarle un dito nella vagina?"»

Paul chiuse gli occhi. «No, ti prego, dimmi che non l'ho detto».

«Oh sì, invece». Carla rise. «E non solo una volta».

Paul scosse la testa. «Mi dispiace. Che coglione».

«Eri un bambino cattivo!» esclamò lei, mollandogli uno schiaffetto sulla gamba fra una risata e l'altra.

Paul annuì. «Sì, lo ero. E lo sono ancora».

«Ah sì?»

Invece che come un moto di autocommiserazione Carla la interpretò come una battuta maliziosa. Qualsiasi cosa fosse stato in passato – la canaglia senza scrupoli che faceva danni a scuola e si giustificava con enigmatiche uscite filosofiche – adesso era diverso. Molto diverso.

«Lo pigli ancora a sberle papà Morton?»

«No» rispose Paul sghignazzando e scrollando le spalle. Conversare sul serio era fuori discussione, e forse era meglio così.

«E dimmi» fece lei. «Hai moglie, figli? Anzi no, lasciami indovinare. Sei gay. Sei gay! Per questo dici che sei ancora un bambino cattivo? Oddio, no, non sei gay, vero? Cristo, Paul».

Il vecchio Paul, il Paul di Cleveland, avrebbe reagito dicendo, Vuoi che ti faccia un ditalino così capisci? Ma il Paul di quella sera, nuovo o vecchio che fosse, provò disgusto per se stesso, o forse era solo stanco, tanto stanco di sorridere. Non c'era bisogno di appellarsi ad alcun principio davanti a un hotel di merda con una donna che non avrebbe mai più rivisto... sebbene nell'immaginario erotico fare sesso con una cugina avesse il suo indiscutibile perché – l'avrebbe ripetuto e sottoscritto se necessario – e gli dispiacesse per chiunque non l'avesse mai provato.

Paul alzò lo sguardo sulla torre nera con i suoi oblò illuminati, orbite brillanti puntate verso il cielo come riflettori. Disse che gli piaceva, era originale. Non ne aveva mai viste di simili.

Carla fece una smorfia. «Bleh».

«Perché?»

«Quello è il nostro hotel» disse.

«È un *hotel*?»

«Già. Non avremmo voluto, ma non c'era posto da nessun'altra parte. Non vuole andarci nessuno, è sempre vuoto. Io lo odio, sono sincera. È troppo strano. Ma costa poco, il che non guasta dato che, porca puttana, questo viaggetto del cazzo ci è costato un occhio della testa».

«Ah» fece Paul.

Entrambi si rigirarono a guardarla. Se Andrea fosse stata lì con lui avrebbe capito. O forse no. Che ne sapeva?

«Va bene, mi sa che torno dentro» disse Carla, e fine dei giochi. Un fallimento totale.

«Sì, i Berger ci reclamano» disse Paul.

I Berger. Sua madre e suo padre. Alicia. Rick, che non era un Berger ma amava i Berger più di quanto i Berger amassero lui. Naturalmente anche il figlio di Paul, Jack, era un Berger, e anche Andrea, sebbene non avesse cambiato cognome. Paul avrebbe potuto aggirarsi per la festa con Jack in braccio e presentarla orgogliosamente a tutti. Ma il piano prevedeva di sondare prima le acque. Anche Andrea era stata d'accordo che andasse prima a Cleveland da solo e, quando gliel'aveva detto, Paul aveva provato un tale sollievo da essere costretto a nasconderlo. Non che non volesse far conoscere Andrea ai suoi. Più che altro non voleva che lei lo vedesse in quel contesto. Con la sua famiglia. *Quello* lo preoccupava. Che vedesse il Paul di Cleveland, con le sue maniere rudi e zero ambizioni. L'avrebbe detestato.

Proprio in quel momento un'ambulanza si fermò davanti all'albergo e alcuni paramedici si riversarono sul marciapiede. Aprirono la barella e iniziarono a spingerla verso Paul e Carla, fermandosi per sollevarla sopra la testa e salire i gradini fino all'ingresso dell'Holiday Inn.

Paul e Carla li seguirono con lo sguardo.

«Sarà crollato un Berger?» scherzò Paul.

«Spero proprio di no» disse Carla. «Se Beaner si è strozzato, vado da mio marito e gli strappo il cuore dal petto a mani nude».

Carla scomparve dentro e Paul rimase sulla scalinata a valutare se chiamare a casa. Forse invece avrebbe attraversato la strada fino all'hotel nero e avrebbe preso l'ascensore fino in cima per guardare da uno degli oblò. Ma che cosa ci trovava poi di tanto speciale in quell'edificio? Non se lo ricordava più.

Quella notte, prima di infilarsi a letto, impostò la sveglia, fece la valigia, prenotò un'auto per l'aeroporto. Non era stato difficile cambiare il volo, ma era rimasto posto solo su quello delle quattro del mattino. Non importava. Avrebbe dormito un paio d'ore, poi sarebbe andato ad aspettare l'auto fuori, senza svegliare nessuno. Si sarebbe risparmiato il momento dei saluti. Con un po' di fortuna sarebbe rientrato in tarda mattinata. Avrebbe mandato a casa la baby-sitter e portato Jack al parco. Non riusciva a decidere se lasciare un messaggio in segreteria ad Andrea o farle una sorpresa quando fosse rincasata dal lavoro.

Rick entrò in bagno mentre Paul si stava lavando i denti. Fece un passo indietro, scusandosi. Attraverso la schiuma del dentifricio Paul gli disse che non c'era problema, gli fece cenno di entrare. Sarebbe stato un incontro pacifico, Rick seduto sul coperchio del gabinetto in attesa che Paul sputasse e risciacquasse.

«Ci siamo divertiti stasera» disse Paul.

«Da morire» disse Rick scuotendo la testa. «E i brindisi, che ridere. Uno spettacolo».

I brindisi. Paul se li era persi.

«Quello che ha detto tua madre... a momenti mi strozzo. È stato...»

Paul era sorpreso. Mai nella vita aveva sentito la madre proporre un brindisi.

«Amo questa famiglia» disse Rick. «Tutti quanti, dal primo all'ultimo».

«Ehi, dimmi un po', per caso qualcuno si è sentito male?» chiese Paul.

Rick parve confuso, forse pensava che fosse uno dei suoi soliti trabocchetti.

«Ho visto entrare una barella» spiegò Paul. «Così ho pensato che magari fosse successo qualcosa».

«Mmm, no» rispose Rick. «Cioè, non che io sappia. Vero è che ho ballato tutto il tempo come un matto».

«Meglio così» disse Paul. «Dai la buonanotte a mia sorella».

«Contaci, bello. E buonanotte anche a te».

Le due ore di sonno non arrivarono. Paul rimase sveglio a guardare l'orologio finché non scattò l'ora di uscire ad aspettare l'auto. Sgattaiolò di sotto con i bagagli, li posò accanto alla porta. Pensò di andare in cucina a bere un po' d'acqua, prendere un frutto per il viaggio.

Seduta al tavolo della cucina, intenta ad armeggiare con una colonia ambrata di flaconi di pasticche, trovò sua madre. Non l'aveva sentito entrare e si spaventò.

Si chiuse la vestaglia, lanciò un'occhiata nel corridoio buio alle sue spalle. Perché la spaventava ancora?

«Pauly, che fai?»

Paul borbottò qualcosa rimpiangendo di essere entrato. L'auto sarebbe arrivata di lì a poco e nulla avrebbe potuto evitargli quell'addio.

La madre notò che indossava il cappotto, intuì, e Paul non riuscì a capire se fosse delusa o sollevata. Perché non entrambe?

«Devo tornare» disse. «Mi dispiace».

«Oh Paul, perché? Resta con noi. Perché devi andare?»

Non poteva aspettarsi sul serio una risposta, ma sarebbe

stato ingiusto da parte sua trarre conclusioni affrettate. Magari era proprio come sembrava. La sua dolce madre voleva solo sapere. E lui gliel'avrebbe detto.

«Perché sono un padre, mamma. Sono sposato. Ho un bambino. Jack. Ma lo chiamiamo Jackie. Ha due anni, mamma. Ha già due anni!»

La madre si mise a piangere.

«Oh Pauly, tesoro, io ti capisco. Non so più come dirtelo che ti capisco, che ti vogliamo bene, e te ne vorremo sempre. Se solo mi credessi. Sei il nostro piccolo Paul».

Allungò una mano sul tavolo e lui la prese fra le sue.

«Mamma, è la verità».

Poteva aver mentito così tanto? Aveva davvero perso tutta la sua credibilità?

«Certo, amore. Certo che è la verità. E mi piacerebbe conoscerlo, vederlo. Come hai detto che si chiama, il tuo bambino?»

E Paul urlò, eccome se urlò. Urlò cose orribili. Sbatté il pugno sul tavolo e si alzò in piedi troppo in fretta. Qualcosa cadde e ora sì che la madre piangeva davvero, e allora lui alzò le mani come per colpirla. Ma perché picchiare la propria madre?

Per anni a venire si sarebbe sforzato di distruggere quel ricordo. Era l'attività più infruttuosa in cui una mente potesse imbarcarsi, rivivere le cazzate che si erano fatte, eppure divenne la sua principale occupazione.

Udì il proprio nome abbaiato dal padre.

Il padre era lì adesso. Perché non Alicia? Perché non Rick? Dovevano accorrere tutti quanti.

«Paul, non te lo permetto. Non a tua madre».

Fremeva, pronto a dar battaglia.

«Non sto facendo niente, papà».

Arretrò, infondendo coraggio al povero padre.

«Va' via, adesso. Vattene».

«Vado, sì. Scusa. Stavo solo dicendo una cosa alla mamma. Le parlavo di mio figlio».

«Ti crediamo, Paul. Crediamo a tutto, al lavoro col legno, alla famiglia. A tutto».

Padre e madre annuirono insieme. *Digli quello che vuole sentire così forse se ne andrà*. Era davvero la sua famiglia quella, la sua casa? Forse gli credevano sul serio, e quello era solo un esempio di cosa significava essere creduti. Non gli piaceva. Non provava nulla.

Paul stabilì che a chiunque gliel'avesse chiesto negli anni a venire, avrebbe risposto che se mai nella vita, anche per sbaglio o per scherzo, ti fosse capitato di spaventare qualcuno, poi quel qualcuno si sarebbe per sempre ritratto alla tua vista. Anche se era successo perché eri tu stesso ad aver paura, perché avevi il cervello, o il cuore, piccolo come un fagiolo, o perché avevi zero ambizioni e da piccolo non avrebbero mai dovuto farti uscire dalla tua gabbia. Potevi perfino non accorgertene, ma quel qualcuno che avevi spaventato una volta si ritraeva, dentro. Allora dovevi attraversare la strada e girargli alla larga. Era la cosa più saggia da fare. Lasciarlo passare.

Abbandonò la casa e percorse le strade buie di Cleveland a bordo dell'auto di servizio fino in aeroporto. Avrebbe preso il volo, poi lo shuttle fino a casa. Una volta sistematosi, forse avrebbe scritto una lettera ai genitori. Creato un album delle fotografie, fotocopiato il certificato di nascita e quello di matrimonio. Sarebbe stato sufficiente? Avrebbe fatto un bel fascicolo e gliel'avrebbe spedito. Con i loro tempi, i suoi avrebbero potuto analizzare le prove della sua nuova vita. Senza lui tra i piedi. Paul si sarebbe limitato a inviare il fascicolo e attendere. L'avrebbero studiato a molte miglia di distanza, dove non poteva nuocere a nessuno. Con comodo, i suoi genitori avrebbero potuto esaminare le parti più innocue di lui.

COSE BELLE DA RACCONTARE

Fleming si svegliò nel buio di una stanza che andava come alla deriva, sciabordava a tal punto da costringerlo ad aggrapparsi ai bordi del letto. Fuori dall'oblò scorgeva solo un corridoio in cui, se allungava il collo, compariva una lampadina che pendeva dall'alto come un frutto marcio. La stanza beccheggiava e per un attimo Fleming temette di sentirsi male. Doveva pur esistere un termine nautico per dire «corridoio». Perché non gli avevano fornito un glossario? Forse l'avevano fatto, nel pacchetto di benvenuto che non si era preso il disturbo di leggere. Un glossario. Una storia del natante, cui ci si riferiva con la parola «nave». Assolati profili del capitano e della sua ciurma che, a detta loro, avevano sempre *sognato* una vita del genere. Storie lobotomizzate delle isole che avrebbero visitato, i nomi di chi in passato aveva navigato in quella direzione. Celebri idioti che avevano solcato le stesse acque a bordo di immense imbarcazioni di legno.

Un pacchetto di benvenuto, il genere letterario con le maggiori probabilità di successo nel nuovo millennio. Perché non leggere di una comunità cui non appartenevi, una che di fatto non esisteva, composta da un capitano e una ciurma che in realtà erano – sempre che l'argomento non avvilisse troppo il viaggiatore – estranei l'uno all'altra come colleghi di un ufficio o una banca? Perché non leggere raffazzonate testimonianze di un equipaggio sottopagato – perché la vita sull'oceano ripaga non solo attraverso il denaro! – che detesta la propria vita ma è stato obbligato a bersi la menzogna, separato da parenti e amici, condannato a veder crescere il proprio senso di solitudine nel momento stesso in cui ti serve esaudendo ogni tuo desiderio?

A pensarci bene, comunque, quel pacchetto di benvenuto, per quanto fosse incompleto e Fleming non lo avesse nemmeno degnato di un'occhiata, molto probabilmente aveva più lettori di quanti ne avesse lui. C'erano di certo più persone che leggevano quel pacchetto di quante non avessero letto qualche suo libro o racconto. Aveva un pubblico più ampio, esercitava una maggiore attrazione e soprattutto capiva i suoi cari lettori meglio di quanto avrebbe mai potuto fare lui, con le sue misurate osservazioni sentimentali circa un'esistenza domestica che non aveva mai vissuto, sempre ammesso che quella non fosse una definizione troppo lusinghiera del prodotto letterario che riversava sulla pagina con sempre minor convinzione ogni volta che si sedeva davanti al computer.

Forse, leggendolo, avrebbe imparato qualcosa di più sulla scrittura. Forse a lezione avrebbe dovuto chiedere ai suoi studenti di scrivere pacchetti di benvenuto, invece che racconti.

La stanza girava e dovette aggrapparsi di nuovo al letto. Lo attendevano due settimane di quell'altalena, punteggiate di seminari che ti friggevano il cervello e dell'occasionale dose di sole tropicale che ancora non era sicuro di riuscire a sopportare.

Aveva pianificato di rimettersi in forma in vista del viaggio, di soffocare almeno una voce in quel coro di autodisprezzo che lo tormentava, ma si era scoperto incapace di farlo e aveva invece continuato a ingrassare, acquistando magliette di una taglia più grande. Con quelle stava bene. Decentemente, insomma. Doveva solo ricordarsi di non levarsele in pubblico. Ma anche in privato oramai aveva rinunciato a denudarsi. La vergogna l'aveva seguito fino in casa.

Una cabina con vista mare avrebbe fatto differenza? La brochure – che invece aveva letto per fantasticare su dove avrebbe dormito – definiva la sua stanza «splendida cabina interna», come se sottocoperta battesse un grosso cuore grondante che ognuno si affannava a raggiungere a suon di forchettate, uno scrigno che celava tesori, sesso sfrenato e cibo delizioso, e non i remoti alloggi di insegnanti impiegati sulla nave a scopo istruttivo.

Stava parlando ad alta voce nell'oscurità. Poteva farlo perché non aveva né una moglie a letto con lui, né una bambina nella stanza accanto. Erano rimaste a casa, grazie al cielo, anche se Erin avrebbe voluto accompagnarlo con la bambina. Aveva detto più volte che per la piccola Sylvie sarebbe stato uno *spasso*, malgrado Sylvie non avesse mai mostrato alcuna propensione al divertimento, o alla felicità in generale. Non dare la colpa alla bambina! Non t'azzardare a dare la colpa alla bambina, mostro! Non l'avrebbe fatto. La bambina sarebbe rimasta senza colpa. Una piccola creatura immacolata.

In ogni caso se le avesse portate, pagando un extra perché il loro soggiorno non era incluso nel prezzo, sarebbero finiti gambe all'aria. *Finiremmo gambe all'aria*, aveva canticchiato cercando di strappare un sorriso alla moglie. Erin era rimasta seria, perché non era una battuta presa da qualche film, e comunque non faceva ridere. Se voleva andare per conto proprio, aveva argomentato Fleming con fare posato, era solo per compiere il suo dovere, non per divertirsi, assolutamente no. Non voleva che finissero gambe all'aria. Magari ci sarebbero andati vicino, per un attimo avrebbero perso l'equilibrio, ma non sarebbero caduti. Erin si era limitato a guardarlo con la sua faccia appuntita, i capelli perfetti, la frangetta dritta, gli occhi penetranti, con un'affilatezza insomma che era tutta sua e che lo rimproverava nel più totale silenzio per quella e qualsiasi altra cosa avesse mai fatto in passato, perfino prima di conoscerla, e lo metteva a tacere per il semplice fatto di esistere, senza bisogno di parole. Quello sì che era potere. Che moglie autoritaria. Eppure per un motivo o per un altro, o forse proprio in virtù di questo, lui l'amava ancora, nonostante non fosse ancora del tutto chiaro se avesse il permesso di toccarla, una restrizione su cui non ricordava di aver mai avuto voce in capitolo. Forse in segreto Erin aveva creato una sorta di campo di forza intorno a sé, l'aveva cucito tutto a mano e ora era finalmente completo. Non provava dolore a toccarlo, gli provocava solo una sensazione di disagio. Lei, dal canto suo, sembrava consapevole che nel caso in cui non avesse ottenuto quello che sognava, non sarebbe stata colpa di Sylvie. Non si poteva scaricare addosso a una bambina la colpa di tutto. Nemmeno di qualcosa.

Fleming sapeva, però, che di lì a qualche anno, seduti l'uno davanti all'altra nello studio di un avvocato di città, se era così che funzionavano quelle cose, si sarebbero fatti a pezzi. Figli, case, lavoro, niente si sarebbe salvato. O forse no. Forse se la sarebbero cavata. Difficile a dirsi.

Quindi era solo, senza obblighi, a parte naturalmente le sue letture mattutine, una tonnellata di esercizi da preparare e infine l'orrore di quella maledetta lezione che avrebbe dovuto tenere sulla nave.

Ma che fortuna, però! Che occasione unica! Che bello essere in *crociera*. I colleghi gli si erano radunati intorno esprimendo falsa gelosia, e lui aveva resistito ricacciando indietro il terrore, si era imposto di fingere di meritarselo. Non aveva scelta, del resto. I voti dei suoi studenti lasciavano a desiderare e aveva accumulato pochissime ore di consulenza universitaria. «Consulenza» era il termine per indicare l'atto di starsene seduti in una stanza a esercitare un presunto potere di risoluzione dei problemi su persone profondamente impotenti, come se dire qualcosa avesse potuto migliorare lo stato delle cose. Era un'esperienza quasi mistica. Un moto circolare in assenza di gravità, nello spazio. Doveva impegnarsi, però, e in un modo o nell'altro ottenere voti migliori da parte degli studenti. E non era forse proprio l'opportunità offerta da quel viaggio, approfittare della compagnia di allegri crocieristi di certo più ricettivi grazie al sole, i cocktail, le feste a tema, e quindi più inclini a contagiarlo con il loro entusiasmo?

Oppure chi è felice diventa protettivo nei confronti del proprio umore per il semplice fatto di aver faticato a costruirlo, e ci si aggrappa con tutte le forze non vedendo di buon occhio l'eventualità di trasferirne una parte sui propri simili? Può essere. Ma stavolta aveva una strategia. Un vecchio trucchetto imparato a scuola di paraculismo. Avrebbe indotto i suoi studenti ad apprezzarlo lusingando il loro ego con assoluta insistenza, li avrebbe lisciati fino a illuminare le parti più oscure dei loro io, quelle mai sondate o perfino ignote. Li avrebbe lisciati appiattendo ogni dubbio e loro si sarebbero raggomitolati ai suoi piedi, miagolando come animaletti di peluche dalle voci robotiche e avrebbero fatto le fusa e l'avrebbero supplicato – per favore, la prego, signore – di non smettere mai.

Non che considerasse i suoi studenti alla stregua di bestie o bambini piccoli o animaletti di peluche, figurarsi. Erano persone adulte, per la miseria, come me e te! Esistevano per davvero!

Di sopra, sul ponte, tutto taceva. Era buio. L'oceano, il cielo, la nave... Ah che benedizione, quel silenzio. Le onde che prima si erano accanite su di loro erano scomparse. L'aria era immobile. Nemmeno i camerieri erano svegli. In cucina, però, c'era del movimento. Da sotto la porta trapelava una luce. Forse una grossa pala industriale stava mischiando uova in polvere e acqua. Dai tubi congelati di salsicce già incise, ondulate come assi per il bucato, venivano ricavate le singole porzioni.

Si sedette a bordo piscina, appoggiato alla ringhiera perché non avevano ancora portato le sdraio. Là fuori la nave sembrava più stabile. Avevano lasciato il porto di New York il giorno prima, quindi dove si trovavano adesso? Non aveva idea della velocità a cui viaggiassero, o come fare a calcolare le loro coordinate, e dopotutto non gli importava. Si trovavano nell'oceano Atlantico, che già di per sé era una cosa incredibile. Erano in mare, per la miseria, ed entro poche ore sarebbe iniziato il laboratorio. Da non crederci. Proprio lì, con nient'altro intorno che acque nere e cielo ancora più nero. Un venticello mite soffiava dal mare. Gli venne voglia di ringraziare qualcuno e dire, Ben fatto. Ci hai proprio preso. Utilizzo impeccabile del vento in questo contesto. I miei complimenti. A Erin sarebbe piaciuto tanto, ovviamente, navigare verso le isole, avvistare l'occasionale costa minacciosa in lontananza. L'aria calda, salmastra, del pomeriggio che le pizzicava la pelle bruciata dal sole. Al mattino, di buon'ora – o magari no –, sarebbe uscita sul ponte a nuotare prima che i bambini invadessero la piscina con i loro giochi selvaggi. Prima della devastazione, del caos, dell'aggressione vampiresca. Perfino la piccola Sylvie, se fosse riuscita a imbrigliarla e a tenerla al guinzaglio nel suo rapido gattonare perché non cadesse in acqua e scomparisse, perfino la piccola Sylvie, sua figlia, avvolta in tanto materiale galleggiante da ricordare un gommone di salvataggio, se solo l'avesse lasciata venire, si sarebbe divertita da pazzi.

Avrebbero dovuto esserci dieci studenti, ma ne contò solo nove. Nove ragazzi con i gomiti sui banchi che lo fissavano, in attesa. Cercò nella valigetta l'elenco dei nomi, l'unico documento che gli serviva davvero, ma non riuscì a trovarlo.

Eppure era sicuro di averlo messo lì. Doveva andare in bagno. Nell'aula non c'erano orologi. La sedia era rotta, perciò era stato costretto a sistemarsi nel punto d'incontro fra due tavoli storti con una mossa alquanto sgraziata che di certo non aveva giocato a suo favore. Il sudore gli impregnava già la maglietta e minacciava di trasferirsi sulla camicia che si era imposto di indossare per l'occasione. I ragazzi aspettavano.

Non erano vestiti bene. Quello aveva gli occhiali sporchi. Gli studenti indossavano camicie dai colori sgargianti fatte di tela per paracadute. Tenuta da crociera. Che avesse sbagliato classe?

Al diavolo. Se la sarebbe cavata. Salutò e diede loro il benvenuto accennando, come gli sembrava il caso di fare, alla stranezza di ritrovarsi a studiare scrittura nientemeno che su una nave da crociera, commento che non suscitò risate né la minima reazione espressiva. Forse non sapevano di essere in mare. Esisteva una percentuale della popolazione che in mare non si accorgeva di essere in mare?

Ad ogni modo, osservò, non aveva importanza dove si trovassero, perché li attendeva un duro lavoro. Quello che si accingevano a seguire era un corso serio, e lo sarebbe stato lì come in qualsiasi altro posto. Per quanto possibile avrebbero fatto meglio a scordarsi del mondo esterno e a concentrarsi sulla letteratura.

Loro lo guardavano impassibili, con le palpebre già pronte a chiudersi.

Benissimo. La prima lezione che gli aveva impartito era di dimenticare il mondo esterno, che a quanto pareva non aveva nulla a che fare con la vera letteratura. Ottimo consiglio da dare a degli scrittori. Come se quel luogo non fosse già abbastanza soffocante. Eh sì, stava facendo proprio un buon lavoro.

A turno i ragazzi dissero il proprio nome e vi aggiunsero qualche altra informazione – libri e scrittori preferiti, corsi frequentati – arrendendosi alle sue domande con rassegnata ostilità, come cadaveri cui fosse stato somministrato quel tanto che bastava di elisir vitale per pronunciare le ultime frasi prima di morire definitivamente. E mi hai riesumato per *questo*?, era il messaggio che sembravano comunicare i loro corpi.

Il primo racconto che presero in esame era opera di Timothy, un ragazzo con una barba notevole che tuttavia non bastava a nascondere il fatto che avesse a stento ventidue anni. Sarebbe sembrato giovane anche se la barba fosse stata bianca, o se avesse camminato sostenendosi a un bastone o trascinandosi dietro una flebo, come un bambino che interpreta il ruolo di un vecchio a una recita scolastica. Ciononostante si era fatto crescere una barba di solennità bunyanesca la cui vista faceva vergognare Fleming, più grande di lui di quasi trent'anni, per aver tentato in passato la medesima impresa.

Il racconto di Timothy si apriva con un vecchio che ripercorreva la propria vita seduto su un letto, dolendosi per alcuni episodi che di seguito esponeva con dovizia di particolari. Fine.

La prima a commentare fu una ragazza di nome Shay. Scrollando le spalle, disse che la storia non era credibile e si fermò lì, incapace di elaborare.

Si riduce tutto a questo, pensò Fleming. Un pensiero coraggioso, che volendo poteva applicarsi a qualsiasi creazione mai compiuta: dipinti, libri, case, ponti, certe persone. A pensarci bene nulla era credibile, in definitiva. Eppure c'era. Intere scuole di pensiero filosofico si erano scontrate con quel concetto. Osservando Shay, arroccata nelle sue certezze, era evidente che la credibilità fosse il suo Sacro Graal, e che di rado vi si fosse imbattuta. Non credo a questo, non credo a quello, non credo a niente. Nel giro di qualche decina d'anni Shay sarebbe stata sul punto di esalare l'ultimo respiro in un luogo imprecisato – la sua immaginazione non gli permetteva di evocare un particolare letto di morte – e ancora una volta avrebbe dichiarato che la situazione non era affatto credibile.

Aveva forse qualche suggerimento da dare a Timothy, per aiutarlo a migliorare il proprio racconto?, le chiese Fleming.

«No. Non sono una che mette bocca nell'arte altrui. Non ha senso. E ci terrei anche che nessuno mettesse bocca nella mia».

Bene, buon per te, pensò Fleming, ma allora *cosa cazzo ci fai qui*?

Per poco non disse, D'accordo, cosa ne pensano gli altri? Il classico vortice in cui la classe avrebbe potuto allegramente annegare per un po'. Tutti giù nello scarico! Ma si fermò in tempo, perché sarebbe stato come chiedere, Chi altri pensa che non ci sia alcuna utilità a stare qui? Lui stesso avrebbe volentieri alzato la mano, ma sarebbe stato meglio riportare quella nave in porto al più presto.

Perché formulare una metafora nautica a bordo di una nave, e per giunta fra sé, lo imbarazzava tanto, quando a terra l'avrebbe trovato del tutto accettabile?

Facendo affidamento sull'esperienza, Fleming attese. Era l'unica strategia su cui poteva contare quando si trovava nella fossa dei gladiatori: cavalcare il silenzio, rimbrottarli con la forza dello sguardo, prima che intervenisse qualcuno per cui quella pausa era diventata insopportabile. Ed ecco che si faceva avanti, puntuale come la morte, l'avvocato difensore di Timothy, Rory. Allegro, accondiscendente, bonario, amichevole, bello, in salute, calmo, folle: uno che non sarebbe mai dovuto diventare scrittore.

Secondo Rory il racconto era stupendo. Stupendo! Quell'uomo solo, seduto sul suo letto. Rory riusciva quasi a vederlo, a percepirne la presenza. Era tutto così *reale*, non avrebbe cambiato una virgola. Era perfetto così. Avrebbero potuto trarne un film! Rory sorrise, e fu subito chiaro che non fosse abituato a essere contraddetto. O, meglio, a volte era capitato ma senza che se ne accorgesse. Mica male, essere lui.

Dunque i poli erano stabiliti, c'era chi apprezzava il racconto di Timothy e chi invece ne avrebbe fatto a meno, e ora toccava a lui unirli tramite il tessuto della critica letteraria, lavorando d'uncinetto fra apprezzamento e disprezzo finché tutti non avessero avuto l'impressione di aver speso bene i propri soldi. Più tardi, Timothy avrebbe riesaminato l'ordito di suggerimenti e provocazioni via via che rivedeva il testo.

Lentamente, nel corso del laboratorio, emersero le varie figure. C'erano i miniaturisti, che volevano soffermarsi su una certa riga di pagina 5 e chiedersi se magari non sarebbe stato il caso di anticiparla, una mossa che avrebbe potuto produrre un sisma nella storia alterandola sensibilmente e infondendole un potente afflato vitale. O no? C'era chi sosteneva che la storia iniziasse sul serio a metà di pagina 2. Tipi del genere erano ovunque, perfino sulle navi. Quelli che *La tua storia inizia qui*. Tanto valeva dire che la storia iniziava subito dopo la fine, su una pagina che non era stata ancora scritta, e accartocciare il foglio per poi gettarlo in faccia all'autore. Una ragazza di nome Britt propose di passare dalla prima alla terza persona singolare. La prima persona, a suo avviso, almeno in quella storia, implicava allusioni personali che lasciavano troppo spazio all'autocommiserazione, il che inibiva la capacità del lettore di immedesimarsi col protagonista. Se il protagonista si piange addosso, spiegò, per noi diventa tutto più difficile. Niente male, Britt, pensò Fleming, cercando di non lasciar trapelare emozioni sul suo viso. Un'inaspettata prova di intelligenza in alto mare. Il suo commento, tuttavia, fu ignorato e poi si fece avanti un ragazzo confessando che quel racconto non era cosa per lui e che quindi non se la sentiva di esprimere una valutazione. Preferiva sorvolare. L'aveva posta a mo' di giustificazione, come dire, Non capisco il francese, spiacente. Quella roba non faceva per lui, punto e a capo.

Ah, ma ce n'erano a bizzeffe come lui. L'ultimo semestre c'era stato Sean. Quello lì, quel Carl, era la sua versione da crociera. Personaggi non interessati allo scambio di valori a causa del loro immensamente idiosincratico ruolo nel mondo. Quello non era il *loro* posto, ma solo un luogo che pur non volendo si trovavano a visitare. Questo avrebbe dovuto dire Carl: Scusa ma passo perché in realtà non sono un essere umano. Ciò che lo rendeva speciale doveva restare un segreto ben custodito fino a quando non fosse giunto il momento di consegnare l'elaborato. A quel punto, leggendolo, tutti – perlomeno nella sua esperienza – si sarebbero sforzati di cogliere la differenza fra ciò che aveva scritto lui e i lavori dei compagni da cui così caparbiamente aveva preso le distanze.

Fleming intervenne nella discussione dicendo che Timothy aveva avuto fegato a scrivere di qualcosa di così distante da sé, e questo doveva essergli riconosciuto. Ma, si chiese, si trattava di coraggio o stupidità? Spesso era difficile distinguere. Ai suoi studenti disse che era materiale potente. Un uomo che sul letto di morte riflette su ciò che è andato storto nella sua vita. E in solitudine, per giunta. I suoi sbagli l'hanno isolato da tutti. È stato lui a ridursi così, è colpa sua, non ha nessuno con cui prendersela, eppure *potenzialmente* proviamo empatia nei suoi confronti. È un pezzo tragico. Bravo, Timothy, questa sì che è roba forte. Ma siamo sicuri che non valga la pena di inserire un po' d'azione? Una scena di qualche tipo stimolerebbe l'immedesimazione da parte del lettore, sempre che questo sia ciò che avevi in mente. Magari no. Magari mi sbaglio. Una narrazione espositiva può essere davvero – pausa significativa – interessante. Qualcuno sa farmi un esempio?

No, ovviamente non sapevano, e Fleming andò nel panico, perché all'improvviso nemmeno a lui veniva in mente niente, nonostante una volta avesse tenuto un corso intero sull'argomento, «Racconta, non mostrare», uno di quei seminari patricidi dai frutti letterari pressoché nulli. Ad ogni modo non sembrava importare a nessuno. Non volevano degli esempi. L'epoca della dimostrazione di un teorema era morta e sepolta, e l'insegnamento era adesso un atto più semplice, seppur solitario. Anni prima era solito chiudere i dibattiti di colpo, mettendosi a consigliare libri, ed era come se all'improvviso togliesse la corrente agli studenti e li lasciasse privi di vita. Non cambiava soltanto argomento, gli faceva proprio dimenticare come si chiamavano e perché erano lì. Prendeva a illustrare le trame di quei libri, lo stile di scrittura, le tecniche adottate dall'autore, perché era importante, ma nessuno accennava mai ad appuntarsi qualcosa, nemmeno un nome. Gli studenti restavano a fissarlo sbigottiti, in attesa che gli passasse. Dalle loro valutazioni aveva appreso che consideravano quei suggerimenti non come parte degli stimoli che l'università si prefiggeva di dare, bensì come delle digressioni, dei fuori-tema. «Stalli» era il termine che aveva usato uno studente. Per questo Fleming continuò a parlare e riparlare del racconto di Timothy, attribuendogli più di quanto contenesse, formulando un discorso critico eccessivo per un lavoro che non sarebbe mai stato pubblicato, il cui fine era elogiare l'autore senza sminuire i suoi compagni, per la maggior parte dei quali la storia non era credibile oltre che sterile, un esercizio di stile. L'importante era che Timothy non si demoralizzasse, Fleming lo sapeva. Andava incoraggiato. Doveva farlo sdraiare, alzargli la camicia e massaggiargli il pancino. Allo stesso tempo però non poteva lasciar intendere agli altri di essere un pazzo entusiasta cui piaceva qualsiasi cosa, soprattutto roba simile, perché a quel punto che valore avrebbero avuto i suoi elogi, se mai gliene avesse rivolti?

Fleming camminava su un filo, gettando monete indiscriminatamente da una parte e dall'altra. Timothy non faceva le fusa, ma si vedeva che gongolava. La neutralità aveva ottenuto solo di far apparire Fleming uno smidollato. Un politico al servizio di un cazzo di nessuno.

Timothy aveva ancora a disposizione del tempo per rivolgere delle domande ai suoi compagni, ma si limitò a ringraziarli tutti, annuendo con la sua portentosa barba e fregandosi le mani.

«Sicuro? Nessuna domanda?» chiese Fleming.

«Be'» rispose Timothy, abbandonandosi contro lo schienale con aria compiaciuta. «L'ho scritto in un paio d'ore, è già tanto che sia piaciuto a qualcuno».

Il pranzo era a buffet. Fleming si riempì il piatto di pasta, involtini, insalata. Non avrebbe voluto fare altro che portarsi tutto in camera, ma la strada era lunga, prendere l'ascensore un azzardo. Doveva attraversare sale di ogni dimensione, salire rampe di scale rivestite di moquette, poi farsi largo sul ponte assolato e lungo il parapetto, dove per non cadere di sotto era necessario camminare in fila indiana oltre che in punta di piedi. A quel punto, però, l'umiliazione sarebbe stata totale, il cibo ormai freddo. Nel pacchetto che aveva acquistato non era compreso il servizio in camera, il che significava che avrebbe dovuto mangiare sul ponte, che a sua volta significava rischiare di doverlo fare con gli studenti. O di essere visto dai suoi studenti mentre mangiava da solo. Non riusciva a decidere quale delle due fosse peggio.

Lo scovarono nei pressi della piscina dei piccoli, ormai al dessert. Le torte avevano un'aria squisita, così si era servito una fetta di crostata alla crema. Sulla piscina dei bambini si allungava una tettoia di canapa e vi si era rifugiato sotto per sfuggire al sole che quel giorno era rovente. Dei bellimbusti, suoi coetanei con vite molto diverse, se ne stavano a mollo fino ai polpacci, con bicchieri grossi come botti stretti in mano, e le spalle che ribollivano e sfrigolavano come la superficie di un lontano pianeta.

«Ehi, professor Fleming». Si ritrovò davanti cinque goffi esemplari di studente. Scrittori allo scoperto. Pronti a essere fucilati.

«Ragazzi, prego, sedetevi». Li accolse come sulla veranda di casa sua.

Quelli recuperarono delle sedie, si accomodarono e stettero

a guardarlo, di nuovo in attesa. Mangiare una torta era impensabile sotto quegli sguardi attenti. Che diavolo, doveva continuare a intrattenerli nonostante la lezione fosse finita? Quella era la sua ora libera, gli serviva per rifare il pieno di falsità in vista del prossimo giro. Come altro avrebbe fatto a rifornirsi di armi dell'inganno se non l'avessero lasciato un po' solo? Gli serviva un corpo nuovo per situazioni simili. O se non altro una maglietta con su scritto: SONO IN PAUSA, TESTINE DI CAZZO!

«Allora, che ne pensa di oggi?» gli chiese uno. Doveva essere Franklin, il tipo silenzioso con la pelle semitrasparente. Franklin era un soggetto esile e rosato che avrebbe potuto essere un genio oppure no. Si sarebbe detto di no.

«Dovrei chiederlo io a voi, no?» Fleming provò a sorridere con la bocca piena zeppa di torta.

Sapeva che era un errore, ma non riuscì a trattenersi. Era un po' come quando domandava a Erin se l'amava: un nettare zuccherino per cui ormai aveva sviluppato una dipendenza. Che cosa poteva rispondergli, la poverina? Sembrava così disperato, così inerme. Forse perché lo era. Non aveva neanche cominciato che già smaniava per avere l'approvazione dei suoi studenti.

«Dico davvero. Che ve n'è parso?»

I ragazzi scoppiarono a ridere scambiandosi delle occhiate. Una risata divertita, si sarebbe detto, ma chissà. Ora lo scrutavano con sospetto! Si erano appena conosciuti e già gli tendevano un'imboscata vicino alla merdosissima piscinetta.

«Non capiamo mai quando scherza» chiarì Helen, come se avessero già affrontato l'argomento fra loro. Dovevano averla individuata come portavoce.

Sorrise, come a dire, E quand'è che vi è venuto il dubbio? Che cosa poteva mai aver detto da risultare ambiguo? Tirate fuori il racconto che ci diamo un'occhiata? Che ricordasse, con loro non aveva ancora scherzato una sola volta.

Vi do un indizio, avrebbe dovuto dire: non so più da quant'è che non faccio una battuta.

Erano rientrati in classe per la sessione pomeridiana. Nel nuovo racconto, ad ambientazione rurale, un uomo senza nome attraversava il paesaggio – un paesaggio maestoso, ostile – e rifletteva. L'autore, George, era il più grande della classe, un tizio col faccione triste e la testa calva. C'erano uomini del genere ovunque. Ruminanti che vagavano non visti, sospinti verso l'antro buio che avrebbe decretato la loro morte. Fleming sperava di non somigliargli, ma sospettava di avere un aspetto persino peggiore. Era una bestia più vecchia, più triste, più spelacchiata, sopravvissuta per miracolo al fatale colpo in testa. Un po' bacata nel cervello, ma viva. Somigliare a George sarebbe stata una fortuna. Se si fosse ripresentato a casa più simile a lui, forse Erin l'avrebbe notato. Avrebbe sorriso e gli avrebbe gettato le braccia al collo, gridando: «Sylvie, il tuo bel papà è tornato!». Il campo di forza si sarebbe sollevato. L'amore avrebbe invaso la casa e i vicini sarebbero crollati a terra in preda a un simpatetico orgasmo. Soltanto perché Fleming era leggermente meno grasso.

In cima alla prima pagina dell'elaborato George aveva rivolto un messaggio ai compagni:

«Ciao a tutti! Piacere di conoscervi. Vi ringrazio anticipatamente per l'attenzione. Significa molto per me. Muoio dalla voglia di sapere che cosa ne pensate. Saluti, George».

«Non so» disse cautamente Franklin al termine della lettura del racconto. «Non succede niente».

«E non è un bene?» chiese Fleming, scrutando la classe in cerca di un volto ricettivo. «Deve succedere per forza qualcosa?»

Franklin sbatté le palpebre come se gli fossero finite delle briciole negli occhi. Parve decidere che la domanda non era rivolta a lui, ma al gruppo in generale. Si fece piccolo sulla sedia e prese a scarabocchiare sul foglio. Doveva essere esausto dopo quel brillante commento d'apertura.

Intervenne Timothy. «È pornografia naturalistica».

Tutti risero, tranne George, che sembrava confuso. Era un complimento?

«Che vuoi dire, Timothy?» chiese Fleming.

«È tutta una masturbazione mentale su montagne, alberi, ruscelli, deserto, non c'è dramma. Non è una storia».

«E se scrivessi cinque pagine su una tazza da tè? Importerebbe a qualcuno?»

Altre risate. George stava prendendo appunti, come se fossero le osservazioni più utili che gli avessero mai fatto. Ma che cosa scrive?, si domandò Fleming. *Il mio racconto non è più interessante della descrizione di una tazza da tè*.

«D'accordo» disse Fleming guardando George, assolutamente determinato a non tirare in ballo il Nouveau Roman, di cui nessuno parlava più e che avrebbero fatto meglio a rinominare Vieux Roman, o «romanzo francese defunto di recente» ma che un tempo aveva avuto un grande significato per molti, a loro volta dei vecchi decrepiti. «Forse, invece di tentare di stabilire che cosa sia o non sia questo racconto, potremmo parlare di cosa abbiamo provato leggendolo, e magari dare a George qualche spunto utile».

Questo però era un esercizio che la classe non aveva molta voglia di fare e toccò a Fleming sobbarcarsene il peso. A dire la verità era tutta colpa di George. Aveva composto una descrizione passabile, se così si poteva dire, aveva reso l'atmosfera, ma era vero, *non succedeva niente*. Che sia, si azzardò a dire Fleming, l'apparato descrittivo di una storia che non ha ancora scritto? Forse stiamo solo guardando la zampa dell'animale. E sarà anche una bella zampa, ma il resto non si vede. La metafora gli stava scappando di mano. Magari non se ne erano accorti.

Soltanto Britt percepì la sua disperazione, mentre George continuava a scribacchiare furiosamente, e provò ad aiutarlo ricordando a tutti il dramma insito in qualsiasi paesaggio, le emozioni che poteva suscitare, il fatto che il racconto affondava le radici nella terra – l'aveva detto davvero? – e che spesso le nostre storie migliori scaturivano proprio dal rapporto con la natura.

«È la tua opinione» ribatté Shay, seccata.

Britt non si lasciò intimidire. «Certo» rispose con entusiasmo. «Di chi altri sennò?»

«Pensala come ti pare» disse Shay, evidentemente incerta se sentirsi o meno insultata dal commento di Britt.

Carl imitò il verso di un gatto, graffiando l'aria e soffiando.

«Oh, merda» disse Rory, di colpo sprovvisto di amici a cui dare il cinque.

George alzò la mano, solitamente un tabù per lo scrittore, e Fleming vi si aggrappò. Salvato dalla tristezza fatta persona.

«È fantastico» disse George. «Grazie a tutti, davvero. Per me è molto importante».

La sua specialità, pensò Fleming. Un ringraziatore di professione.

«Alla luce delle vostre considerazioni» disse George «avrei una domanda da farvi».

«Spara».

«Se la storia fosse stata ambientata in città piuttosto che nell'Ovest, l'avreste apprezzata di più?» chiese George, speranzoso.

Al termine della lezione Britt lo seguì fuori dall'aula. Fleming avrebbe voluto starsene un po' al sole ad ammirare il mare, a lasciare che l'aria salmastra cancellasse dal suo volto la preoccupazione per ciò che aveva detto, suggerendogli aspetti più utili da evidenziare in futuro.

Erano vicino al parapetto e la nave procedeva ad andatura spedita, ma se non guardava l'acqua, di colpo gli pareva chc non si muovesse affatto. Alle loro spalle esplodeva un gran baccano ogni volta che un ragazzo in fila allo scivolo colorato precipitava in piscina. Che bello sarebbe stato avere a disposizione un'ora da solo con quella piscina, scivolare nell'acqua sollevando una pioggia di schizzi sotto lo sguardo vigile degli spettatori per poi riemergere e tornare ad arrampicarsi sulla scaletta.

«Perché oggi è partito da due maschi?» chiese Britt.

«In che senso?» Che accidenti voleva dire?

«Metà della classe è composta da donne, poteva interpellarne almeno una, poteva prendere in esame il racconto di un maschio e uno di una femmina. Non sarebbe stato più giusto?»

Fleming non sapeva cosa rispondere. Non ci aveva minimamente pensato.

«L'equilibrio si ristabilirà» disse evitando il suo sguardo.

Britt assunse un'espressione perplessa. «È evidente che abbia dei pregiudizi a far parlare sempre i maschi per primi, e mi sembra normale che se le femmine si sentono sminuite nel loro lavoro, l'equilibrio a lungo andare ne risenta. Oggi per esempio ci ha ignorate per concentrarsi sulle storie di due uomini che, *opinione mia*, non sono nemmeno particolarmente dotati. Volevo sapere che cosa pensava in proposito».

Ragazzina sveglia, questa Britt, pensò Fleming. Parliamo un po' dei suoi pregiudizi, brutto fossile asessuato. Voglio aiutarla, per questo lo dico. Ora butti giù questo veleno e si sdrai così che possa vivisezionarle quei genitali scaduti. Tranquillo, andrà in prigione comunque, ma sappia che è per il suo bene.

Britt aveva i capelli di un biondo molto chiaro, era struccata e sembrava a suo agio con lui in maniera quasi inquietante, come quei ragazzetti prodigio che fanno amicizia solo con gli adulti. Perfino Erin adottava un tono più formale del suo e a volte gli parlava come una sconosciuta. Gli piaceva Britt. E chiaramente il sentimento non era reciproco.

«Ascolta» cominciò, sebbene non avesse idea di cosa dire. «Parlare per primi in realtà non conta. Di certo non è da considerare un privilegio. Anzi, per come la vedo io, parlare per primi è una seccatura, perché ancora non vi conoscete, non c'è un rapporto fra voi, e ne abbiamo di strada da fare, qualitativamente parlando. Dobbiamo ancora legare come gruppo. Quindi chi si espone per primo è svantaggiato».

Un'argomentazione che non convinceva del tutto nemmeno lui mentre la esponeva.

Britt ci rifletté su, corrugando la fronte mentre formulava una risposta. Fleming si preparò al peggio.

«Quindi, se ho capito bene, oggi voleva *punire* Timothy e George facendoli andare per primi? Li ha volutamente messi in una posizione di svantaggio? Allora forse ho frainteso. Lei ha dei pregiudizi nei confronti degli uomini, non delle donne. Una discriminazione al contrario che è comunque preoccupante. È più nascosta, strisciante».

«Strisciante?» ripeté Fleming, pronto a protestare, ma Britt scoppiò a ridere piegandosi in avanti.

«Incredibile, c'è cascato!» esclamò. «Mi ha creduto! Doveva vedere la sua faccia!»

Fleming l'aveva vista molte volte, la sua faccia, in questa vita e in quella futura.

Britt gli si buttò addosso, scossa dalle risate, ancora incredula di averlo fatto preoccupare seriamente.

«Cosa?» disse Fleming cercando di allontanarla, sebbene quel contatto non gli dispiacesse per nulla. «Quale parte era uno scherzo?»

Britt gli si aggrappò al braccio tirandolo giù mentre cercava di ricomporsi. «Mi fa morire» gridò. «È così simpatico!»

Continuava a sbattergli contro come se non riuscisse a stare in piedi da sola. Doveva sorreggerla? E se qualcuno avesse visto? Fleming era in forte difficoltà.

«Ha pensato che fossi una di quelle femministe pazze» disse lei fra i singhiozzi. «L'ha pensato davvero!»

«Perché non avrei dovuto?» ribatté Fleming. «Cioè, non pensavo che fossi pazza. Potevi avere le tue ragioni. Non dovrei credere a quello che dici?»

In quel momento Helen lo avvistò da lontano e venne verso di lui con un sorriso beffardo.

«Ehi, voi due» disse. «Che combinate?»

Voi due? *Voi due*? E di nuovo Britt lo strattonava e rideva come se stessero insieme. Fleming si districò, ancora una volta, ma Britt gli mise un braccio intorno alla vita e a Helen rispose che non combinavano nulla, ridevano di una battuta stupida e si godevano la vista sul mare. Non era uno spettacolo?

Helen guardò l'acqua, per nulla colpita, ma disse che in effetti lo era. Però era combattuta. Quell'oceano, disse, le faceva tornare in mente una storia, una storia molto lunga che raccontò lentamente restando invischiata in un preambolo sulla prima volta che l'aveva raccontata e a chi e sul perché era stata dura farlo. Lo era ancora, a quanto pareva. Una storia nella storia, un vecchio trucco. Un mero atto di violenza sull'ascoltatore. Fleming avrebbe voluto tramutarsi in un mucchietto di cenere.

Si congedò con la scusa di dover lavorare, che non era vero. Non aveva alcuna intenzione di mettersi a scrivere su quella nave, ma magari davano qualcosa di bello in TV. O di brutto. O la parete della sua stanza avrebbe fatto qualcosa di strano da guardare mentre si teneva le palle in mano. In ogni caso era chiaro che se voleva evitare i suoi studenti – e voleva, Dio se lo voleva – l'unico posto in cui poteva nascondersi era la sua stanza. Ma mentre si allontanava dalla piscina sentì la voce di Britt che lo chiamava. Lo raggiunse, a corto di fiato. Era solo curiosa di sapere in che stanza alloggiava, a quale piano, perché lei era alla numero *x*, al piano *x*, e sì insomma, tanto per sapere, per caso aveva intenzione di scendere al bar, più tardi?

Fleming telefonò a Erin e le raccontò tutto. Era il modo migliore per soffocare qualsiasi tentazione. Confessare prima ancora di agire per non agire affatto.

«È stato stranissimo. E il primo giorno, per giunta! Proprio davanti a tutti».

«Che vuoi che ti dica?» chiese Erin in tono stanco. «Che faccio i salti di gioia al pensiero che una studentessa è attratta da te? Che mi congratuli?»

«No, certo che no. È solo strano. Per me, dico. Scoprire che qualcuno è attratto da *me*».

Erin non reagì. Evidentemente concordava.

«Va bene» disse, come sempre quando voleva terminare una conversazione telefonica. Era un *Va bene, mi hai stancato, tanti saluti*.

«Mi manchi» azzardò Fleming. Il telefono era umido del suo sudore. Anche lui voleva finirla lì, ma fra loro un simile scambio di effusioni era sempre sembrato pressoché vitale.

Silenzio.

Sbottò. «Non hai niente di bello da raccontare?»

«Ne ho tante di cose belle da raccontare».

Solo non a te, era il sottinteso.

«Ok, ho capito. Ancora non so cos'ho fatto di male, ma mi dispiace».

«Perché ti scusi allora?»

Ci risiamo, pensò Fleming.

«Non capisco perché sei arrabbiata, Erin. Ma mi dispiace, davvero».

«Ne parliamo quando torni».

«Parliamone ora».

«Ora non posso».

Che hai da fare?, avrebbe voluto chiederle, ma non poteva biasimarla, nemmeno lui voleva parlarle in quel momento.

«Richiamo domani» disse Fleming. «Sperando che ti sia passata».

Fleming dormiva quando udì dei colpi alla porta. Provò a far finta di niente. Che ore erano? Bussarono ancora. Erano colpi leggeri, e gli parve una contraddizione, dato che non c'era nulla di educato nel voler svegliare uno nella propria cabina. Da quando era salito sulla nave gli era stato sistematicamente impedito di stare per i fatti suoi. Ora l'avevano raggiunto perfino nella sua tana e – a questo punto modulò la voce interiore in un tono minaccioso – non aveva più scampo. Si mise a ridere. Cliché del genere erano del tutto accettabili se formulati in privato, specialmente con teatralità.

Bussarono di nuovo, segno che la persona in questione sapeva che era lì. E non era intenzionata ad andarsene. Ed era molto probabilmente una pazza irresistibile di nome Britt. Il suo tocco era deciso, ma lieve. L'indomani in classe avrebbe affrontato il tema della discrezione. Non le aveva rivelato il numero di cabina, ma non era poi così difficile risalirvi. Forse, trovandolo in maglietta extralarge e mascherina da notte con aureola di capelli intorno, avrebbe desistito dal suo proposito di sedurre un cadavere.

Non era Britt. Si vide davanti un membro del personale, un giovane in divisa bianca che reggeva una cartellina. Il commissario di bordo, probabilmente.

«Signor Fleming?» disse.

«Sì».

«Bene» fece quello e spuntò una voce sul suo blocco. «C'è qualcun altro con lei?»

Stava sbirciando dentro, quel piccolo pervertito, ficcava il naso.

«No» rispose Fleming con esitazione. Perché dire la verità lo rendeva nervoso? Forse perché *non* era la verità? Perché inconsapevolmente aveva preso parte a una qualche sanguinaria attività notturna e stava dividendo la propria psiche ipersviluppata in compartimenti stagni per, be', tollerare l'intollerabile orrore delle sue segrete passioni: rapire, catturare, godere della vista di gente incappucciata. Che bellezza se fosse stato vero. Che tristezza che non lo fosse. No, Fleming era totalmente, irrimediabilmente solo. Se aveva una vita segreta, era di per sé un segreto.

«Vuole entrare a controllare?» chiese. Vieni, vieni a sentire che odore ha il mio sonno.

L'uomo lo guardò allarmato. «No, no, a posto così, grazie».

Fleming si era comportato in modo sospetto pur non avendo ovviamente commesso alcun crimine. Forse *voleva* essere arrestato. Forse era l'unico modo per fuggire da quella nave.

Mentre il commissario si allontanava, gli chiese il perché di quella visita. Non si bussa alla porta di qualcuno nel cuore della notte senza fornire spiegazioni.

«Vi stiamo solo contando» disse il giovane.

«Contando».

«Non si preoccupi. Lei è registrato. Ci risulta. Sappiamo che è qui».

A colazione gli studenti erano in fermento. Qualcuno doveva essersi gettato in acqua, congetturavano. Il personale gli aveva fatto visita nelle loro cabine. Stavano cercando di capire chi mancava. Forse, pensò Fleming, era quello l'unico aspetto positivo di vivere nel Midwest. Non potevi finire in acqua. Tranne che nei laghi. C'erano i laghi. Nulla, il fascino del Midwest tornava a ridimensionarsi.

Franklin stava rimproverando Carl, che se ne stava lì seduto con un sorriso stampato in faccia e l'aspetto orribile di chi non ha chiuso occhio. A ben guardare, era vestito come il giorno prima.

«Ti ho visto al bar attorniato di gallinelle» scherzò Franklin. «Quante teste hanno contato nella tua cabina, finocchietto?»

Carl annuì compiaciuto e sollevò pigramente i pollici.

Fleming doveva essere sbiancato, perché Franklin lo afferrò per un braccio.

«Posso chiamarlo in quel modo perché non lo è, mentre io sì».

Un po' come se io ti chiamassi scrittore, pensò di ribattere Fleming. Ma no, non sarebbe stato giusto. Rammentò a se stesso che doveva essere gentile con loro. E poi nel corso degli anni i giudizi che aveva formulato si erano di frequente rivelati sbagliati, e ad aver successo nella vita era sempre, sempre stato lo studente meno meritevole ai suoi occhi. Avrebbe fatto meglio a essere più gentile con Franklin. Casomai in futuro si fosse ritrovato a lavorare per lui.

La lezione andò liscia. Con suo rammarico, il racconto di Britt era buono. Uno scrittore di talento poteva anche essere un folle che si aggirava su una nave a infliggere giochetti psicologici al prossimo. La storia parlava di sette, otto case diverse in cui la protagonista aveva vissuto dalla nascita al giorno della sua morte. La scrittura era distaccata e piacevole, eseguita con padronanza magistrale, un excursus della vita della protagonista che saltava di continente in continente, di matrimonio in matrimonio, finché non si ritrovava sola in una casa non molto diversa da quella in cui era nata, a miglia di distanza. Era spontaneo, stilisticamente originale, e Fleming provò una punta di invidia.

Rory non l'aveva capito. «Forse» disse, con l'imbarazzo di chi in vita sua non ha mai detto qualcosa di spiacevole a nessuno «sarebbe stato più interessante seguire sempre la stessa persona di casa in casa, invece che avere tante persone diverse, di età diverse, in posti diversi. Non sono riuscito a starci dietro, non ho capito che legame ci sia fra l'una e l'altra».

Shay scoppiò a ridere.

«Cosa?» fece Rory arrossendo.

«Niente». Shay sorrise, come chi gode delle disgrazie altrui. «Bellissimo».

«Era la stessa persona» sghignazzò Carl, distrutto da qualunque cosa avesse fatto la notte precedente ma, a quanto pareva, ancora capace di vessare il biondino seduto davanti a lui.

Fleming provò a metterla ai voti. «Qualcun altro ha pensato che le protagoniste fossero più di una?»

Tutti immobili.

«Nessuno?»

Mentre riordinava le carte durante la pausa pranzo, Fleming trovò l'elenco degli studenti. Era vero, dovevano essere dieci, non nove. La persona mancante si chiamava C. L. Levy. Inviò un'e-mail alla segreteria dell'università dal computer pubblico della nave, incastonato in una parete tappezzata di orpelli marinareschi color schiuma, come se da lì un tempo i pirati controllassero Facebook, girandosi di tanto in tanto a gridare ai compagni in fila di avere un po' di pazienza, cazzo.

Pochi minuti dopo sullo schermo comparve una notifica di risposta, in cui si diceva che tutti e dieci gli studenti avevano saldato l'intera quota. Nessuna disdetta dell'ultimo minuto. Nessuna richiesta di rimborso.

Era una bella somma da pagare per poi non imbarcarsi, o imbarcarsi e non presentarsi a lezione. Quel pomeriggio chiese ai suoi studenti se avessero mai sentito nominare quel C. L. Levy, ma nessuno ne sapeva niente. «È un uomo o una donna?» chiese Helen con fare pensieroso, come se da questo dipendesse la sua risposta. Fleming non lo sapeva. «È una persona viva o morta?» chiese allora Helen. Non sapeva neanche questo. A quanto pareva avevano capito che si trattava dell'ennesimo scrittore che voleva consigliargli di leggere. Il professor Fleming era di nuovo in stallo.

Dopo cena andò alla reception a sentire se a bordo c'era qualcuno di nome C. L. Levy. Naturalmente non potevano dargli un'informazione simile.

«Non avete un elenco dei passeggeri da qualche parte?»

Sì, ce l'avevano, l'elenco dei passeggeri, ma non era per i passeggeri.

Rientrato in cabina, chiamò Erin e le raccontò dello studente scomparso, dell'eventualità che qualcuno fosse caduto in mare la notte prima, della conta con cui l'avevano svegliato.

«E?» fece lei.

«È strano, no?»

«Be', mica tanto. Sarà una procedura. Intendevi questo? O qualcos'altro ti è parso strano?»

Cristo santo, ma che gli prendeva a tutti e due?

Assunse il tono accondiscendente che la moglie detestava tanto. Le illustrò la situazione lentamente. Una breve analisi dell'inspiegabile tutta per lei. Teorie e origini della stranezza. E una volta terminato, scoprì che Erin nel suo silenzio aveva di nuovo ragione. Messa così, non sembrava affatto una cosa strana.

«Sono solo preoccupato, nient'altro».

Questo la sorprese. Non aveva mai espresso preoccupazione prima di allora? «È che non capisco perché me lo stai raccontando. Se eri davvero preoccupato, perché non hai fatto qualcosa invece di chiamare *me*?»

«Ok. Cascasse il mondo non te ne parlerò più».

«Cos'è, metti il broncio adesso?»

«Erin, ho ancora il broncio dall'ultima volta, e quando mi passerà m'imbroncerò anche per questo. Ho bronci finché ne vuoi. Tranquilla, appena ne metto uno nuovo ti avverto».

La moglie riattaccò.

Quando uscì dalla sua cabina trovò Britt ad aspettarlo in corridoio. Lo salutò agitando un guanto nero.

Così la piccola molestatrice l'aveva scovato.

«Com'è che non sei a scrivere?» le chiese, fingendo di averla incrociata per caso in un luogo pubblico. Una battuta simpatica, al posto di un grido di paura.

«E *lei*, professore?»

Avrebbe trovato questa bella sorpresa ad attenderlo ogni volta? Poteva farsi spostare? Piuttosto avrebbe dormito nella scialuppa. Se la sarebbe fatta andare bene, attingendo alle profonde riserve di gioia che custodiva nella sua grande anima felice. Aveva gioia da vendere. Forse si sarebbe fatto dare un'altra stanza in cui stiparne un po'. Come facesse certa gente, Erin soprattutto, a nascondere i propri sentimenti o, abilità ancor più notevole, a fingere di non provare niente, era un mistero. Ma del resto cosa non lo era per lui?

«A che ti serve quel guanto?» domandò, come uno cui stava davvero accadendo una cosa del genere. «Fa caldo fuori».

«Mi fa piacere che me l'abbia chiesto» rispose Britt, e gli rivolse un sorriso strano. Aveva dei pezzetti di cibo incastrati fra i denti. Grazie al cielo non erano abbastanza in confidenza da farglielo notare.

«Questo, professore, è un guanto nuovo di zecca. Appena estratto dalla confezione». Britt se lo sbatté in faccia – un gesto... autolesionista? – poi arrossendo aggiunse con un filo di voce: «Nessuno ci si è mai procurato piacere».

Fleming lo studiò, poi si chinò ad annusarlo. «Che tu sappia» disse in tono scientifico.

Britt si mise a ridere. «Lo vede che è simpatico? Ne abbiamo parlato, io e gli altri. Ho dovuto difenderla, sa? La considerano troppo serio. Ma non è così! Amico mio, lei si sta sciogliendo».

Fece per colpirlo scherzosamente col guanto, ma lui si scostò.

«È vero, Britt. E tu dovresti usare quel guanto su qualcun altro. Percorri tutta la nave e fallo provare a ogni rematore che trovi».

«Ma io non voglio percorrere tutta la nave. Ho viaggiato a lungo e ora finalmente sono a casa, mio signore. L'ho già trovato, il proprietario del mio guanto».

Arricciò le labbra come una bambina.

«Grazie, ma no, Britt».

«Non ne sentiva la mancanza?»

«Non direi proprio» rispose, allontanandosi.

Che ne sapeva, lei? Fleming sentiva soltanto la mancanza di un po' di tempo a casa con la famiglia e con se stesso, che ancora non aveva ben capito chi fosse, probabile motivo per cui ora se ne stava lì a commiserarsi a bordo di una nave carica di perfetti sconosciuti. Ma come poteva sentire la mancanza di qualcosa che non c'era mai stato? A casa con Erin e Sylvie gli capitava, ormai sempre più raramente nonostante gli accesi litigi, e per ragioni del tutto incomprensibili, di avvertire una certa sensazione di benessere, raffiche di felicità, come quella volta che sovrappensiero lui ed Erin si erano sorrisi e si erano sdraiati sul tappeto a giocare alle costruzioni con Sylvie, e all'improvviso la bambina si era buttata per terra agitando in aria le gambette nude e gridando: «Pantaloni!». Quanto avevano riso! Quello sì, gli mancava, ma poco altro. E poi era andata davvero così? E se fosse ricapitato e lui o Erin, o entrambi, si fossero comportati diversamente, avessero distolto lo sguardo, vergognandosi di esser stati sorpresi a vivere mentre la povera Sylvie, ignara, ululava di gioia sotto lo sguardo glaciale di genitori clinicamente defunti?

Dal telefono di servizio fuori dal ristorante Fleming chiamò il centralino della nave e chiese di essere messo in comunicazione con la cabina di C. L. Levy.

«Non ci risulta un passeggero con questo nome» rispose l'operatore.

«Ora?» chiese Fleming.

«Prego?»

«Non vi risulta *ora*?»

«Intende dire se abbiamo mai avuto a bordo un passeggero che rispondeva a questo nome? Non abbiamo accesso a questo tipo di informazioni».

Oh sì, invece, pensò Fleming, non sei il re dei database? «Intendevo fino a ieri. C'era un C. L. Levy, ieri, e oggi non c'è più?»

«Non abbiamo mai attraccato. Nessuno ha lasciato la nave».

Fleming esitò. «È un bel rompicapo» ammise. Si immaginò C. L. Levy, un'ombra ritta sul ponte della nave e l'attimo dopo nulla. Dicevano che il tonfo in acqua non si sentiva, ma lui non ci credeva. Gli sembrava impossibile che un gesto tanto orribile non producesse alcun suono.

«Mi spiace, signore, temo di non poterle essere di aiuto».

«Capisco» disse Fleming. «Grazie».

E invece non capiva, non avrebbe mai capito, non poteva. Quell'episodio andava a unirsi a tanti altri nel sacco senza fondo delle situazioni che non avevano, e forse mai avrebbero avuto, senso. Era diventato una specie di collezionista, ma che valore aveva questa collezione di eventi inspiegabili che eppure erano avvenuti? Avrebbero dovuto indagarlo per occultamento di segreti.

Sul ponte il buio non era ancora abbastanza fitto da offrirgli un nascondiglio. I suoi studenti si aggiravano per la nave, bevevano appostati dietro finti cespugli in attesa di balzargli addosso non appena si fosse avvicinato. Le stelle quella notte erano vicine. Non meri punti di luce che penetravano il tessuto di un altro mondo, per citare un autore che amava, ma astri scivolati troppo in basso, informi e opachi. Sembrava che fossero stati banditi dal mondo delle vere stelle, le quali erano ben consapevoli di dover mantenere le distanze. O forse era la nave a impennarsi levandosi dall'acqua come un razzo al rallentatore. Se chiudeva gli occhi gli pareva di sentire un vento investirlo dall'alto, e quasi ci credette. Perché era così facile credere a qualcosa di non vero, quando invece la verità risultava così poco convincente, per non dire inconcepibile? Quelle stelle – così vicine, opache, informi e false, come quelle che disegnano i bambini, e che ne sanno poi i bambini? – non erano credibili. E come loro neanche il cielo, la notte intera, le sue conversazioni. Niente sembrava più autentico, fidarsi richiedeva uno sforzo. Ciò che accadeva doveva essere rivisto per diventare credibile. O forse era *lui* ad aver bisogno di una revisione. Lui, Fleming. Doveva cambiare in modo che il reale non sembrasse così estraneo e sbagliato. E come faceva? Con degli strumenti particolari, con le mani, con un sacco infilato in testa? Uscendo sul ponte di una nave la notte? Si sarebbe raggomitolato dietro la piscina, dietro i campi da gioco, dove gli ombrelloni erano stati arrotolati e impilati e assicurati a una catena. Si sarebbe ricavato un giaciglio. Non era poi così male. La notte oscura era come una stanza, di certo migliore di quella che aveva. Era il luogo ideale per sottrarsi alla conta, se ne avessero fatta un'altra. Lì nessuno l'avrebbe trovato, non prima dell'alba. Non avrebbero mai spuntato il suo nome sulla lista. Forse era inevitabile, che la conta ricominciasse, che la nave e le sue cabine fossero ispezionate in cerca di persone, persone vive – i suoi esseri umani! – e che uno dopo l'altro si venisse, una volta per tutte, spuntati.

ARTI OSCURE

Una cupa mattina d'inverno all'ostello maschile Müllerhaus, Julian Bledstein si allungò a prendere il suo astuccio da bagno. A casa sarebbe riuscito a medicarsi anche bendato, ma lì, all'altro capo dell'oceano, non era altrettanto semplice. La stanza era maleodorante, e più di un compagno russava. I letti sistemati nella vecchia palestra erano singoli, cosa che non aveva impedito a certi ospiti di accoppiarsi una volta spente le luci. A volte Julian li sentiva darci dentro, fornicare col silenziatore. Quando non riusciva a dormire si concentrava sui rumori, immaginando il peggio: animali attaccati a macchine per respirare, bambini soffocati sotto le coperte. Al mattino non riusciva mai a individuare chi avesse fatto l'amore. Gli uomini si vestivano e uscivano evitando ogni contatto visivo, ipnotizzati dal bagliore dei loro cellulari. Sui loro volti nessuna prova del sesso goduto.

Julian trattenne il respiro e si vuotò nella carne della coscia il contenuto della siringa, un'improbabile medicina che gli era costata una quantità vergognosa di denaro. Assicurò alla rete metallica del letto un borsello con dentro ciò che restava del suo denaro. Il frutto del sudore della fronte di suo padre. Gli euro rimasti non sarebbero bastati. Neanche lontanamente.

Avrebbe dovuto chiamare, fare la vocina supplichevole al telefono, finché il portafoglio del padre non avesse sputato fuori altre banconote. Infilò il passaporto sotto il materasso.

Abbandonò l'ostello e prese il sentiero di pietra per andare incontro a nulla di buono. Quella mattina, come al solito, si avviò verso la stazione per accogliere Hayley. La dolce, dolce Hayley che non si sarebbe presentata quel giorno, come ogni altro delle scorse due settimane. Diventava sempre più chiaro che la sua amorevole, per quanto irascibile, ragazza, che solo raramente sembrava disprezzarlo, non l'avrebbe raggiunto in Germania. Eppure l'avevano programmato per mesi, quel viaggio, passando i pomeriggi da disoccupato di Julian a fare ricerche su Google, e Hayley aveva continuato a spedirgli link allettanti dall'ufficio ogni volta che poteva. Mappe di chioschi ambulanti, passeggiate lungo Königsallee. Prima avrebbero seminato terrore in Inghilterra e in Francia, razziato il Vecchio Mondo, e infine come ultima, claudicante tappa si sarebbero fermati a Düsseldorf.

Doveva essere una scappatella medico-romantica: un giovane infermo e la sua compagna alla scoperta della medicina sperimentale lungo il Reno. Hayley aveva promesso di posargli quadretti di cioccolata amara sulla lingua mentre lui fissava il soffitto desiderando di morire. Ma in Francia avevano litigato ed era venuto a Düsseldorf senza aspettarla. Ora attendeva senza molte speranze né pace – trascinandosi tra l'ostello, la stazione e l'Internet cafè a controllare se avesse ricevuto e-mail – e nel frattempo si faceva curare nella clinica sulla collina.

«Curare» era una parola grossa. Il suo era un caso disperato.

Un'allergia al suo stesso sangue, questa era la definizione molto poco scientifica che si era dato. Un'allergia a se stesso, avrebbe detto meglio. Il suo sistema immunitario era confuso, combatteva contro la squadra di casa. A meno che non sapesse *esattamente* che cosa stava facendo. Le malattie autoimmuni sono il più sofisticato sistema di autosabotaggio, il miglior mezzo per diventare i peggiori nemici di se stessi. Negli Stati Uniti, di fronte a tanto dolore e a valori del sangue così irrimediabilmente compromessi, non facevano altro che infarcirti di oppiacei e guardare l'orologio. Ti scavavano la fossa e incidevano il tuo nome sulla pietra. In Germania non era così. La Germania era lo scintillante avamposto della nuova frontiera della medicina, dove per amor di conoscenza, ostinazione o semplice opportunità economica, si tentava quello che altrove era impensabile o vietato. Per un prezzo modesto ci si poteva far iniettare il farmaco sperimentale. In *dosi massicce*, per giunta. Ti ci potevi fare il bagno, in quelle acque miracolose. Il giovedì sera nei bar servivano shot di cellule staminali come se piovesse. A patto che salutassi la curva – sì, con la mano – e dicessi addio ai tuoi diritti, alla tua famiglia, alla tua vita.

Non era un patto poi così terribile. Il primo giorno gli avevano agitato davanti un ago sottilissimo che brillava nella fredda luce al neon della stanza delle cavie, e gliel'avevano conficcato nella schiena aspirando sangue e midollo, il suo succo più intimo e profondo. Poi avevano portato il tutto a ebollizione e gliel'avevano reintrodotto a cucchiaiate, finché non aveva iniziato a sfrigolare, letteralmente illuminato dall'interno. Ovviamente il processo era più complicato di così, in particolare per via delle arti oscure che evocavano sul midollo una volta estratto. Lo mescolavano, lo ripulivano, lo trasformavano in una fottuta arma, e poi glielo rivendevano in cambio di denaro contante. Una medicina a somma zero – dato che era stato lui stesso a produrla – generata da quella che una volta Hayley, punzecchiandogli il costato, aveva definito «la fabbrica di Julian». Peccato che la somma in realtà desse una cifra molto più alta di zero. Tanto valeva che si mangiasse un braccio o si succhiasse l'elisir dal cuore con una cannuccia.

A casa le aveva provate tutte e non era servito a niente. Steroidi, blocco dei nervi, plasma purissimo. Aveva mangiato solo verdura finché non aveva cominciato a colargli lungo le gambe. Poi per un lungo periodo si era fermato. Era tornato a studiare, poi aveva abbandonato. Adesso, a vent'anni suonati, stava provando la sua vecchia stanza nella casa del padre, cosa di cui Hayley non riusciva a capacitarsi. Forse perché ci voleva fegato a tornare a vivere col proprio padre. Ad ogni modo, prima di tutto stava provando Hayley, la provava con tutto se stesso, e vedeva che a lungo andare lei si stava esaurendo. Immaginate di stare insieme a un vecchio di vent'anni che soffre di una malattia incomprensibile. Ma dopotutto era stata Hayley a suggerire quel viaggio, in modo che lui potesse avere accesso a quella nuova terapia di cui tanto avevano letto, una possibile svolta nella lotta alle malattie autoimmuni rare.

In Germania ti curavano con te stesso. Eri colpevole di aver occultato la cura dentro di te, cazzone egoista. Il loro compito era strappartela con la forza, migliorarla, e poi restituirtela tramite uno spaventoso ago mentre tremavi su una sedia. Il miglioramento sarebbe stato visibile nel giro di poche settimane. Mmm. Nelle sue fantasie Julian si immaginava ripulito, ben vestito, di colpo sprizzante fascino e senso dell'umorismo. Migliorato in ogni senso. Forse addirittura con un nome nuovo. Naturalmente, come aveva scoperto, durante le sedute gli imbronciati medici si rimangiavano tutto, tergiversavano, cacavano fuori cavilli finché la promessa di guarigione non faceva un volo fuori dalla finestra e dall'edificio in generale. Se non altro, però, nel cammino verso l'oblio, potevi nutrirti di te stesso e succhiar via la speranza da ogni tua parte migliore. Avevi la possibilità di provare il meglio di ciò che legalmente la medicina non aveva da offrire.

Quella mattina evitò gli sguardi ostili dei negozianti cui sapeva di non piacere: ai loro occhi era l'americano pallido che non spendeva mai un soldo. Ormai avevano imparato a riconoscere la sua figura malaticcia. O ciò che ne restava. E come lo spiavano... Gli sembrava che riuscissero a penetrargli i vestiti con lo sguardo e che ciò che vedevano non li divertisse. Ci sarebbe voluto ben altro per nascondere un corpo così. Ci voleva una pala, un telone. I teloni erano fatti apposta per coprire uomini come lui. *E questa voi la chiamate persona? Non è una persona.* Epitaffi del genere gli uscivano così, senza sforzo. Era un talento naturale.

I negozianti – ometti protetti da pettorine, giovinastri dal baffo spettrale – lo seguirono con lo sguardo fino in fondo alla via. Era attenzione? Amore? Julian sentiva solo di dover accelerare il passo per liberarsi di quegli occhi. Qualcuno aveva mai studiato la biologia dell'essere visti? Il terrore, quella sensazione di andare a fuoco che ti sentivi addosso quando incrociavi uno sguardo e la persona cui apparteneva ti prendeva di mira? Avrebbe voluto rispondere assumendo un'espressione gentile e curiosa, un'espressione che potesse fare ammenda per la sua taccagneria, per l'ardire che aveva avuto a invadere la loro eccelsa e antica città. Ma alla sua faccia, cosa che nessuno si era mai preso il disturbo di fargli notare, mancava del tutto la capacità di *comunicare*. Aveva rinunciato a utilizzarla come un semaforo, come a volte si fa all'estero in assenza di una lingua comune, per farsi capire, per assicurare all'altro di non essere un assassino. Il linguaggio del corpo era roba da scimmie, o da mimi del Vermont. Da Mummenschanz, che mostravano emozioni per vivere. La faccia lui la usava per mangiare, per parlare. A volte la nascondeva nelle mani. Poteva bastare.

Impiegò giusto un tiro di sigaretta a raggiungere la stazione dei treni, un edificio color ruggine dalla cupola di pietra. Dopo essersi avventurato all'interno per qualche mattina, affrontando la folla di viaggiatori dall'alito fetente di zuppa di pesce, aveva deciso che non era necessario penetrare quell'antro umido per aspettare Hayley. Una panca di granito di fronte alla stazione offriva la visuale perfetta sui passeggeri in arrivo. Ogni giorno dall'edificio si riversava sul marciapiede una folla avvolta in paglia e canapa. I più eleganti vestivano cappe cerate da cacciatori. Ogni tanto un americano alterava la palette di colori con la sua vivace uniforme vacanziera e sembrava che gridasse al megafono: *Sono appena arrivato nella vostra città storica e sono la persona più felice che abbiate mai conosciuto! Lasciatevi contagiare!* Schizzavano verso la piazza centrale come clown sparati da un cannone, con la faccia sporca di merendine atteggiata in strane smorfie verso fotografi che per loro sfortuna non erano paparazzi.

Nessuno trovava i turisti americani più sgradevoli degli americani stessi. O forse sì. Forse la competizione era vasta, l'ostilità inesauribile verso quella creatura del primo mondo che se ne andava in giro a elargire le proprie ricchezze. Julian fantasticava che il problema dei turisti americani sfociasse in una guerra civile, in un cane che si mordeva la coda e faceva anche di peggio. A un certo punto spalancava le fauci più che poteva e ingoiava la propria erezione.

Solo quando erano decollati dal New Jersey spostandosi verso est, verso una civiltà superiore, Julian si era reso conto che la sua decadente patria era già in putrefazione. Ma un potere superiore, un qualche segreto, apolide, ideologico potere continuava a dimenticarsi di appendere il maiale. Rifiutandosi di soccombere, l'America continuava a galoppare verso l'orizzonte, lancia in resta, con una sostanza lattiginosa che gocciolava dalla punta. Adesso ce li aveva davanti, quei ciccioni pronti a spararsi un lavaggio del cervello di cultura tedesca, che per riscaldarsi saltellavano sul posto, fuori dall'Hauptbanhof, nelle loro scarpe da ginnastica gonfie come palloni aerostatici.

Aveva passato due settimane così. In stazione arrivavano treni da Parigi, Salisburgo, Dresda, Berlino, e dal primo all'ultimo si rifiutavano di rigurgitare la ragazza con cui aveva discusso a Strasburgo. Un treno di delusioni. A dire il vero, durante quel viaggio lui e Hayley avevano discusso in parecchie città dell'emisfero occidentale, una tournée di malcontento e recriminazioni. Per lo più conducevano una guerra silenziosa impiegando armi così invisibili che a volte Julian non riusciva nemmeno a capire se stessero ancora lottando. Anche a letto, quando lei lo cavalcava verso l'estasi sessuale, corrucciata come una scolaretta sui compiti, e alla fine veniva con una smorfia di dolore, anche allora Julian si chiedeva se fosse arrabbiata con lui. I loro incontri non erano più piacevoli di una siringa infilzata nella schiena. Hayley appariva così seria con quei capelli corti. Era troppo introversa, troppo sicura di sé, troppo a suo agio in ogni situazione, cosa che di certo non metteva a suo agio lui. Ogni tanto un ego doveva pur straboardare, un corpo doveva pur mostrare in superficie qualche traccia di ciò che nascondeva dentro, per la miseria. Ma Hayley aveva eretto un muro di fuoco a protezione del proprio umore e dei propri sentimenti. Non c'era modo di conoscerla, potevi morire prima che ti autorizzasse a penetrare nel suo mondo privato. Se ci provavi eri un maniaco, un invasore, lei ti scombinava i ragionamenti e poi ti svergognava. Se all'improvviso lui le toccava una mano, Hayley si rintanava nel silenzio, quando l'unica cosa che Julian desiderava era essere toccato a sua volta. Che fosse quello il premio di consolazione per i sottomessi in un rapporto? Per gli umili, gli impacciati, i pigri? Quanto poteva mai costare, rispondere a una carezza? E Hayley non sopportava che manifestasse così apertamente il suo desiderio quando all'improvviso le saltava addosso. Quando la punzecchiava carinamente in un modo che proprio carino non era, e lui lo sapeva. Esisteva una sottocategoria di sfacciati che un po' di vergogna avrebbero fatto meglio a provarla? Lui aveva frequentato una scuola diversa, la scuola della sincerità, la scuola del Voglio di Più. Hayley invece gli stava facendo un corso accelerato di impotenza emotiva, e lui se la cavava benone. Toccandola e attendendo una sua reazione, Julian poteva condurre il genere di ricerca sull'emotività che non viene mai assegnata in nessun college: un'indagine a fine dissertativo sui limiti della repulsione in soggetti che palesemente si amano. In ogni caso una scelta che dir stupida era poco. Hayley gli si sarebbe rivoltata contro e lui si sarebbe sentito il viso andare a fuoco in preparazione a un possibile schiaffo. Lei fiutava il suo bisogno e non aveva un buon odore, anzi puzzava da dare il voltastomaco. Perché aveva sempre bisogno di conferme su qualcosa che di per sé andava bene, perché metteva sempre in dubbio tutto, voleva sapere Hayley? Gli diceva di metterlo via quel maledetto termometro, di smettere di pungolarla, ostinandosi a misurare il suo umore e finendo per *rovinarglielo*.

In realtà questa era la riprova che la amava. Abbastanza. Molto. Terribilmente. Che il cielo avesse pietà di lui. Innanzitutto Hayley non lo aveva lasciato, sebbene la sua caratteristica saliente come creatura di genere maschile fosse una spiccata abbandonabilità. Gli riusciva naturale mettere gli altri nella condizione di andarsene. Altra cosa che avrebbero potuto scrivere sulla sua tomba. Ma Hayley era ancora lì. La sua lealtà era di per sé un afrodisiaco, malgrado i farmaci lo condannassero spesso alla virilità di un manichino. E lei credeva nella sua malattia, la trovava autentica, reale, perfino interessante: una fede così non era da tutti. Ce l'aveva suo padre, ce l'aveva lei e forse qualche sconosciuto su Internet, il luogo dove i malati andavano in cerca dei propri simili per abusare della loro empatia ed essere a loro volta abusati. Loro sì, ci credevano. A volte persino più di lui.

Hayley non sarebbe arrivata. Ormai era abbastanza ovvio. Seduto lì a tremare, Julian udì l'annuncio delle 9:13, poi delle 9:41, delle 10:02. Era stanco. D'inverno a volte gli veniva la febbre. Schiena e braccia bruciavano come se gli avessero avvicinato una fiamma alla pelle. È la morte dei nervi, gli aveva spiegato una delle sue confidenti su Internet. Il sistema immunitario lo voleva morto. *Sapeva.* Chiamava per conto della direzione, doveva scortarlo verso l'uscita. Nel grande disegno dell'universo, di cui doveva essere necessariamente tenuto all'oscuro, la sua esistenza rappresentava un ostacolo. Così la specie si adatta. Erige tombe. Corregge il tiro.

Non c'era nessun altro ad aspettare fuori, quel giorno. Nessuno era tanto stupido da congelarsi le chiappe su una panca di granito nel bel mezzo della Germania per guardare i treni arrivare. Lì la gente sapeva dove si trovavano i loro cari. Per definizione, la persona cara era un individuo le cui coordinate erano facilmente reperibili. Era la sua natura. Gli altri non avevano bisogno di esporsi al rischio di ammalarsi aspettando fuori e lasciando la mente libera di evocare scenari apocalittici. Gli scomparsi, i cari estinti. I cari traditori, occupati a leccare qualcun altro in un'altra città. Non avevano bisogno di fantasticare su futuri dolori che avrebbero patito, su una vita vissuta in solitudine. Mettigli un anello alla caviglia, a questi cari, se proprio vuoi, se *devi* assolutamente sapere dove si trovano in ogni momento, ma risolvi il problema, si disse. Agisci. Rintracciale, queste cazzo di persone, o lasciale andare.

Quando fu chiaro che i primi treni del mattino non gli avrebbero consegnato Hayley, Julian entrò in un bar e bevve un espresso bollente, poi fece ritorno al suo posto di guardia. Più tardi, siccome Hayley ancora non si vedeva, cercò riparo al chiosco delle crêpe, dove le morbide cialde erano già state farcite di marmellata scura. Un pane dei morti per due euro. Le spoglie millenarie di un uomo ridotte a un cuneo di catrame. Questo sei tu fra qualche anno, un patetico mucchio di ossa marce.

Non aveva appetito. Non ne aveva mai. Ma un cupo senso del dovere, la voce di suo padre, dolce e femminea, gli suggeriva che mangiare era cosa saggia. Mangiare, mangiare, mangiare. Dai, Julian, mangia qualcosa, diceva sempre suo padre, come se i frutti nocivi e corrotti della terra non finissero per avvelenarlo comunque. Era una vita che vedeva il padre – un uomo piccolo, amorevole e talmente premuroso che Julian a volte si chiedeva se avesse bisogni propri – in piedi davanti ai fornelli, intento a preparargli pancake, toast al formaggio, porridge, uova, hamburger. Quando più tardi la medicina alternativa gli aveva suggerito nuove strategie nutrizionali, quando il Prednisone e il Pregabalin, le prescrizioni generiche di immunoglobuline endovena e la chemioterapia avevano fatto di lui un grassone stanco, bruciato, sbiancato e sconfitto, il padre era passato a bollire tonnellate di cavolo verza. Ma Julian pescava dal piatto solo ciò che voleva, come estraendo schegge di vetro da una vittima della strada. Il padre, specialmente dopo che la madre si era ritirata sottoterra a trascorrere l'eternità in una lussuosa bara dove nessuno avrebbe più potuto disturbarla, rimuoveva dal piatto il cibo scartato gettandolo nel bidone, solo per fare un altro tentativo poche ore dopo, sempre sorridente e affabile.

Per questo ora pensò che mangiare fosse una buona idea, ma non gli veniva il gesto che il turista medio solitamente utilizzava per dire che voleva una crêpe vuota. Il venditore si divertiva a guardarlo fingere di grattar via qualcosa di cattivo dal palmo della mano. E lui grattava, grattava, con la faccia arricciata a significare disgusto per la marmellata, mentre quello gli sorrideva e gli strizzava l'occhio, come se Julian lo stesse invitando ad appartarsi con lui, più tardi. Perché gesti simili, una mano che faceva qualcosa all'altra, venivano sempre interpretati come allusioni sessuali? Perché invece non venivano visti come atti di creazione, imitazioni del gesto di Dio che estrae la vita dalla terra e la ripulisce della polvere, per poi spedirla nel buio senza uno straccio di lanterna? *Forse* allora avrebbe acconsentito a giocare al gioco dei mimi, se al posto di film famosi la pantomima fosse stata riservata a fenomeni legati al Big Bang. Scenari religiosi. Il linguaggio freddo della fisica. Rievocazioni del principio dei tempi. Il primissimo principio. E l'ottavo giorno Dio rese le sue creature così sole che piansero. T'immagini mimare questo, pensò. La gente di questo mondo che piangeva coprendosi il volto con le mani.

Julian era in anticipo per la trasfusione. Una cosa positiva, visto l'estenuante rituale cui dovette sottoporsi al banco dell'accettazione. Un dialogo che riguardava nientemeno che l'esistenza di Hayley.

«È venuto da solo?» lo interrogò l'addetta come al solito, poi si alzò dalla sedia, che emise gas, e sbirciò alle sue spalle.

Julian si fece da parte per mostrarle il vuoto alle sue spalle: *Regardez* quanto cazzo sono solo. Se ne faccia una ragione, una volta per tutte.

Sembrava che non esistesse un modo definitivo per confermare il suo stato di solitudine. Julian si strinse nelle spalle e le mostrò tramite un sorrisetto tutto il suo legittimo – come lo riteneva – sconcerto. Gli doleva quasi il viso.

La donna non parve farci caso.

«Non dovrebbe venire da solo» insistette, agitandogli davanti il suo modulo.

Era vero. Aveva acconsentito a essere accompagnato – da chi, non gliene poteva fregare di meno – perché le sedute di terapia lo rendevano debole, lo stordivano. E potevano fare anche di peggio. Potevano stenderlo, supino o prono, farlo sbavare o arrapare. Anche questo avrebbero potuto scrivere sulla sua tomba. E a chi importava se era dura, se la parola «terapia» era la parola più sbagliata per indicare quello che ti facevano. La parola più sbagliata in assoluto. Come si diceva quando alla fine dovevano portarti fuori di peso? Quando a causa della violenza degli immunosoppressori, che precedevano le pere di midollo sanissimo, il corpo non riusciva più a muoversi da solo? Probabilmente, in quello stabilimento clinico di prima classe non gliene sarebbe fregato niente a nessuno se alla fine il corpo fosse stato gettato nel Reno. Bastava che sparisse di lì. Chissà se lo chiamavano *il corpo,* se facendo capolino dalla teutonica tenda divisoria si chiedevano a vicenda, *Il corpo* è andato, *ja*? Tutto a posto, *ja*?

Non era razzista, era solo stanco. Ad ogni modo finora era sopravvissuto anche senza Hayley, barcollando per la lobby e uscendo, un passetto dietro l'altro, sulla grande scalinata bianca sovrastante la città. Certi giorni, o forse una volta, sotto l'effetto di una dose fresca di cellule staminali aggiustate, si era persino sentito forte e all'erta.

Julian si chinò, mostrò i denti. Quei denti grigi, ne era consapevole, non davano l'impressione di voler mordere, ma semplicemente di potersi sbriciolare da un momento all'altro riducendosi a un orribile mucchio di cenere.

«Me ne vado?» le chiese in tono intimidatorio. «Guardi che lo faccio eh. È questo che vuole?»

Uuh che paura. La stava davvero minacciando di non sottoporsi alla *sua* terapia, quella per la quale il padre aveva già pagato? Questo sì che l'avrebbe convinta. L'aveva messa all'angolo!

Il bambino che minaccia il genitore:

Se non mi dai quello che voglio, io non mangio la caramella!

La donna sospirò. Dopotutto era un essere umano.

«Questa persona fa parte della sua vita?»

«E non solo».

«E dice che verrà?» chiese la donna con una punta di speranza.

Per carità, ora basta sperare. Dove ci ha portato finora, la speranza?

«No» disse Julian. «Direi di no».

In sala d'attesa, dopo che un ronzio aveva segnalato il suo ingresso, Julian chiuse gli occhi per non sentire le grida strozzate dei malati. O era il computer, che si metteva in moto come un cavallo che aveva preso la scossa? Era probabile che nessuno nelle vicinanze stesse urlando, ma come mai nessuno urlava? Possibile? In posti del genere Julian si era immaginato gente agonizzante a ogni angolo, un uomo in camice sdraiato a terra, in preda agli spasmi, con uno scudo di medici davanti a bloccarti la visuale.

Già all'ingresso si era reso conto che la clinica era diversa da come credeva. Niente veranda con le classiche sedie a dondolo, su cui i dignitari trascorrevano la convalescenza immersi in profonda riflessione mentre con lo sguardo già fissavano il baratro. Niente infermiere che accorrevano a posarti una coperta sulle gambe. Niente passeggiate rigeneranti lungo sentieri muschiosi, circondati dall'aria tersa della montagna. Non erano stati i tedeschi a rendere popolare la convalescenza, a indicarla a individui sani come soluzione di vita? Che delusione. Se non fosse stato per quella sostanza illecita, irreperibile in patria, se ne sarebbe pure potuto tornare in New Jersey (altra frase buona per la tomba).

La Bensdorp Clinic mancava di qualsivoglia richiamo al retaggio montanaro bavarese. La convalescenza veniva presentata come un'attività essenzialmente professionale, un corso di formazione. La sala di accoglienza era arredata in modo da ricordare una banca, le stanze per la terapia relegate in nicchie. Le pareti dei corridoi erano tappezzate di prodezze sportive incorniciate nel metallo. Corpi catturati in pose impossibili, corpi lucenti, seminudi. Immagini senza dubbio appese per compiacere i presunti pazienti celebri, i quali dovevano avere un ingresso a parte, una loro ala privata del cazzo, perché lui non li vedeva mai. Ricchi e artritici atleti americani, disposti a farsi iniettare sperma di cavallo o chissà cos'altro nelle articolazioni, capaci di sostenere le spese di qualsiasi rimedio che contrastasse le più disparate e violente aggressioni ai danni dei loro corpi. Spugne di mare che ti succhiavano il collo, pomate di vermi che fortificavano le cartilagini.

In sala d'attesa i pazienti controllavano il cellulare, leggevano, facevano di tutto tranne che incrociare lo sguardo degli altri. Un certo grado di vergogna, unito all'insensibilità alla morte indotta dalla stanchezza, caratterizzava quelle persone, che avevano vuotato le tasche per sottoporsi a una cura sperimentale e non potevano quindi permettersi il lusso di sentirsi ancora peggio lontano da casa. Che umiliazione mostrarsi così, incapaci di reagire, di urlare la propria rabbia sul sentiero del tramonto. Incapaci persino di *lamentarsi*.

Quando chiamarono il suo nome, un addetto lo condusse nella stanza semiprivata in cui dei pazienti, abbandonati su poltrone di vinile blu, guardavano trasmissioni televisive che non potevano capire. Era lì che fingevano, o no, che le cure funzionassero. Perfino l'ottimista più incallito era costretto a guardare in faccia la morte con uno scarpone premuto sulla schiena.

Seduto alla postazione numero 3, Julian si sottopose alle solite cretinate pre-seduta. Confermò il suo nome, la data di nascita, firmò l'ennesima liberatoria in tedesco. Una praticante infermiera giunse a prelevargli il sangue dalla gamba e riempì una provetta fino a trasformarla in un lungo proiettile nero che poi gli agitò davanti. Il liquido schiumò.

«Sta bene» disse.

«Sì?»

«Sì» fece lei con un mezzo sorriso. «Glielo dico io». E si diede qualche colpetto sulla testa. Il gesto universale per indicare certezza. Doveva ricordarsi di farlo quando parlava con qualcuno, a prescindere dall'argomento. Doveva toccarsi la testa.

Il giorno prima aveva fatto un'ecografia e altri esami, quindi oggi l'avrebbe passata relativamente liscia, in termini di tempo. La trasfusione durava solo un'ora, gli aveva detto l'infermiera, dopo di che era libero. Fuori sarebbe stato ancora giorno. Forse sarebbe andato ad aspettare in stazione. Se non altro, starsene seduto su quella panca a leccarsi le ferite mentre fingeva di cercare Hayley non costava nulla. Del resto, se fosse tornato presto in ostello, avrebbe dovuto rintanarsi sotto le coperte finché le luci accecanti del soffitto non si fossero spente per la notte.

«Pronto?» domandò l'infermiera. Julian fece cenno di sì, ma non era vero.

L'infermiera avvicinò l'apparecchio e lo accese. Dalla struttura di ferro penzolava una sacca trasparente colma di sciabordante nuova vita, un liquido vagamente spumoso e rosato da cui proveniva un ronzio affatto spiacevole.

Julian rilassò il braccio e chiuse gli occhi, in attesa dei sogni che talvolta arrivavano quando il lungo ago carico di midollo gli penetrava nel corpo.

Dopo la seduta, il padre gli assicurò dal telefono a gettoni nell'atrio che i soldi non erano un problema. Gli avrebbe firmato un assegno in pausa pranzo, il che voleva dire che Julian poteva riscuoterlo già quella sera. Ma come stava, voleva sapere il padre, e com'erano gli effetti collaterali, riusciva a dormire? Perché non si può guarire se non si dorme bene – epitaffio –, era puro buon senso, e certo, la città offriva parecchie tentazioni, con tutti quei musei e il vecchio teatro dell'opera e il festival di cibo latinoamericano, che era iniziato la sera prima stando a quanto aveva letto su Internet – Che bel gesto da parte dei tedeschi!, disse il padre –, ma non doveva strapazzarsi, non doveva abbandonarsi ai piaceri della vita mondana di Düsseldorf. E chissà che piaceri! Com'era l'hotel, carino? Doveva solo pensare a prendersi cura di sé, perché i soldi, davvero, non erano un problema.

Quello, Julian ne era consapevole, era il modo di suo padre per dire che i soldi erano un problema *eccome*, e che il pensiero lo tormentava giorno e notte, anche se non ne parlava mai. Mai. Julian avrebbe potuto strappargli i soldi di dosso a morsi, tanto lui aveva giurato di non emettere un fiato.

Troverò il modo, disse suo padre. Gli avrebbe mandato più di quanto aveva chiesto, perché i soldi erano l'ultima cosa di cui doveva preoccuparsi in quel momento. Adesso doveva solo guarire. Stava guarendo?

Julian abbassò lo sguardo sul braccio baciato dall'ago. Immaginò quell'emocomponente tedesco che gli invadeva il corpo, sconfiggendo radicali liberi, persuadendo i globuli bianchi a non divorarlo fino all'osso.

Gli pareva di star guarendo. Almeno.

«Come sta Hayley?» chiese il padre. «Ti fa mangiare?»

Julian se la figurò mentre gli teneva la bocca aperta col pugno e gli versava in gola della sbobba.

«Sta bene» rispose Julian. Poco ma sicuro. Probabilmente stava bevendo e fumando seduta fuori da un bar, da qualche parte a nord di lì. Era ancora in Francia? Forse a Berlino?

Avevano parlato di Berlino in tono lascivo, come presumendo che lì si sarebbero amati di più.

«È con te? Me la passi?»

Lei, suo padre e tutti i loro segreti. Si erano autoeletti suoi medici curanti, i suoi tutori personali, e la loro autorità derivava dal semplice fatto che avevano dato prova di avere a cuore la sua salute più di lui. Una volta passato il telefono era prassi che Julian si allontanasse, per lasciare loro un po' di privacy. Accadeva sempre quando non tornava a casa da un po' e si fermava da Hayley, e allora il padre iniziava a preoccuparsi. I suoi badanti dovevano consultarsi e il paziente doveva andarsene fuori dai piedi.

«È uscita prima a cercare un buon posto per cena. Sto morendo di fame».

«Questo volevo sentire» disse il padre.

A proposito di cose che uno avrebbe voluto sentirsi dire. Julian cos'avrebbe voluto che gli dicessero, esattamente? Magari una frase che riguardava Hayley. O Hayley che si esprimeva in modo molto poco hayleyesco: *Ehi, Jules, sono io. Mi manchi, sto arrivando.*

Potevano fargli sentire questo, o qualcosa di simile?

«Adesso vado, papà. Grazie, ciao».

Il padre respirò nel telefono. Perfino dalla Germania Julian capì che il padre, a casa sua nel New Jersey, stava bene, forse sorrideva addirittura. Ecco, quella era una cosa bella da sentire. Proprio bella. Poteva bastare.

Sarebbe riuscito, almeno in punto di morte, a smettere di pensare a quel padre che avrebbe fatto di tutto per lui? Che crimine dimenticarsene. Sarebbe stato un vero criminale a smettere di pensarci anche solo per un minuto.

Julian lo ringraziò ancora, sforzandosi di sembrare sincero. «Ti voglio bene, figliolo» disse il padre, e riattaccarono.

Julian prese una scorciatoia per la città vecchia risalendo Adersstrasse e aggirando Graf-Adolf-Platz. In quel periodo dell'anno la Germania era sepolta sotto una cortina di gelo, gli alberi erano lucidi di ghiaccio, l'erba così rada che il Paese intero sembrava emerso dal cemento. La pietra era segnata dalle intemperie, così come la gente, la loro lingua. Tutto intorno a lui fluiva quel linguaggio duro, ruvido. Doveva per forza essere un genio, pensò Julian, quell'uomo che aveva plasmato un linguaggio da grida strozzate e rantoli di agonia. Forse non esisteva mezzo di comunicazione più sincero. Se avesse parlato il tedesco, anche lui avrebbe dato un'impressione seria, solenne. Le sue sciocchezze sarebbero assurte al ruolo di parabole. Qualsiasi cosa gli fosse uscita di bocca sarebbe stata un'eulogia. Il tedesco era *la* lingua della fine del mondo, l'unica degna di essere parlata al tramonto della vita. Se il sole fosse rimpicciolito, raffreddandosi, e di colpo il buio fosse calato su ogni cosa, tutti avremmo dovuto prostrarci e contorcerci nella terra intonando frasi in tedesco. Un omaggio agli ultimi istanti del mondo.

Julian, però, era costretto ad accontentarsi del suo nasale e piagnucoloso inglese, una lingua in cui ogni parola era la lagna di un bambino viziato, una bizza, lo squittio di una voce accelerata al registratore. A prescindere da ciò che dicevano, quelli che parlavano in inglese parevano sempre depravate mascotte dalla testa gigantesca che imploravano più attenzioni per il loro salsicciotto. Perché erano soli. Perché avevano paura. E perché il loro salsicciotto si sarebbe sentito meglio dopo una stropicciata. Che indelicatezza, che vergogna, rivelare informazioni simili attraverso il semplice uso del linguaggio. L'inglese, la lingua del lamento, la lingua di chi era costretto a supplicare per ottenere favori sessuali. All'estero Julian cercava di non parlarlo molto. Per quanto possibile, non parlava proprio.

Saltò la cena. Entrò in un'enoteca e bevve con cautela da una bottiglia comune che conteneva un liquido rosso e spumoso, un tipo di bevanda alcolica gasata. Si sedette in mezzo a un mare di divani, e ogni tanto un officiante alticcio gli riempiva il bicchiere e sollevava il proprio in aria, in una sorta di fiacco brindisi alla salute dei presenti. Ogni volta Julian alzava il calice rispondendo con un cenno del capo. Alla salute, sì. Quando la bottiglia finì ed ebbe sborsato più di quanto doveva, riprese il cammino verso la stazione, dove andò ad accomodarsi sulla solita panca di pietra.

Era piacevole una volta tanto non attendere l'arrivo di Hayley, un'abitudine che si era ripromesso di sopprimere. Ora si sarebbe concesso il lusso di non sentirsi incompleto senza di lei. Vacanze pagate. Nessuno doveva sapere che non la rimpiangeva. Fino a quel momento, del resto, aveva fatto tutto da solo. Se Hayley fosse stata lì l'avrebbe tormentata dalla mattina alla sera, grattandole via di dosso pietà e comprensione. Lei sarebbe diventata vuota e ribollente di rabbia, e lui avrebbe comunque continuato a grattare, con un cucchiaio, a scavare nelle sue parti più tenere finché non le avesse consumate tanto da vederci attraverso. Se l'era cavata senza Hayley e avrebbe continuato a cavarsela. Lui stava bene, cazzo. Aveva freddo, tremava, ma stava bene. Finalmente non aveva niente di cui vergognarsi. Non sapeva nemmeno gli orari dei treni serali. Beata ignoranza. I treni potevano fare come gli pareva. Non aveva alcuna buona ragione per trovarsi lì – che giorno era, che ora, e qual era il suo nome? – eppure quella era la serata più bella che avesse vissuto da quando era arrivato in Germania. Si sentiva addirittura *sano*, malgrado il solo pensiero lo innervosisse. Non conosceva più nemmeno il significato di quella parola. Aveva dimenticato come ci si doveva sentire, e in giornate come quelle, serate come quelle, che fosse o meno in cura, faticava a non preoccuparsi, anche solo un po', che i medici ultraconservatori contro cui Hayley aveva inveito a casa, quelli che gli avevano dato una diagnosi nella media, potessero avere ragione, che per tutto il tempo fosse stato sano, e quindi non legittimato a sentirsi malato, almeno secondo i parametri convenzionali.

Era così, forse, che ci si sentiva a essere vivi.

O almeno questo sembravano suggerirgli i medici.

Anche gli altri, pensò, si sentivano così – apatici, strani, ansiosi, spenti, spaventati, una lista della spesa – e andavano avanti stringendo i denti? Ogni mattina si armavano e uscivano in strada a combattere? Si sentivano male eppure non correvano ogni volta dal medico, come aveva fatto lui? In un personalissimo impeto di audacia nessuno parlava di ciò che in silenzio, educatamente, stava sopportando?

Per ore non parve arrivar alcun treno. Le banchine erano deserte e la città intera sembrava perfettamente immobile, come per un tacito accordo fra cittadini che a quell'ora le macchine si spegnessero, i veicoli – auto, treni, autobus – si fermassero. Una programmata interruzione delle attività in quella tersa e rigida serata tedesca.

Dalle porte a vetri della stazione continuavano di tanto in tanto a spuntare i pendolari, per lo più gente del posto, trascinando sul ghiaccio la valigia scura. Come avessero fatto a rientrare in città senza un treno, per Julian rimase un mistero finché non si rese conto che ad attraversare la piazza, anonime nella penombra del crepuscolo, erano semplicemente persone arrivate ore prima e rimaste ad aspettare dentro, al caldo, che qualcuno venisse a prenderle. Arrivi anche quelli. Arrivi in attesa. Non tutti destinati a essere accolti. In molti restavano per tutta la notte a guardarsi intorno nella piazza, mentre minuscole auto efficienti si fermavano e ripartivano senza di loro. Alla fine capivano che nessuno sarebbe venuto, così si stringevano nel cappotto, prendevano in mano la situazione e si avviavano, soli, nel gelo.

Quella notte Julian ricevette una visita nel suo letto. Mentre *dormiva* un tizio si infilò senza invito sotto le sue coperte e Julian si svegliò di soprassalto, in preda al panico. L'uomo si stava *prendendo delle libertà*. Prima che potesse accadere qualcosa – prima della disgrazia, della vergogna e chissà cos'altro, prima che si potesse dedurne che la situazione gli stava bene – corse in bagno.

Il cuore minacciava di scoppiargli, e aveva la maglietta per dormire umida e aggrovigliata. Guardando dal bagno nella vecchia palestra intrisa di sonno, non notò nulla. Nessun movimento, nessun rumore, solo letti, corpi e buio. Lo sconosciuto sembrava sparito. Delle mani l'avevano toccato mentre dormiva, ma ripensandoci continuava a vedersi *ricambiare*. Non se ne capacitava. Che diavolo era successo? Si guardò, si tastò ovunque in cerca di... prove? Ferite?

L'avevano toccato, di *questo* era sicuro. L'avevano toccato, era successo davvero, e non poteva più farci nulla. Riprese fiato vagando per la stanza, si sciacquò la faccia. Avrebbe potuto farsi la doccia, ma non aveva l'asciugamano e in ogni caso faceva troppo freddo. Qualcuno l'aveva toccato. Ma adesso era finita.

Si accucciò in un cubicolo sforzandosi di pensare. Qualcosa in ciò che stava sognando – ebbene sì, stava facendo uno di *quei* sogni – aveva permesso che accadesse, l'aveva fatto restare a letto più a lungo di quanto avrebbe dovuto. Troppo a lungo, come se gli piacesse. All'inizio gli era sembrato perfettamente normale, irreale al punto giusto. Stava abbracciato a qualcuno. Non era un gesto sessuale. Più una coccola. Sognava di fare le coccole, ma non a Hayley. Funzionava così. Nei sogni potevi stare con chiunque. Nei sogni potevi *violentare* chiunque. Potevi uccidere e far sparire il corpo. Oppure potevi lasciare prove ovunque, essere arrestato e spedito in carcere a vita, e svegliarti piangendo. Quindi? Quindi nulla, il punto era che nel sogno stava coccolando qualcuno, e lo stava facendo in quel modo languido che preludeva, auspicabilmente, a qualcosa di più, e poi si era svegliato con un corpo premuto contro, e cos'altro avrebbe dovuto fare? Impossibile non reagire. Chiunque l'avrebbe fatto. Tecnicamente gli si era rizzato, ma di fatto gli scappava solo la pipì. Di solito bastava andare al bagno. Di solito. Ma era già arrapato *prima* che l'uomo si infilasse a letto con lui, quindi di che cazzo si stava parlando?

Oppure no, pensò Julian, e gli venne una gran voglia di piangere.

Al mattino tentò di spiegare la situazione alla reception. Blaterando nel suo inutile inglese sbraitò, inveì, sbatté il pugno sul bancone. Dietro il vetro protettivo quelli lo guardavano, sgomenti, come a dire: Qualcuno ha provato a prenderglielo in mano e lei è fuggito? Ma perché, signore?

Julian si immaginò una persona che gli spiegava, con calma: Non lo sa, signore, che è per questo che la gente soggiorna al Müllerhaus?

Ad ogni modo chiese di essere spostato e loro gli proposero una stanza singola al doppio del prezzo. Poi ritirarono l'offerta, perché a quanto pareva le singole erano tutte occupate. Gli unici letti liberi si trovavano nella Turnhalle, dove già alloggiava, e se per caso voleva cambiare letto, poteva farlo, pagando una penale. Voleva un letto in un'altra zona della camerata? Il signore preferiva così?

Julian rimase in agguato nei pressi dell'ostello osservando gli uomini accendersi le loro sigarette e avviarsi verso il centro città. Uscivano uno alla volta, in silenzio, strizzando gli occhi nella luce del giorno. Chi di loro era stato? Li studiava attentamente in faccia come a volerli sfidare a fare un sogno del genere, un sogno dolce, confortante, non erotico ma quasi, e a risvegliarsi con qualcuno che gli premeva contro – il calore, l'umidità, l'odore, tutte quelle cose a cui non possiamo che arrenderci – e a non sentirsi vagamente eccitati. Molto vagamente! Era impossibile. Avrebbe potuto esserci un *cane*, e la sua reazione sarebbe stata la stessa. Si sarebbe arreso, senza pensarci. E allora? Se ti eccitavi, non era certo per la vicinanza alle parti intime di chi viveva e ti respirava accanto, uomo o donna che fosse. Era qualcos'altro a eccitarti. Non i *genitali*.

Era inutile. Là fuori, su Schützenstrasse, una volta che gli uomini si furono allontanati dall'ostello e gli abitanti infilati nelle case e nei negozi che li avrebbero tenuti occupati durante l'orario di lavoro, si rese conto di aver esagerato. Non era successo nulla. Si era agitato per una stupidaggine. Nessuno aveva visto niente e lui comunque si ostinava a piantare un casino, santo cielo, come se un bacio notturno fosse stato chissà che crimine.

E che importanza poteva avere, ormai, chi era stato a baciarlo? Non gli bastava che l'avessero fatto? A caval donato non si guarda in bocca, recitava l'adagio.

In un ristorante chiamato Altstadt fece colazione con affettati e patate. Era ancora presto ma ordinò una birra, e gli piacque tanto che subito ne ordinò un'altra. Fumò e bevve un caffè ammirando fuori dalla vetrina un piccolo scorcio di Reno. Poi, pronto ad andarsene, si accorse di avere ancora fame e ordinò una fetta di torta al cioccolato. Andò a indicarla al banco ma gli servirono una torta al limone e zenzero che divorò comunque. Sorseggiò ancora caffè, e sarebbe rimasto lì seduto tutto il giorno se non avesse avuto altri impegni, e avrebbe fatto meglio a darsi una mossa se non voleva fare tardi.

Dopo la terapia del pomeriggio Julian trovò una sorpresa.

«C'è qui la sua amica» disse l'infermiera.

Amica?, pensò Julian. Impossibile. La parola lo fece pensare a un animaletto. Un animaletto domestico che non aveva mai avuto.

«Aspetti là» disse l'infermiera, indicando verso l'alto. Se avesse seguito il suo dito, avrebbe lasciato l'edificio librandosi in cielo per poi precipitare a terra. Da questa parte, signore, non faccia caso al precipizio. Ad attenderla, forse, ci sarà qualcuno che tiene a lei. Si fidi di noi.

Julian si ripulì nel bagno dei pazienti. Mentre usciva, un'infermiera gli fece cenno di seguirla nell'ufficio del dottore, dove il suo medico in persona, che non vedeva da giorni, stava appendendo lastre davanti a una lavagna luminosa.

L'uomo lo salutò e lo fece accomodare su uno sgabello.

Julian invece si avvicinò alla lavagna. La lastra era quasi completamente nera, un ritratto del buio.

«Sono io?» chiese Julian. «È la mia testa?»

Il medico annuì.

«Diamo un'occhiata insieme, adesso che è qui».

Julian lo osservò. Aveva un aspetto curato e la sua pelle brillava. Come gran parte dei medici, quelli più belli, emanava un'aura di salute quasi offensiva, come se l'essenza della vitalità fosse un suo segreto. Mentre tutti intorno a lui si accartocciavano e morivano, lui avrebbe vissuto per sempre. Dopo averlo visto ti sentivi la morte in persona quanto a colorito, postura, aspetto in generale. Quel medico avrebbe potuto divorarti, se l'avesse ritenuto utile ai fini della sopravvivenza.

«A volte vediamo cose» stava dicendo «in questa specie di persona di sangue bianco. Ecografia, cioè. Serve a questo. E» proseguì «abbiamo fatto piccola scoperta che vorrei mostrarle».

Il medico trascinò la penna sulla pellicola.

«Piccola scoperta. Qui».

Con la punta della penna seguì i contorni di un nulla di una tonalità forse leggermente più chiara del nulla che lo circondava.

La vedeva? Quella cosa piccolissima, quella nuvoletta. *Nel suo cervello*. Una nuvola di passaggio. A volerlo disegnare, il mal di testa avrebbe avuto quella forma.

«Questo è preoccupante» disse il medico rivolgendo a Julian uno sguardo speranzoso.

«Ok» disse Julian. «Dov'è?»

Bisognava saperlo, no? La sua intera personalità poteva trovare spiegazione in quella nuvola. Un gruppo di cellule malate preme su un nervo, blocca il passaggio del sangue al sistema limbico profondo, e di colpo sei simpatico, arguto, brillante. Ecco cos'era la personalità, la sete di sangue di cellule malate, un'escrescenza nella mente.

Il medico indicò ancora la nuvola.

«È qui» disse, più lentamente.

«No, voglio dire in *me*. Dov'è, questa cosa?»

Julian si diede qualche colpetto sulla testa. Magari non era il cervello.

«Questo non è nostro lavoro».

«Non è opera vostra, questo tumore?» chiese Julian con un sorriso.

«Be'... tumore» fece il medico, come se potessero esserci dei dubbi. «Noi vediamo forma, sì? Non diamo nome. Non è nostro lavoro. Noi non abbiamo cura».

«Perché, qualcun altro sì?»

«Qualcuno deve sapere cos'è. Qualcuno che lavora con cervello in suo Paese».

Già, qualcuno *doveva* sapere.

«Invieremo questi risultati a suo dottore americano. Pensiamo che trasfusione non è buona idea, per il momento. Con questo».

Il medico tornò a indicare la nuvola sforzandosi di esprimere sgomento.

«Questo, prima. Capire questo. Poi, forse».

Julian era colpito. Il medico aveva appena formulato un discreto epitaffio.

Questo, prima. Capire questo. Poi, forse.

Si mise a ridere.

«Cosa?» chiese il medico, probabilmente sollevato nel vedere il suo paziente passare direttamente alla fase del rifiuto. Sarà uno di quelli che ci scherzano su, forse pensava. Stavolta niente lacrime sul camice.

«È che pensavo... che se adesso mi dicesse che è tutto nella mia testa» rispose Julian «sarebbe la verità».

«Ah ah. Capisco cosa dice. Molto simpatico. Ma noi sempre diciamo lei verità, signor Bledstein».

Oh, ma non disturbatevi, ribatté Julian fra sé. E ditemela, qualche bugia ogni tanto.

L'infermiera arrivò con i documenti di fine trattamento, che sollevavano la clinica da ogni responsabilità rescindendo ogni legame fra loro e Julian. Julian firmò un foglio, poi un altro e un altro ancora. Si meravigliò della propria grafia, del fatto che fosse capace di scrivere. Dunque non era una nuvola che ostacolava il linguaggio, ma cosa ostacolava allora? Cosa facilitava? E da quanto era lì?

Il medico continuò a gravitargli attorno, impacciato ma determinato a fare conversazione.

«Mi dispiace che non riusciamo a restituire suo denaro» stava dicendo.

«Vi do una mano io, se serve» disse Julian.

«Prego?»

«Posso aiutarvi io a ridarmi i soldi» chiarì Julian. «A rispedirli nel mio conto. Non è difficile».

«Oh, ma credo che ha capito male» disse il medico arrossendo.

«Credo anch'io» replicò Julian.

Fuori dalla clinica, ad attenderlo sui gradini avvolta nel lungo cappotto di velluto a coste comprato al negozio dell'usato e in una sciarpa a quadri, c'era Hayley. Gli rivolse un piccolo cenno della mano, sorridendo timidamente, e in una frazione di secondo con quel faccino del cazzo ottenne il suo perdono. Ma come ci riusciva?

«Jules! Oh Dio mio, ci hai messo *un'eternità*!»

«Ah, io ci ho messo un'eternità?» Si forzò di sembrare arrabbiato. Eccola finalmente. La sua Hayley era lì.

«Si gela» rispose lei ridendo.

Aveva un talento naturale per smorzare stranezze come quelle – un incontro fortuito in un Paese straniero – e farle sembrare normali.

Julian concordò con lei, faceva molto freddo. D'altronde erano in Germania a febbraio. Ma non cedette. Soggetto Hayley:

offerta di pace. Questa sì che era nuova. Voleva proprio vedere dove andava a parare. Tanto forse aveva il cancro.

«Ti senti bene?» chiese lei. «Hai una bella cera».

Magari fosse stato vero. Non aveva mai avuto una bella cera, nemmeno da bambino. Nemmeno prima di diventare un bambino, quando era solo la paura di qualcuno. Un tempo era stato una minaccia annidata nel ventre di sua madre. Era nato malato, concepito malato dai suoi stessi genitori. Qual era la posizione che assumevano quelli della loro generazione per generare gracili ranocchi, figli che avrebbero avuto per sempre un disperato bisogno del loro aiuto? Hayley avrebbe fatto bene a vergognarsi. *Hai una bella cera*. Però non poteva non ammirare la sua strategia. Esultazione, rifiuto, euforia. Magari. Altro epitaffio.

«Vieni qui!» esclamò Hayley. «Abbracciami, stupido. Come stai? Ah, non mi capacito di averti davanti agli occhi».

Si arrese al suo abbraccio, ricambiandolo debolmente. Qualunque cosa avesse fatto, o non fatto, a se stesso, non solo nelle ultime due settimane ma nel corso degli anni, l'aveva reso immune alla gioia del contatto con quel corpicino, alla sensazione del suo respiro sulla pelle, dei suoi capelli sul viso. E persino ai suoi caldi baci. Immune, indifferente, freddo. Un tempo poteva scegliere se resistere a quelle effusioni. A volte si osservava procedere lento, prendersi tutto il tempo necessario, mentre Hayley flirtava col suo perdono. Ma ora era diverso. Ora gli sembrava di essere abbracciato da una macchina. Trattenne il respiro in attesa che finisse.

«Oh Jules» continuava a ripetere lei «mi sei mancato tanto, sai?».

Non rispose.

«*Sai*?» lo pungolò lei.

Julian propose di avviarsi prima di congelare. Non voleva morire in Germania.

Percorsero le strade ghiacciate di Düsseldorf aggrappati al Reno, poi si fermarono nei pressi del Rheinturm a tremare su una panchina di metallo.

Julian guidò Hayley nella città vecchia, attraverso Carlsplatz, additando edifici storici con l'indifferenza di un abitante del posto. Senza sforzo le mentì su luoghi in cui non era nemmeno stato, ad esempio la Kunstakademie – ammirare l'arte era l'ultima cosa che aveva voglia di fare – e si inventò addirittura una gita di un giorno a Colonia. Lo scorso mercoledì? O forse giovedì? Hayley guardava rapita il suo impavido e avventuroso ragazzo americano, e di tanto in tanto mentre camminavano gli strofinava la testa sulla spalla.

Continuava a dirsi incredula di essere lì. E lui? Lui riusciva a crederci?, domandò a Julian, il quale la deluse rispondendo che sì, in effetti riusciva a crederci, perché se non ricordava male era stata lei a dirgli che sarebbe venuta.

«Lo so, ma è assurdo lo stesso» disse Hayley.

Julian la tenne alla larga dal Müllerhaus ma rimase comunque nei paraggi dell'ostello, per assicurarsi una via di fuga. Non le fece domande su dove fosse stata nelle ultime due settimane, su chi o cosa l'avesse trattenuta nei più luminosi e vivaci porti europei, e lei non si avventurò in spiegazioni. A stento parlava. Forse non avevano litigato, forse non lo stavano facendo nemmeno ora in quel loro modo silenzioso, quasi ascetico. Un giorno le persone si sarebbero punzecchiate a vicenda con piccoli bastoni di animosità e non avrebbero avuto modo di nasconderlo. Così come potevano diagnosticarti un cancro, ti avrebbero diagnosticato il rancore. A prescindere da cosa avresti detto o fatto, la rabbia sarebbe stata visibile, così come il risentimento, il bisogno di distacco, l'indecisione, il calo dell'attrazione sessuale. L'umore sarebbe stato un fattore chimico e povero, povero te, se provavi a mentire. Ti avrebbero beccato subito! Guardando Hayley, così raggiante, così ansiosa di stringersi a lui, era difficile, se non impossibile, non percepire che quell'improvviso affetto con cui lo travolgeva fosse in realtà destinato a qualcun altro.

Magari quella persona portava il suo stesso nome, gli somigliava perfino, l'illuso, ma tant'era. Hayley desiderava uno sconosciuto – *Per me sei morto*, voleva dirsi Julian – e lui non poteva esserle d'aiuto. Invece di rompere con la sua ragazza, poteva rompere con *se stesso*?

«Ho parlato con tuo padre» disse Hayley.

«Perché?»

«Be'...» Lo guardò come se avesse fatto un'osservazione strana. «Perché volevo sapere dov'eri». E gli rifilò un piccolo pugno sul braccio.

Forse voleva dire: stai al gioco, Julian, ti prego, fidati, è così che funziona. Ci sto provando sul serio.

«Sapevi benissimo dov'ero» rispose. «Sono sempre stato qui, in clinica. Ogni giorno per le ultime due settimane. Dove altro credevi che fossi?»

«Volevo sapere se stavi bene e, sì insomma, dove alloggiavi».

«E l'hai chiesto a lui?»

«Ero sicura che vi foste sentiti».
«Eh, sì».
«Posso prendermi cura di te, Julian».
«Lo so, Hale».
Avrebbe dovuto farlo, in un mondo ideale così come in quello reale. Ma forse si era spostata in un terzo mondo, perché all'improvviso gli altri due sembravano molto, molto lontani.

Superarono il ponte di Oberkassel, dove il vento li assalì senza riguardo, e finalmente Hayley ammise di essere mezza morta dal freddo. E dalla fame. Le colava il naso, poveretta, e aveva la faccia tutta rossa. Stava per tramutarsi in una statua di ghiaccio. Potevano tornare, per favore?, voleva sapere. Gli seccava?
«Dove?» chiese lui.
«Al posto».
«Posto? Non c'è nessun posto». Epitaffio.
«L'Am Volksgarten. Dai, dove avevamo... Ho preso una camera lì. Non sapevo dove fossi e non ti eri ancora registrato».
«Quindi adesso sei l'esperta di Düsseldorf? Da quant'è che sei qui, undici minuti? Io ce l'ho un posto dove stare. E non ti ci voglio».
«Che vuol dire?»
Julian si fece violenza per distogliere lo sguardo.
«Sto bene dove sto, grazie». Di nuovo, epitaffio.
«La fai finita?»
«Non credo».
«Jules, ti prego, voglio passare la notte con te».
Julian attraversò la strada in cui si erano fermati e lei lo

chiamò, ma senza eccessiva urgenza. Ecco che aspetto ha un favore, pensò. In quel momento qualcuno stava offrendo un favore. Ma quando iniziò a risalire la collina lasciandosi Hayley alle spalle, sentì il bisogno di domandarsi chi, per la precisione, lo stesse facendo, questo favore, e a chi cazzo servisse poi.

Si stava facendo buio. Di lì a breve le luci dell'ostello si sarebbero spente. Gli altri sarebbero andati a letto e presto alcuni avrebbero iniziato a russare. L'intera stanza avrebbe preso a vibrare di desiderio, una cinquantina di uomini che cercavano di nascondersi pur volendo uscire allo scoperto. Per fare quello che dovevano fare serviva l'oscurità. Era quello il suo posto. A letto, pronto a tutto. Con un pizzico di fortuna magari avrebbe ricevuto un'altra visita. Una seconda possibilità. Stavolta sarebbe rimasto dov'era, cascasse il mondo. Non sarebbe scappato. Sarebbe rimasto in ascolto per tutta la notte. Se non fosse venuto nessuno, forse sarebbe stato lui lo sconosciuto. Avrebbe individuato qualcuno nella Turnhalle, qualcuno che aveva un disperato bisogno di una visita, e non si sarebbe tirato indietro.

Avrebbe allungato una mano senza dirlo ad alta voce, ma di certo pensandolo. Ci pensava da così tanto ormai. *Stiamo insieme?* E quella frase, così perfetta, non sarebbe forse stata l'iscrizione ideale da apporre, quando fosse giunto il momento, sulla sua tomba?

ROLLINGWOOD

È ancora buio quando esplode il pianto, e Mather intuisce che è presto. Quanto non saprebbe dire, ma non si riaddormenterà più, quindi non importa. Si preme il secondo cuscino sulla testa, per non sentire, ma niente, la sirena lontana del bambino in lacrime nell'altra stanza è sempre lì.

Va a controllare e trova il piccolo incastrato sotto la macchina. La macchina è di nuovo a secco, nel tubo si intravedono globi di liquido rosa; la tanica nel lettino emette un rantolo stanco. È proprio un sistema mal congeniato. Sotto la tanica appannata c'è una fessura abbastanza grande da permettere al bambino di intrufolarcisi, cosa che fa puntualmente ogni volta che si sveglia all'alba e nessuno accorre. Perciò Mather deve infilare le dita sotto quel coso, che comunque a stento entra nel lettino, e sollevarlo quanto basta per afferrare il bambino e tirarlo fuori. Per forza piangeva, o meglio, ululava. Forse ululava da tanto e, quando Mather lo solleva e lo stringe al petto, le grida si fanno ancora più acute e il piccolo si abbandona fra le sue braccia.

Nella cucina buia Mather cerca un posto dove posarlo per preparare il caffè, ma appena lo lascia il piccolo erompe nuovamente in singhiozzi. Come al solito Mather gli parla, tenta di rassicurarlo con parole dolci, ma il bambino piange così forte che non riesce nemmeno a sentirsi. Si siede sul pavimento e lo culla in grembo, ma quello si divincola e continua a gridare, allora Mather esce dalla cucina e va a chiudersi in bagno, scatenando urla ancora più disperate.

Quando suonano alla porta, segno che è arrivato il suo passaggio per andare al lavoro, Mather non è ancora pronto. Il pannolino del piccolo era asciutto al suo risveglio, il che significa che non ha bevuto abbastanza acqua, ma non è riuscito a fargli inghiottire nulla. Quando gli avvicinava il biberon alla bocca, il bambino si girava dall'altra parte. Ha provato a distrarlo dandogli diversi tipi di tazze, persino quella in cui beveva il suo caffè e che il piccolo cercava sempre di strappargli dalle mani. Alla fine ha bevuto qualche avido sorso, ma gran parte dell'acqua gli è finita addosso. Si è rifiutato di mangiare le uova che gli ha preparato, poi però gli ha rubato il toast e l'ha compresso in una sfera compatta mentre vagava per il soggiorno, piagnucolando.

Ora Mather deve infilargli rapidamente i vestiti mentre lo insegue. All'ingresso afferra la stessa borsa di ieri, e del giorno prima di ieri, quella con i vestiti di ricambio per il piccolo e le barrette energetiche che alla fine non mangia mai.

Nessuno lo saluta quando apre lo sportello del pulmino. Sono stati costretti ad aspettarlo nel garage buio e si vede che hanno perso la pazienza. Oggi non è stato montato il seggiolino, non c'è posto per il piccolo, che in braccio a lui non vuole stare. La donna seduta lì accanto non sorride quando il piccolo le si getta sulle gambe tentando di raggiungere il finestrino. Raddrizza la schiena e alza le mani, come a esortare Mather a levarglielo di dosso. Mather si scusa e prende il bambino stringendolo forte per non farlo scappare. Il risultato è che il bambino strilla ancora più forte e si divincola con una forza impossibile. Mather, però, non molla. Non ha scelta.

Superano la vecchia collina calva e poi la guglia, infine vengono incanalati verso il cancello in rete di Faraday, dove si uniscono alla colonna di auto. In questa stagione gli alberelli lungo il tragitto sono spogli e l'erba incolore, ma è una giornata limpida, luminosa. Mather vorrebbe tanto aprire un finestrino, ma si trattiene dal chiedere. Prima di arrivare a casa sua i compagni avevano sicuramente stabilito di tenere i finestrini chiusi, evidentemente preferendo respirare il proprio fiato stantio.

Nel parcheggio che sovrasta la valle, il bambino pretende di camminare da solo, ma stanno arrivando delle macchine, è troppo pericoloso. Mather individua un fazzoletto d'erba in cui liberarlo. Non è granché, e da un lato la pendenza del terreno aumenta bruscamente, perciò resta nei paraggi per non rischiare. Il piccolo barcolla qua e là, raccogliendo dei bastoncini che poi mostra con orgoglio al padre.

Allo squillo della campanella Mather si mette in fila davanti all'ingresso e attende il proprio turno ai controlli. Il bambino si irrigidisce mentre si avvicinano all'asilo nido, ma quando lo consegna alla maestra, non scoppia a piangere. Si fa coraggio nonostante l'età. Dal vetro Mather vede che il figlio viene depositato a terra nella stanza dei giochi, davanti a un secchio di mattoncini. La maestra scompare dentro un ufficio, ma il bambino non sembra farci caso. Solleva un mattoncino dal secchio e se lo infila in bocca.

Mather gli lancia un ultimo sguardo, poi si avvia sulla rampa che conduce all'ascensore.

Il bambino ha un anno e mezzo, si chiama Alan Mather e ha già una folta chioma nera. Per Mather, Alan è un nome da adulto più che da bambino. Ha lasciato scegliere alla madre, ritenendo che fosse un altro il genere di battaglie che doveva combattere. Lei non ha avuto la minima esitazione e Mather non è riuscito a uscirsene con un'alternativa che pronunciata ad alta voce non lo facesse vergognare. Ora ha iniziato a chiamarlo «tesoro», e se continua forse prima o poi diventerà una cosa naturale. Il piccolo ha una tosse grassa, ma leggera, e gli occhi contornati di rosso, ed è già capace di uno sguardo penetrante che il padre non riesce mai a sostenere a lungo.

In pausa pranzo Mather prende il thermos e il panino, e scende al nido. Il bambino è in un letto, ma non dorme. Stringe ancora in mano lo stesso mattoncino di gommapiuma, ormai consumato dai morsi. Quando vede Mather inizia a piangere, ma solo un po', come chi ha già versato tutte le sue lacrime. Il respiratore non è stato acceso e, quando Mather va a controllare sul registro se gli hanno somministrato il suo farmaco, non trova nuove voci. Il piccolo soffre di quel tipo di asma che impedisce ai polmoni di mantenersi lubrificati a dovere, perciò ogni quattro ore deve inalare umidità da una maschera, altrimenti i polmoni iniziano ad asciugarsi. Non è grave, gli ha detto il medico, ma sarebbe meglio che non saltasse l'appuntamento con le medicine. Il direttore dell'asilo ha soffocato un sorrisetto la prima volta che Mather gli ha illustrato il funzionamento dell'apparecchio, come se gli stesse mostrando il giocattolo preferito di Alan.

Dopo aver avvicinato la maschera al viso del bambino e averlo visto inalare diligentemente l'aria umida con le sopracciglia aggrottate per la concentrazione, Mather lo riporta sul fazzoletto d'erba fuori. Cerca di mangiare col piccolo seduto in grembo, lo sguardo rivolto a valle. Il piccolo vuole il tramezzino, ma quando Mather glielo lascia, perde interesse. Allora cerca di riprenderglielo e lui ne fa una pallina. Meno male che Mather non ha appetito. Se la notte non dorme bene, poi ha soltanto voglia di un muffin e una Coca Cola. Oggi invece si è portato cetrioli e crema di olive spremuti fra due fette sottili di pane nero, e l'odore gli ricorda il pacciame.

È una giornata limpida, luminosa, e Mather riesce a spingersi con lo sguardo fino a Rollingwood, il quartiere in cui è nato. Non riesce a vedere la sua vecchia casa, ma vede la strada dove si trova, dietro una via a uncino senza sbocchi. La torre dell'orologio della sua scuola elementare svetta tra gli alberi. Le lancette sono da tempo bloccate sulle 3:15, e a meno che non ci si trovi proprio sotto la torre, sembra che la più corta sia caduta, nascosta com'è da quella grande.

Il figlio di Mather non la frequenterà, quella scuola, perché adesso abitano lontano da Rollingwood. Mather non sa nemmeno dove siano le scuole pubbliche nel loro nuovo quartiere. Non è neanche un quartiere, somiglia più un'area di sosta, ma è grazioso, a suo modo, con l'anello esterno di giardini e le abitazioni disposte al centro. In primavera è una delle zone della città che preferisce. L'assenza di alberi le dona una luce fantastica. Mather fatica a immaginarsi di vivere ancora nello stesso appartamento, con lo stesso lavoro, nella stessa città, quando il bambino comincerà ad andare all'asilo, tra qualche anno. D'altronde, è chiaro che andrà all'asilo ovunque abiterà la madre in quel momento, perciò Mather si sente sciocco ad aver pensato alle scuole del suo quartiere.

Indica alcuni punti di riferimento al bambino – la vecchia Rotterman Dam e il centro spedizioni fatto di mattoni color nero naturale – ma lui non guarda. Si aggrappa al suo braccio e prova a dondolarsi. Mather si alza e gli fa fare un volo in cerchio e il piccolo ride, ma le risate si tramutano i gemiti, e Mather non capisce se è felice o ha paura.

Dopo il lavoro prendono l'autobus fino a casa della madre del bambino, ma lei non c'è. Ha più volte chiesto a Mather di restituirle il mazzo di chiavi che gli aveva dato in un frangente in cui i rapporti fra loro erano migliori, ma lui sentiva che gli conveniva tenerselo proprio in previsione di circostanze come questa. Perché altrimenti l'avrebbe aspettata per ore sulla veranda dell'edificio, mentre il piccolo rischiava la vita cercando di infilarsi fra le sbarre della ringhiera.

Mather entra in casa e utilizza subito il vecchio respiratore del soggiorno per dare sollievo al bambino, poi cerca qualcosa da mangiare. C'è solo un'insalata di pollo. Mather la versa su un tagliere e la sminuzza. Il bambino rifiuta la prima cucchiaiata, ma Mather lascia la ciotola sul tavolino da caffè e, quando ha finito di correre per l'appartamento, il piccolo scopre il pollo ridotto in poltiglia e comincia goffamente a nutrirsi, mentre Mather lo guarda dalla poltrona.

È buio pesto quando la madre del bambino rientra. È insieme al fidanzato, che si scusa e va in bagno senza neanche togliersi il cappotto. Mather ha fatto del suo meglio per accettarlo, è sempre stato cordiale e accogliente, ma quello non riesce a guardarlo negli occhi e parla a raffica.

In simili circostanze Mather e la madre del bambino, Maureen, non si dicono molto. Si accordano sull'incontro successivo e discutono le condizioni di Alan, cos'ha mangiato, come dorme. Si attengono ai fatti e appiattiscono il più possibile il tono della voce, mascherando i loro sentimenti. Ma oggi Maureen dice che ha bisogno di parlargli e lo fa accomodare.

Mather nasconde l'emozione. Maureen non vuole mai parlargli. Solitamente pare disgustata dalla sua presenza, scettica circa il modo in cui sta tirando su il figlio, indifferente a tutto ciò che non sia legato alla sua cura. È come se avesse accumulato delusione e fosse determinata a riproporgliela nei dieci minuti che rappresentano solitamente la durata dei loro due incontri settimanali. Per questo oggi Mather immagina che si mostri all'improvviso tenera con lui, nonostante la presenza del fidanzato nella camera accanto. Forse Mather le manca e vorrebbe parlare con qualcuno che la conosce veramente, che la capisce, perché a suo tempo ne hanno passate tante insieme.

Ma non è così. A Maureen serve un favore. Gli dice che non può tenere il bambino. Parte domani.

«Va bene» risponde Mather con titubanza, ma cercando di sembrare collaborativo. È contento di farle un favore, visto che gli dà sempre dell'egoista. Se opponesse resistenza, lei si arrabbierebbe e litigherebbero.

«Grazie della comprensione» dice Maureen. «Significa molto». Si alza, a indicare che la conversazione è terminata.

Mather, però, non capisce. Che cosa gli sta dicendo?

«Dovremmo svegliare Alan» dice Maureen e va verso il corridoio dove Mather l'ha messo a dormire nella culla portatile, separato dal resto della casa tramite una tenda.

«Dove vai, se posso?» chiede Mather. Non sa perché abbia assunto quel tono contrito.

«Nella città d'infanzia di Robert».

Robert è il fidanzato. Mather lo invidia, perché in questo momento è da solo in una stanza buia. Magari è accanto alla porta, ancora con il cappotto addosso, e origlia quello che stanno dicendo.

«Perché non puoi portarti dietro Alan? È il tuo turno. Non può venire con te?»

«No. Alan non può venire».

«E quando tornerai?»

«Molto presto. Ti chiamo. Recupererò i giorni persi».

«Quindi te ne vai così, nel bel mezzo della settimana lavorativa?»

Maureen lo fulmina con lo sguardo ed è chiaro che non si sente in obbligo di fornire spiegazioni. Prende in braccio il bambino e inizia a mormorargli qualcosa, abbandonando il tono severo e adottandone uno dolce, da ninna nanna. Lo coccola, lo conforta anche se non piange.

Il piccolo le si aggrappa al petto. Quando si china a posarlo sul divano per cambiarlo, lui come un cucciolo di animale non vuole saperne di mollare la presa, e la madre deve staccarselo di dosso a forza. Gli dice che starà ancora un po' col suo papà e che la mamma sentirà tanto la sua mancanza. Vogliono andare a fare un giretto in battello al suo ritorno? Se la ricorda quella volta? Gli piacerebbe rifarlo? Allora l'avrebbero rifatto.

La mamma sarebbe tornata a casa e insieme avrebbero percorso il fiume a bordo di un bel battello.

Mather attende nella penombra del soggiorno. Non ci sarebbe stato alcun giro in battello, lui lo sa bene. Lo sta ricoprendo d'amore tanto da stordirlo, poi toccherà a lui intervenire per riportare il piccolo alla dura realtà. Agli occhi di Mather, quelle appassionate dimostrazioni d'affetto sono ciò da cui deve aiutarlo a riprendersi. A un certo punto essere padre era diventata una questione di aiutarlo a non amare la madre con eccessivo trasporto.

Maureen glielo porge e il piccolo accoglie il cambiamento con un istante di assoluto silenzio, poi si mette a gridare. Non gli è mai piaciuto separarsi dalla madre, e adesso l'hanno svegliato a tarda sera solo per farlo patire un distacco imprevisto. Mather chiude gli occhi e respira profondamente. Non c'è niente che possa fare. Vorrebbe che Maureen si mostrasse più dispiaciuta, ma ha l'aria di chi sente di non aver fatto nulla di sbagliato. A quanto pare è solo colpa di Mather se il bambino non lo ama con la stessa insopportabile disperazione.

Non c'è nessun altro alla fermata e, da quel che può dedurre consultando gli orari, il prossimo autobus arriverà di lì a un minuto, il che è una fortuna, perché il bambino non è contento di starsene lì fuori, al freddo, di sera. Poi però passano due, cinque minuti e si intuisce che l'autobus dev'essere già passato, che il prossimo non arriverà prima di mezz'ora.

Fosse stato da solo come avrebbe dovuto, Mather se ne sarebbe infischiato. Si sarebbe seduto sulla panchina a leggere, godendosi il fresco. Ma c'è il bambino con lui, che è sveglio dopo tanto urlare e presto inizierà ad aver freddo. Quella non è una zona in cui i tassisti si aggirano in cerca di clienti. Mather chiama un numero verde e si fa dare il recapito di un servizio di auto private. Telefona. Possono mandargli qualcuno entro quarantacinque minuti. Mather dice al centralinista che è tardi, che il figlio piccolo ha sonno e fame, e l'uomo ripete che non possono mandargli nessuno prima di quarantacinque minuti. O un'ora, a dire il vero – come se allungando il periodo d'attesa gli stesse facendo un favore.

Mather, con il bambino in braccio, si avvia a piedi seguendo il percorso dell'autobus, sebbene sia più tortuoso. Immagina che al suo arrivo il conducente non possa essere tanto crudele da lasciarli lì, se li vedesse e Mather gli rivolgesse un cenno. Le strade sono così deserte che per un attimo si chiede se non sia accaduto qualcosa di orribile e siano tutti tappati in casa a guardare il telegiornale, pensandoci due volte prima di uscire. Si ferma e resta in ascolto. La città non è mai stata tanto silenziosa. Anche il piccolo sembra impietrito, fissa l'oscurità. Poi, però, un autobus appare all'orizzonte e Mather si avvicina al ciglio della strada agitando la mano. Non vuole correre rischi.

Maureen non chiama il giorno dopo, né quello dopo ancora, e di colpo arriva il fine settimana. Domenica vanno a fargli visita i genitori, ma sono talmente stanchi che nemmeno si alzano dalle poltrone. I genitori di Mather sono stati a Lisbona e raccontano di aver mangiato del pesce cotto sugli scogli del porto. Le rocce piatte vengono riscaldate per tutta la notte e quando al mattino rientrano i pescherecci un uomo pulisce il pesce e lo dispone a ventaglio sulla pietra calda, ormai nera e unta dalle precedenti preparazioni. Basta salarlo: è il pesce più buono del mondo. Si mangia con le mani. Lo fa anche la gente del posto, il che la dice lunga.

Il padre lo scruta in cerca di tracce di entusiasmo.

Mather annuisce compiaciuto, dice che gli piacerebbe provarlo.

Il bambino si dirige verso l'ingresso, afferra le sue scarpette bianche e gliele porta. Poi va a prendere, una alla volta, le vecchie scarpe da lavoro bordeaux di Mather, e le lascia cadere con un tonfo davanti ai suoi piedi.

«Vuole uscire» borbotta Mather.

I suoi genitori sorridono con distratta simpatia, ma non si muovono.

Non avendo più sentito Maureen, lunedì pomeriggio la chiama e le lascia un messaggio in segreteria. Vorrebbe sapere che piani ha. Il bambino sta bene, le dice. Mangia, incredibilmente, e la notte si sveglia due volte, ma nel messaggio Mather le riduce a una, perché se i risvegli fossero due la madre potrebbe interpretarlo come un suo fallimento. Aspetta una chiamata, per capire quando potrà riportarglielo.

Il giorno dopo non chiama nessuno. Il successivo, al lavoro il nido è chiuso. Quando Mather si presenta con il bambino, le luci sono spente e la porta è chiusa a chiave. Lui aspetta fuori mentre i colleghi salgono al piano superiore. Chiama il numero del nido, ma non risponde nessuno. Batte i pugni sul vetro scuro. Alla fine, quando ormai è in ritardo, sale la rampa col bambino, prende l'ascensore e lo porta in ufficio.

Mather chiede a un tizio di nome Drew come mai il nido sia chiuso. Drew ha sulla scrivania delle foto di bambini. Deve averlo usato anche lui, il nido, qualche volta. Ma fa spallucce e guarda Alan come se Mather stringesse fra le braccia merce di contrabbando.

«Andrò a sentire Ferguson, allora» dice Mather.

Ferguson è il responsabile e forse capirà.

«Non viene stamattina» dice Drew, con una finta espressione di dispiacere.

Mather si dirige comunque verso l'ufficio di Ferguson e chiede all'assistente di essere annunciato.

«E lei è?» domanda l'assistente.

«Gli rubo solo un attimo» dice Mather. «È un'emergenza». E solleva un po' il bambino come prova. Ecco la mia emergenza.

L'assistente neanche guarda. «Il suo nome?» chiede.

«Mather» risponde Mather. «Lavoro lì». Fa un cenno del mento verso il cubicolo. C'è una ragazza seduta alla sua scrivania. A volte gli interinali del turno serale prendono posto alle scrivanie vuote per lavorare ai loro progetti, e quando arrivano i legittimi proprietari devono spostarsi. Dovrà chiederle di andarsene e lei non la prenderà bene, anche se quel posto è suo.

«Diciamo, venerdì alle 11?» chiede l'assistente.

«Dopodomani?»

L'assistente si spazientisce. «Venerdì, sì».

«Potrebbe fargli sapere che ho avuto un'emergenza e che ho bisogno di un giorno di permesso?»

L'assistente lo studia con attenzione. «Meglio che il messaggio lo scriva lei, per sicurezza».

Mather risponde che si fida. Non è poi così complicato.

A casa, Mather chiama l'ufficio di Maureen e viene reindirizzato a un'operatrice. Maureen non è disponibile. Ma lui vuole sapere se c'è, se oggi è andata al lavoro. L'operatrice risponde che non può venire al telefono, vuole lasciare un messaggio?

Mather le dice che riguarda il figlio, se per cortesia lo può richiamare.

Il piccolo si rifiuta di fare il pisolino, ma non piange. Se ne sta seduto tranquillo nel suo letto, e Mather nota che ha il respiro sempre più pesante ed emette un debole fischio. Lo osserva meglio e gli sembra di non aver mai visto la cute così arrossata sotto i capelli scuri, e quando lo tocca il bambino si ritrae. Gli mette la mascherina e Alan incamera l'aria umida con respiri avidi. Prova a sollevarlo, ma lui protesta, indica il materasso, quindi Mather lo lascia dov'è e il piccolo si infila sotto la tanica dell'umidificatore.

Va a controllarlo più tardi: è ancora sveglio, ma si mette a piangere quando lo tira su. La tanica è vuota, perciò Mather la lava e la riempie di acqua distillata. Il bambino si riporta la maschera alla bocca e Mather ora sente un sibilo nel suo respiro. Sta peggiorando? Il rossore della cute si è esteso oltre la linea dei capelli, sul viso.

Prima di andare in pensione la madre di Mather faceva l'infermiera, perciò la chiama.

«Ti preoccupi troppo» gli dice. «Lascialo in pace. I bambini sono più forti di quanto immaginiamo. Lo sono molto più di noi. Tu non ti sei mai ammalato, neanche una volta. Non ci hai mai causato problemi».

Il mattino seguente il pulmino non si presenta. Mather è in piedi da ore, pronto ad andare. Non ricorda più a chi toccava guidare oggi, e quindi non può nemmeno fare una telefonata. Non avendo una macchina sua era stato così felice di entrare a far parte di quel gruppo, di aver pagato più del dovuto per la benzina, per essere sicuro di non avere sorprese. Di solito cerca di non causare disagi, soprattutto nei giorni in cui deve tenere il bambino. Ma non stanno passando a prenderlo, e se non si avvia subito farà tardi.

Sull'autobus non sono rimasti posti liberi, quindi si apposta vicino a un palo. Nella sua tutina da neve il bambino è pallido. Ha il viso secco e screpolato. La pelle sembra quasi trasparente. Ha una tosse secca, debole, segno che forse è disidratato.

L'autobus lo lascia ai piedi della collina. Con il bambino stretto al petto si incammina sul ciglio della strada, mentre una fila di macchine sfila al loro fianco. Riconosce delle persone, ma nessuno si ferma. Non se l'è mai fatta a piedi e la salita è molto più ripida di quanto pensasse. È sudato fradicio sotto il cappotto e anche il bambino è rosso in viso, sebbene non stia facendo alcuno sforzo. Al cancello Mather deve mostrare il tesserino e gli chiedono di perquisire il piccolo, che si lascia prendere da uno di loro senza fare storie. Sembra che non si sia nemmeno accorto di essere in braccio a qualcun altro.

L'asilo nido è chiuso anche oggi. Hanno affisso un messaggio sulla porta, ma è tutto strappato e non resta altro che un brandello di foglio bianco appiccicato con lo scotch. Mather porta il bambino con sé e alla sua scrivania stavolta trova sedute ben due persone. Cerca un posto dove posare il figlio, per poi decidere il da farsi.

«D'accordo» dice agli interinali in tono allegro. «Mi sa che devo mandarvi via».

Non ha idea di come farà con Alan, ma se almeno gli restituissero la scrivania potrebbe creare un'area giochi improvvisata sul pavimento.

Quelli lo guardano, impassibili. «Siamo qui fino a mezzogiorno» dice il ragazzo. Avrà circa vent'anni, ma sembra più giovane.

«Be',» dice Mather «dovrete spostarvi nella sala conferenze o da qualche altra parte, questa è la mia scrivania».

Non avrebbe dovuto esserci bisogno di dirlo.

«È stato il signor Ferguson a metterci qui» dice sbrigativamente l'altra, una ragazza così bella che Mather non osa guardarla.

Il bambino è irrequieto, si fa posare a terra e si allontana senza mai guardarsi indietro. Mather si scusa e lo segue finché insieme non s'imbattono in Ferguson, che sta parlando con alcuni dirigenti di fronte alla sala conferenze.

«Oh. Chi abbiamo qui?» dice Ferguson al bambino.

Mather si china sul piccolo, spinto dallo strano bisogno di presentarlo formalmente al suo datore di lavoro. «Lui è Alan» dice.

«Alan, eh? Stai aiutando papà a radunare le sue cose, Alan?»

«Le mie cose?» ripete Mather. «Che intende?»

«Ho ricevuto il suo messaggio».

I dirigenti accanto a lui gli sorridono. Anche Ferguson gli sorride.

«No, no, no» protesta Mather. «Ho solo dovuto prendere un permesso ieri. In teoria doveva tenerlo la madre e l'asilo era chiuso. Perdoni l'equivoco. Non me ne sto andando».

«L'equivoco dell'equivoco» dice Ferguson. «La sua versione contraddice il messaggio che mi è stato recapitato».

Il suo volto si è adombrato. Secondo lui quell'incontro fortuito con un impiegato si sta protraendo troppo a lungo, e non si prende il disturbo di nasconderlo.

«No» dice Mather. «Adesso sono qui, eccomi. Non vado da nessuna parte».

«D'accordo» dice Ferguson, e abbassa lo sguardo sul bambino che, ancora in tutina da neve, è premuto contro il vetro della sala conferenze. «E quale sarebbe il suo piano per oggi?» vuole sapere Ferguson.

Il suo piano è scendere di nuovo al nido, gli dice Mather, perché magari adesso è aperto, e fare subito ritorno. Ovviamente, però, l'asilo è ancora chiuso e avvolto nell'oscurità, nessun nuovo messaggio alla porta. Domanda alle guardie di sicurezza se sanno cosa sia successo, ma non lo sanno. Dalla guardiola occhieggiano l'asilo come se non l'avessero mai visto. Così Mather non ha altra scelta che tornarsene a casa col piccolo, così leggero fra le sue braccia da dargli l'impressione di reggere una tutina vuota.

Una volta rientrato chiama Maureen, che però ha la segreteria piena e non risponde. Mather vorrebbe provare con Robert, ma non ricorda il cognome, sempre che gliel'abbiano mai detto. Mather non sa niente di lui, tantomeno dov'è nato.

Potrebbe chiamare le amiche di Maureen, ma la scelta più ovvia sarebbe Alma, la lealista, le cui sensazioni negative riguardo Mather, a detta di Maureen, si sono sempre dimostrate al cento per cento fondate.

«Se questa Alma sa tutto,» aveva detto una volta Mather «com'è che è ancora grassa e sola?». Gli piaceva pensare che fosse una domanda innocente, indotta dalle informazioni più disparate.

«Figuriamoci» aveva risposto Maureen sorridendo «se non dovevi uscirtene con una cosa così». Sembrava onestamente felice che Mather stesse dando il peggio di sé.

Non sai rispondere, eh?, aveva immaginato di dire Mather, e invece si era scoperto che una risposta Maureen ce l'aveva, se non altro riguardo al peso dell'amica. Alma aveva una ghiandola, o un organo, che da qualche tempo lavorava troppo, senza sosta, come se ci fosse sempre qualcosa da sistemare. O era il contrario? Ad ogni modo questo si traduceva in una carnagione diafana e, sì, anche nell'aumento di peso. Aveva un metabolismo depresso, perché a ben guardare mangiava meno di loro. Ma Mather non meritava una spiegazione, aveva concluso. Non era degno di sapere nemmeno quello, di lei.

Alma risponde al primo squillo dichiarando nome e cognome, Alma Ryan, cosa che fa normalmente nella casa editrice di libri per bambini dove lavora. Mather le dice rapidamente che è lui, di non riattaccare, si tratta di Alan. Sa per caso dove sia Maureen?

«Che cos'ha Alan?» chiede cautamente Alma.

Mather le spiega che non è niente, ma Maureen non è ancora tornata e non è da lei, la cosa gli sta causando dei problemi.

È a casa col piccolo ora, mentre dovrebbe essere al lavoro. Potrebbe anche perdere il posto.

«Mi spiace che consideri tuo figlio un inconveniente» dice Alma.

Mather la manda a quel paese con una lunga e dettagliata parafrasi, e Alma riattacca. La richiama.

«Alma Ryan».

Mather si scusa, ha bisogno del suo aiuto. Alan non è un inconveniente. Alan è suo figlio e gli vuole bene. Alma deve credergli, a prescindere da cosa pensi di lui. Spiega che Alan è troppo piccolo per stare così a lungo lontano dalla madre, senza che nemmeno lui sappia dove sia o quando farà ritorno. Forse Alma non lo sa, ma Alan è malato. Soffre d'asma. Non è giusto nei suoi confronti.

Le dice tutto questo, poi attende una risposta ma si accorge che Alma non c'è più. La linea è muta. Possibile che risentendo la sua voce abbia riattaccato subito. Ora non risponde più.

Nel tardo pomeriggio il bambino si rifiuta di respirare con la mascherina. Si copre la bocca con le mani e si gira dall'altra parte. Mather prova ad ascoltare il suo respiro, ma il piccolo non sta fermo. In ogni caso sente un fischio provenire dai polmoni e se li immagina raggrinzirsi in quel piccolo petto, asciutti come carta che si arriccia al calore. Sa che se il piccolo inalasse i vapori della maschera, i suoi polmoni si reidraterebbero e starebbe meglio, ma è un bambino ostinato e più Mather fa per avvicinargli la mascherina alla bocca più lui si divincola.

Mather si ripete che non è grave. Le cure sono facoltative, un aiuto. È solo asma. Ma il bambino è pallido e troppo esile per la sua età, e dopo il pisolino resta seduto con aria apatica sul tappeto, per nulla interessato alle macchinine che Mather gli ha sistemato intorno.

Chiama una baby-sitter, e il mattino seguente le mostra l'appartamento col bambino aggrappato al collo. Le fa vedere come funziona il respiratore, ma si capisce che la ragazza ha già deciso che quell'apparecchio è troppo complicato per lei.

Mather si è ripromesso di uscire presto per andare alla fermata e arrivare in tempo al lavoro, ma poi suona il campanello, e allora si precipita di sotto a prendere il pulmino, lasciando il piccolo in lacrime fra le braccia della baby-sitter. Salutarlo come si deve avrebbe soltanto peggiorato le cose. In quel modo se ne sarebbe fatto una ragione prima. Sia come sia, Mather deve andare a lavorare. Senza se e senza ma.

Nell'oscurità del pulmino nessuno gli rivolge uno sguardo. Mather cerca di immaginare cosa accada ogni giorno lì dentro, prima che arrivino da lui, per giustificare un silenzio simile. Tutti fissano un punto davanti a sé mentre lui si sistema e allaccia la cintura, e per un attimo avverte l'enorme sollievo che si prova a viaggiare da soli nonostante la calca di corpi muti attorno a lui. Non ha nessuno cui badare, può rilassarsi.

Appena escono dal garage, Mather abbassa il finestrino e la donna seduta accanto a lui sbuffa. Può ritenersi avvertito. Imboccano la Hills Parkway e il veicolo prende velocità. È una giornata uggiosa, grigia, ma l'aria è tiepida e Mather si lascia accarezzare la faccia dal vento. Il cielo è attraversato da lievi filamenti fumosi, il genere di nubi che si disfa al minimo battito d'ali. Mather sente che potrebbe addormentarsi, e rimpiange che il tragitto non sia più lungo. Sarebbe un sogno poter restare seduto in macchina tutto il giorno, a girare per la città guardando fuori dal finestrino fra una pennichella e l'altra, senza nulla di preciso da fare, mentre qualcuno al posto suo intrattiene il bambino a casa.

Arrivato in ufficio trova gli interinali seduti alla sua scrivania.

«Rompete le righe, soldati» dice sperando di risultare gioviale.

I ragazzi sono molto presi dal loro lavoro e non alzano la testa. Sono gli stessi di ieri, più un terzo in piedi alle loro spalle che fissa lo schermo del computer. Hanno già invaso la scrivania con i loro caffè e pacchetti del pranzo, e il suo vassoio della posta in arrivo è sparito. Resta appena lo spazio per posare la valigetta.

«Sono tornato» dice Mather, stavolta in tono meno convinto.

«Siamo messi male» risponde il giovanotto di ieri. Mather non ne è sicuro, ma gli è parso addirittura che lo scacciasse con la mano.

«Vedo» dice. È importante restare calmi, porgere un ramo d'ulivo. È stato un precario anche lui. Non c'è motivo di far loro pesare il suo nuovo status. «Volete prendervi un momento per cercare un'altra postazione?»

Il ragazzo valuta la possibilità per un istante, poi però accenna alla data di consegna imminente e gli fa notare che ormai si sono sistemati lì. Dice che stanno bene dove stanno, ma grazie comunque.

È un equivoco, è ovvio, un piccolo equivoco, ma Mather sente la mancanza della sua scrivania e vorrebbe che tutto tornasse alla normalità. Quand'è stata l'ultima volta che ha avuto una normale giornata di lavoro? Si guarda intorno in cerca di appoggio, di un cenno di compassione da parte dei colleghi, ma quelli sono totalmente assorbiti dai loro computer. Purtroppo stavolta dovrà andarci giù pesante. Avrebbe preferito evitarlo, ma quei ragazzi non gli lasciano scelta. L'assistente di Ferguson gli dice che Ferguson non potrà riceverlo prima delle 11.

«Poi non l'ho preso, quell'appuntamento, ricorda? Ho bisogno di vederlo ora. Gli interinali sono seduti alla mia scrivania e io devo cominciare a lavorare. Sono le nove passate».

«Quindi cancella l'appuntamento delle 11?» chiede l'assistente tracciando una riga sull'agenda.

«No,» risponde pacificamente Mather «perché non l'ho mai preso».

«Non ha mai preso che?» tuona una voce alle sue spalle.

È Ferguson, appena arrivato, che finge di essersi perso l'inizio di una barzelletta. Mather si domanda se si stanchi mai di sorridere così. L'assistente se ne lava le mani, torna alle sue occupazioni.

«Non ho mai preso un appuntamento con lei» chiarisce Mather, rendendosi subito conto che così potrebbe confonderlo. Per quanto ne sappia, però, Ferguson ha la capacità di non mostrarsi mai perplesso, o di esserlo. È impermeabile a qualsiasi battuta che non compaia sul suo copione interno, il motore cioè che lo muove da una stanza all'altra.

Ferguson gli dà un paio di colpetti sulla schiena.

«Ci siamo sbarazzati di lui, eh?» chiede.

«Chi?» fa Mather.

«Chi!» ripete Ferguson scoppiando a ridere. «Ma il bambino, no?! L'abbiamo appioppato a qualcuno? Ben fatto!»

«Oh. Be', sì, è così» risponde Mather. Poi aggiunge in tono serio, professionale: «Una cosa, signore».

Vorrebbe, se possibile, che Ferguson risolvesse questa situazione degli interinali, dice, perché deve tornare al lavoro e non è giusto che ogni mattina sia costretto a cacciare qualcuno dalla sua postazione. È una cosa snervante, a essere sinceri, e Ferguson sembra capire, annuisce. Gli interinali dovrebbero eseguire ordini, attenersi al programma, prima di sentirsi in diritto di rubare la scrivania a qualcun altro. Mather gli spiega che questo genera tensioni e probabilmente non giova al morale generale.

«I ragazzi se ne sono andati alle otto,» ribatte Ferguson «come sempre. Ma lascia che ti presenti la nuova squadra. Abbiamo assunto dei profili eccellenti. Il morale non potrebbe essere più alto».

Arrivati alla scrivania di Mather, Ferguson gli presenta i tre nuovi fenomeni. Mather però non sente i loro nomi. Ferguson sta tessendo le loro lodi per una certa iniziativa di marketing che hanno avuto quando erano solo stagisti. Sono i primi interinali a fare strada così rapidamente. Hanno fretta. Vanno come razzi.

I tre, ancora in preda alla serietà che il computer a quanto pare gli ispira, non si scompongono di fronte a quei complimenti. Sono già proiettati in un futuro prossimo in cui saranno loro a dirigere la compagnia. E Mather dovrebbe esserne felice, e lo dice pure a Ferguson, ma in ogni caso quella è la sua scrivania, con i suoi lavori ancora da terminare, e il nuovo team non potrebbe andare a lavorare altrove?

Ferguson invita Mather ad avviarsi verso l'ascensore. Gli

parla in tono pacato e mettendogli un braccio sulla spalla lo guida lontano dalla scrivania, come un cane pastore.

Mather immagina che stia ubbidendo a una voce interna: *Porta l'impiegato in una zona tranquilla. Comunica la cattiva notizia in termini positivi.*

Forse l'unico modo che Mather ha per far leva su di lui è restare ben saldo e affrontarlo subito, lì su due piedi. Si sente addosso gli occhi dei colleghi, che invece fanno finta di non guardare.

«Ritengo» dice Ferguson «che la cosa migliore da fare ora sia studiare una bella strategia con quelli delle risorse umane. Loro di certo avranno una visione più specifica delle tue possibilità future. È sempre un buon momento per discutere una strategia. Credi di aver valutato tutte le opzioni, ma non è mai così. Salta sempre fuori qualcosa cui non avevi pensato».

Mather sente il cellulare che squilla, ma non riconosce il numero. Sente però di dover rispondere, anche se non è il momento ideale. Magari è Maureen che chiama dal telefono di un altro. Magari ha perso il suo, motivo per cui non risponde da tanto. Magari chiama per scusarsi, per chiedere come sta Alan e se potrà vederlo presto.

E invece non è Maureen, ma una donna che in un inglese stentato, mentre la linea va e viene, gli chiede più volte di poter parlare con il signor Mather.

«Eccomi» risponde Mather, sotto lo sguardo garbatamente curioso di Ferguson e dei nuovi colleghi.

La tizia che ha chiamato ripete la domanda e Mather di nuovo: «Eccomi». Poi si rende conto che forse non conosce la parola.

«Sono io Mather. Chi parla?» Fosse stato solo, a quest'ora avrebbe già riagganciato.

Realizza che dev'essere la baby-sitter e che la parola che ripete ossessivamente è il nome di suo figlio. Sta dicendo «Alan», ma con il suo accento sembra «Allah». Non sa esprimersi bene. È successo qualcosa ad Alan. Bisogna che torni subito.

Mather mantiene la calma.

«Devo andare. È mio figlio».

«Non si levano di mezzo tanto facilmente!» dice Ferguson e ride.

Mather corre a prendere l'ascensore, mentre alle sue spalle Ferguson gli ripete la storia delle risorse umane, gli consiglia di prendere appuntamento.

«Strategia!» gli grida, mentre le porte dell'ascensore si chiudono.

Solo una volta salito sull'autobus Mather si rende conto di cosa sia appena accaduto. Evidentemente si faceva così. Ferguson doveva aver preso lezioni. Forse era addirittura emozionato di poter fare pratica con Mather. Il licenziamento è un'opportunità, l'inizio di qualcosa di nuovo e meraviglioso.

Mentre è in autobus la baby-sitter lo richiama, ma non può fare niente per lei. Sono per strada, coraggio, tieni duro, sarò lì fra un attimo.

Il telefono ricomincia a squillare proprio mentre scorge il retro del suo edificio. Stavolta è Maureen.

«Finalmente» dice. Tragedia scampata. Non è più nemmeno arrabbiato, prova soltanto sollievo.

«Dove sei?» chiede Maureen.

«Dove sono *io*?» Mather è incredulo. «Mi prendi in giro? Dove cazzo sei *tu*?»

Poi la vede, oltre il parcheggio, che parla al telefono all'ingresso di casa. C'è anche Robert e con lui il bambino. Accanto a loro la baby-sitter piange disperata.

«L'hai affidato a un'estranea» dice a denti stretti Maureen, al telefono. «Non posso allontanarmi neanche un minuto. Lo affido a te e tu lo scarichi a una che non sa niente di bambini».

Mather vede il rancore pervaderla, da come cammina nel parcheggio intuisce che se potesse striscerebbe dentro il telefono e lo ammazzerebbe a mani nude.

«Sono qui» dice Mather. «Alza la testa». E la guarda svolgere le spire.

Maureen lo vede e toglie il bambino a Robert. Gli hanno rimesso la tutina da neve e infilato in testa uno di quei berretti bianchi che usano per i bebè in ospedale. Gli sta ancora.

«Ce ne stiamo andando» annuncia, e Robert si unisce alla marcia.

Come vede arrivare Mather, la baby-sitter si precipita a profondersi in scuse.

«Non ho dato io Allah. Hanno preso. Va bene che prendono Allah?»

Mather dice a Maureen di aspettare, che non ha finito, che ci sarebbe molto di cui discutere. Non può comparire così dal nulla e portarsi via Alan. Gli deve delle spiegazioni.

«Ah davvero?» ribatte Maureen, e sembra quasi che non aspettasse altro che di sentirlo tirare fuori l'argomento.

Mather vuole vedere il piccolo, e quando gli si avvicina Alan lo guarda con gli occhi cerchiati di rosso, la pelle intorno asciutta e squamata, e il colorito giallognolo, più che chiaro. Mather fa per toccarlo piano – è il suo bambino, vorrebbe dargli un bacio – e lui si rifugia contro il petto della madre.

Mather arretra.

«Va bene, signor Mather?» dice la baby-sitter. «Va bene che prendono?» È l'unica a stare dalla sua parte.

«Lo stai chiedendo alla persona sbagliata, stronza» dice Maureen, ma Mather la tranquillizza dicendo: «Sì, non preoccuparti, va bene».

«E lascia in pace le mie amiche» gli intima Maureen. «Non chiamare al lavoro. Non chiamare proprio».

Robert lo guarda, e nei suoi occhi non c'è nemmeno una punta d'astio. Solo noia.

Mather guarda la loro macchina allontanarsi e si avvia di sopra, da solo, verso il suo appartamento. Non è neanche mezzogiorno. Inizierà dal bucato, laverà tutta la roba del bambino. La porta giù nel seminterrato, dove ci sono le lavatrici, poi torna di sopra e dà l'aspirapolvere, cambia l'aria.

Rimuove l'umidificatore dal lettino. Quello che ha intenzione di fare è staccare i tubi e immergerli in una bella soluzione bollente. Anche la tanica di plastica subirà lo stesso trattamento. La mascherina si separa facilmente dal tubo di gomma e le rimane attaccato un sentore del suo bambino, del suo respiro quando dorme. Quando rimetterà insieme i pezzi, la macchina sarà come nuova.

Più tardi, Mather andrà a fare la spesa e comprerà tutti i cibi preferiti del figlio. Farà scorta di acqua distillata. Prenderà anche delle caramelle, per i giorni in cui nient'altro sembra funzionare. Se a quel punto non sarà troppo tardi e ne avrà la forza, prenderà l'autobus fino a Rollingwood, diretto al negozio di giocattoli che adorava da piccolo, sempre che ci sia ancora, e acquisterà un regalo per il bambino. Dovrà pur esserci qualcosa che lo fa impazzire, magari una pista per i trenini, anche se è presto, ma non troppo. Sta crescendo. Non sarebbe una cattiva idea iniziare a valutare in che punto del soggiorno costruire la pista.

A casa, la sera, avrebbe sparso i pezzi sul pavimento e si sarebbe messo all'opera, perché potevano volerci dei giorni, ed era saggio giocare d'anticipo. Voleva farsi trovare pronto. Avrebbe portato a casa il bambino e gli avrebbe mostrato la pista, per poi osservare la sua espressione mentre lo posava a terra e, con una leggera spinta, gli faceva comparire davanti il primo trenino.

2

SUL NON CRESCERE

– *Da quanto tempo sei un bambino?*
– Settantuno anni.

– *Con chi hai lavorato?*
– Meyerowits, nella prima fase: coliche, denti, primi passi, prime parole. È stato lui a insegnarmi a produrre false prove di precocità e rovesci dello sviluppo, per esercitare potere nella stanza senza parlare. Sono stato incoraggiato ad andare oltre la bizza e i drastici mutamenti d'umore causati dall'ambiente circostante, e se siete a conoscenza del mio operato potete farvi un'idea dei risultati che ho ottenuto. Il resto è un magma, ma d'altronde non sono un sostenitore dell'apprendistato lineare. Ho effettuato il tirocinio presso la Bonn Residency, in seguito ho vinto delle borse di studio al Cleveland Place e sono stato stagista al Quebec Center. Nel 1974, prima che Krenov lo cambiasse, sono entrato in quel ritiro sull'Appalachian Trail, ma hanno dovuto portarmi via in elicottero: è stata forse la mia prima crisi infantile, prima di apprendere e accettare il concetto di interferenza. Il debito che ho con Meyerowits è enorme, ovviamente, se non altro per quanto riguarda il periodo di addestramento

all'innocenza. Avrei anche potuto mollare subito dopo, dato che adesso si tratta solo di disimparare.

– *Disimparare nel senso in cui lo intende Kugler? In maniera così radicale?*

– Sorvolerò sull'ostilità verso gli animali. Sorvolerò sull'immersione forzata e sulla chelazione. Si è già visto che è un vicolo cieco. Ma da questo punto di vista Kugler è una contraddizione vivente, no? Ha una stalla piena di cavalli. Pratica l'infantilismo crepuscolare, e adesso, tutto a un tratto, si oppone ai sostenitori del linguaggio precoce di Phoenix, che a mio avviso non rappresentano una minaccia come crede lui.

– *Non sono riconosciuti.*

– Esatto, ma sono pro-famiglia, e, quando opero sul campo, anch'io tendo a credere nel valore di un regime a favore del genitore, appoggio chi pone l'accento sulla maturità.

– *Il che è una contraddizione, considerando il numero di famiglie adulte con cui ha lavorato, e quante di loro di recente si sono sciolte?*

– Il termine «adulto» solleva delle problematiche. Credo che sia semplicistico affermare che il mio lavoro sull'infanzia sia in aperta opposizione a quello dei Maturi, soprattutto i Maturi Rigidi o Imbullonati. Io posso accelerare la manifestazione di un carattere latente, posso attivare i vettori di conflitto come auspicano quelli del Michigan, che usavano il digiuno a mo' di arma, e fingere disinteresse verso la tensione famigliare, ma ritengo che il successo di per sé sia stato reso un feticcio, e una certa nostalgia per la crescita abbia viziato il nostro modo di pensare. Posso essere pro-famiglia senza per forza coccolare la famiglia in sé. Posso incoraggiare l'aggregazione famigliare basata sulla paura malgrado questo implichi ammettere di far parte della famiglia sbagliata. Esiste un'espressione in tedesco, non ricordo le parole esatte, che descrive un certo modo di tenere una pistola puntata alla testa di qualcuno. Letteralmente significa che ami profondamente la persona, ma non in quel momento. Io sono a favore di un amore perfettamente funzionante a livello teorico.

– *Ma è responsabile della distruzione di un numero di famiglie senza precedenti.*

– Io non distruggo nulla. Metto piuttosto in discussione i termini di mandato dei genitori, e non sono certo il primo a promuovere rovesci di potere di matrice infantile. Vale la pena di ricordare il contributo dato alla questione da Benner-Louis, e considerare quanta risonanza hanno avuto le sue metafore geologiche. Se stimolare un oggetto a sviluppare imperfezioni si traduce in un temporaneo disfacimento della famiglia, allora secondo il vostro ragionamento dovremmo tutti stare buoni e zitti – la richiesta che normalmente si fa al bambino. Non è un mio problema se le famiglie ne soffrono, se chiunque può notare il loro progressivo indurimento, la volontà di bloccare gli istinti dei loro stessi membri, e se i Maturi non hanno abbastanza potere da riconoscere questo stato di stallo possono incolpare me, certo, ma così facendo evadono soltanto la questione. Io lascio una scelta al bambino, e fornisco tunnel emotivi per chi ancora un bambino non è. È un'opera di mappatura alla maniera in cui la intendeva Parsons: non si inserisce un percorso in una mappa, se viziato dal progresso di altri. L'età adulta somiglia a una fabbrica di sfinimento. Chi mai si sognerebbe di lavorarvi intenzionalmente? Il mio compito consiste nell'infantilizzare quei soggetti che hanno patito una crescita prematura e, cosa ben più importante, nel mettere in discussione l'età adulta come rifugio dal potere dell'infanzia. Sono un semplice fornitore.

– *Il che ci riporta in Maryland.*

– Il mio lavoro sulla bizza infantile è ancora in fase di definizione, ma potrei menzionare un'intera serie di catastrofi verificatesi a Chesapeake che ora appaiono come ferite aperte, sebbene, via via che il tempo passa e dimentichiamo le vittime, la nostra prospettiva quotidiana muti dimostrandoci quanto, ad esempio, lo Stratagemma del Lago sia stato essenziale. Se da un lato l'Immersione Obbligatoria risulta sgradevole, in termini di esperienza, dall'altro l'ostinazione a ignorare collettivamente i valori di un gruppo sociale, cosa che costringe i Maturi a regredire allo stadio infantile attraverso il panico, rappresenta un modo per trasmettere tutta una gamma di possibilità e credenze che per convenienza sono state relegate nel dimenticatoio. In ogni momento si promuovono e approvano certi comportamenti. Perché dovremmo essere penalizzati per aver esposto il nostro ragionamento con tale convinzione da provocare un'esperienza di quasi morte in coloro che vi intravedevano una logica schiacciante?

– Potrebbe riassumere approssimativamente la sua etica professionale?

– Sono convinto che stabilire dei rigidi confini etici sia nocivo, per quanto possano costituire fonte di conforto e salvare vite. Ritengo che sia nostro dovere morale eliminare le restrizioni comportamentali che imponiamo ai bambini proprio quando la loro energia esplosiva è all'apice della pericolosità. Una crisi di pianto rappresenta davvero una minaccia, o rivela un tunnel emotivo in cui abbiamo paura di addentrarci? Le dottrine tantriche promuovono la meditazione, il ricorso a mantra, rituali e comportamenti esplosivi. Si tratta di antichi concetti elementari che risultano ovvi persino agli occhi degli studenti delle superiori. La mia etica professionale? Spogliarmi delle limitazioni dell'età adulta e rendere la maturità il risultato di una vita vissuta liberamente, e non il frutto di un percorso verso il potere e il successo regolamentato da mesti cadaveri sovrappeso e senza immaginazione. I venti mantra fondamentali affondano le radici nell'espressione infantile. Ormai questo è un dato accertato. Una sintassi inclusiva di tali mantra, da non confondere col linguaggio fallimentare promosso dalla NASA, potrebbe guidare un'intera società di infanti, se non fosse che – ed ecco il punto – questa sintassi per natura non è fatta per impartire istruzioni, pertanto nulla può essere insegnato, e di conseguenza la prospettiva di una maturazione, con la sua maschera funebre, è scongiurata.

– È stato necessario condannare note figure sostenitrici dello sviluppo infantile quali il dottor Spock? In che modo il suo

programma ha tratto beneficio da questo approccio antagonistico?

– Il dottor Spock prendeva in esame bambini esistenti, senza promuoverne di nuovi. La sua opera consisteva nell'osservare il passato e garantire la formazione di un'immagine prevedibile. Offriva soluzioni, molte delle quali valide, devo ammettere, per una fuga dall'infanzia. Varrebbe la pena di modificare alcuni suoi spunti, se non altro per metterli al servizio di una qualche scienza oscura. Da un simile approccio al comportamento si potrebbe addirittura ricavare un antidoto, che tuttavia non salverebbe nessuno. Sono solo scappatoie, e come tali avrebbero dovuto essere commercializzate sin dall'inizio. Io non ho fatto altro che appellarmi a un principio di onestà. La teoria di Spock è completamente volta a presentare l'infanzia come un problema da risolvere, da eliminare, e non sono il solo a leggerci una componente paternalistica. La crescita fisica è (per lo più) una necessità (e su questo avrò modo di tornare), mentre la crescita emotiva è qualcosa che i Maturi auspicano esclusivamente per gli altri. Raramente è fonte di soddisfazione per chi la vive. C'è una sorta di spinta evangelica intorno a questa brutta parola, «sviluppo», ed è esercitata su soggetti altrimenti inermi. Ci è stato gettato addosso un incantesimo che condanna ognuno di noi a quel trionfale fallimento che siamo soliti chiamare «età adulta». I disegni infantili vengono spesso ignorati perché i Maturi sono incapaci di accettare, figurarsi decifrare, il caos e il disordine che i bambini tentano di riprodurre sulla carta dopo aver gettato un rapido sguardo a quelle creature sgualcite e gargantuesche che sono i loro genitori. L'arte infantile rappresenta fedelmente il mondo approssimativo e spaventoso che li attende qualora scelgano la via della maturità.

– *Molti si troverebbero in disaccordo su questo punto.*

– E scommetto che si tratterebbe di vecchi, di «adulti» ragionevoli che accumulano comprensione come se fosse scatolame. È un errore risibile, questa ricerca della certezza a ogni costo. L'assunto di base è che se qualcuno è in disaccordo con ciò che diciamo, deve per forza esserci qualcosa che non va nelle nostre idee. Trattasi di noto espediente retorico – credo si chiami Calice del Consenso – adottato dal Maturo. *Il terrore dell'infante* non è stato solo un film di successo: descriveva una reale avversione al genere di scoperte che invece sarebbe possibile fare se solo i Maturi non operassero sotto l'influsso di una paura così invalidante. Il linguaggio dei bambini ha un potenziale incredibile, nonostante gli ovvi pericoli e la sua quasi totale indecifrabilità. L'unica ragione per cui lo si rifugge è questo deprecabile timore.

– *Cosa si aspetta dal futuro?*

– Malgrado i suoi numerosi conseguimenti, Meyerowits è morto da adulto, con somma umiliazione della famiglia intera. La sua eredità non significa niente, perché in definitiva ha lasciato un mondo che ancora sa e pensa troppo, un mondo che ha imboccato una via sbagliata, trascinandosi dietro un peso pari a quello di sei bambini. Meyerowits si è scagliato contro le sue stesse teorie per paura della complessità e della ricchezza dell'innocenza, e ora è morto. Io voglio morire così come sono, guardando a un mondo che supera la mia capacità di comprensione e scoraggia ogni mia azione. Voglio morire bambino: a stento capace di muovere un passo, perso in una nebbia di oggetti e persone che non potrò mai conoscere davvero, vestito di nient'altro che della consunta tutina che mi ha comprato la mia prima madre. È questo il mio obiettivo.

LA MIA VISIONE DELLE TENEBRE

– *Per far fronte alle avversità, nel mondo si stanno adottando strategie diverse, e la sua sembra tra le più estreme. Da quanto caldeggia il ricorso alla caverna?*

– «Caldeggiare» è un termine errato. Se mi trovassi su un gommone di salvataggio e intorno a me la gente stesse annegando, non «caldeggerei» loro il gommone. A me piace il mio gommone e la sicurezza che mi garantisce. Se chi si trova in acqua vuole sopravvivere, deve nuotare fino a me e chiedere asilo sul mio gommone, e io ovviamente prenderò in considerazione la sua richiesta, soppesando i fattori rilevanti. In questo senso caldeggiare il gommone sarebbe a dir poco superfluo, e lo stesso vale per quella che lei chiama caverna.

– *Cioè non serve promuovere ciò di cui non si può fare a meno?*

– Esatto. Ma sebbene creda profondamente nel valore della sopravvivenza, a maggior ragione in tempi avversi, la nostra specie è troppo complessa per presumere che sopravvivere sia l'obiettivo di tutti. Ci saranno persone, per tornare all'esempio del gommone, che sceglieranno di restare in acqua e perire, e non è compito mio sondarne le motivazioni. Gli oceani sono fatti per affogarci dentro. Non è soltanto il verso di una celebre canzone. Trovo bello che le nostre strategie di sopravvivenza siano diverse fra loro e non tutte destinate al successo.

– *In altre parole crede che chi dissente da lei sulla questione della caverna nasconda un desiderio di morte?*

– Quello che penso degli altri e dei loro desideri non ha importanza. Non mi interessa ciò che penso, nella misura in cui la sopravvivenza non è un fine teorico, almeno nella mia esperienza. Quando si sopravvive ai fanatici dello spazio non protetto – i cosiddetti americani – non si ha interesse nel prestare ascolto ai vaneggiamenti dei nuovi defunti. Ogni specie è definita dalla morte e ogni creatura ha un ruolo da interpretare, per negativo, tragico, o deliziosamente marginale che sia. Se mi fosse toccato un ruolo di morte, se per dire dovessi morire stanotte, cosa che sarei pronto a fare se solo servisse a sollevare il velo del dubbio, mi trovereste ancora qui intento a disquisire di espedienti di sopravvivenza, forse persino a indicare, come forma più radicale di sopravvivenza, la morte stessa. È un difetto intrinseco alla specie, questa convinzione che ciascuno di noi ha di avere ragione.

– *Quindi la caverna è un espediente di sopravvivenza?*

– Non è una caverna più di quanto non lo sia una casa.

– *Ma è sottoterra.*

– Una precisazione opinabile, oltre che superflua. Le caverne sono comunque dotate di entrata, per cui vede che la sua terminologia è quantomeno approssimativa. Proviamo per un attimo a considerarla da un punto di vista diverso. È dura penetrare in uno spazio che sia realmente sotterraneo, e quanto a livelli di sotterraneità non mi definirei un assolutista.

– *Si spieghi.*

– Ciò che lei definisce «sottoterra», un tempo non era altro che un freddo spazio blu, che adesso è semplicemente intasato di materia. È il vecchio adagio che ci insegnano alle elementari: i solidi si attraggono, lo spazio è una punizione. Esistono forse ideali grumi di materia con un alto indice di sopravvivibilità? Forse, ma la questione non è così semplice. Ricerco, sì, cavità subesistenti in assenza di apertura, ma non mi interessano le loro coordinate, dal momento che non credo nella localizzazione geografica. Sono tutti strumenti inutili, mappe del tesoro di questo o quell'altro inferno. Le zone ad alta solidità, che spesso si trovano ad altitudini bassissime, sono semplicemente più sicure. I sostenitori della vita al livello del mare hanno perso l'accesso alla luce e all'energia, e si sono esposti a ogni sorta di aggressione, e ciononostante dobbiamo prestare ascolto alle loro giustificazioni e al loro obsoleto rimpianto di buoni pascoli e praterie che ora non sono che cimiteri. Non credo in un'intelligenza mineraria di qualche tipo, ma bisogna essere degli stolti per non riconoscere che cosa sia la sopravvivenza e non interrogarsi seriamente su come metterla in pratica.

– *A un osservatore esterno potrebbe sembrare che così facendo si stia seppellendo vivo.*

– Ecco, vorrei porre l'accento sulla parola «vivo». Mentre altri si torcono le mani e rifiutano anche solo il *concetto* di casa bassa, o di qualsiasi altra zona sicura, pur vagando nelle gelide tenebre, in assenza di cibo e a un'altitudine – quella a cui un tempo sorgevano le nostre costruzioni – con uno scoraggiante indice di sopravvivenza, io attribuisco un grande valore alla vita. Il dottor Moskin e il dottor Ruefle si sono ripetutamente schierati contro l'idea di un livello del mare assoluto. Perché ne stiamo ancora parlando? Inserendo le vostre pericolose coordinate in un GPS ci si ritroverebbe a volare giù da una scarpata. Che benefici potrei ricavare aggrappandomi a te, se entrambi stiamo precipitando tra le braccia della morte?

– *Ma noi non stiamo precipitando.*

– Disse l'uomo gravemente disinformato. L'idea dell'esistenza di un confine tra terra e aria è di per sé problematica. Si tratta di una di quelle deviazioni intellettuali che hanno gettato una terribile ombra su tutti noi. I segni che portiamo intorno al collo indicano quello che un tempo era il livello del mare.

– *Quali segni?*

– È un modo di dire. L'altitudine stessa è stata irragionevolmente idealizzata sin dalle prime mitologie. Abbiamo bandito i libri sbagliati. La bellezza del volo, la libertà dello spazio, la presunta poesia degli uccelli: promesse di gloria o segnali di pericolo? A mio avviso è palese che si debba per quanto possibile circondarsi di materia, «ammantarsi di terra», per ricorrere alle parole di Frehlan, che sia in una cavità a misura d'uomo o altrove. L'altitudine ha fallito, perfino come idea. L'evoluzione ci ha insegnato altrimenti, peccato che siamo pessimi studenti del futuro.

– *Dunque si schiera con gli anacoreti?*

– Chi è che diceva che per vedere qualcuno morire, basta farsi amico un anacoreta? C'è del narcisismo in chi sceglie di rifugiarsi sulle montagne, e non mi riferisco soltanto a mio padre. La fuga degli anacoreti è egocentrica e nostalgica – nella peggiore accezione del termine. Io li vedo come personaggi in cerca di un romanzo. Scegli me, scegli me! Supplicano attenzioni e, se feriti, piangono. La loro autocompiaciuta scelta di isolamento non esercita alcun fascino su di me. Si ostinano a esporsi, e noi li guarderemo decomporsi sotto i nostri occhi. Questa, del resto, è solo la mia personale opinione. Io guardo ai fatti. E i fatti, ovvero l'unica cosa che conta, dicono che gli anacoreti sono destinati a estinguersi. Mentre parlavamo ne sono già morti sei.

– *È questo, in definitiva, il metro di giudizio con cui valuta le persone? Se muoiono o no?*

– È un metro di giudizio da molto prima di me e continuerà a esserlo. Accoglierei di buon grado un altro criterio rivelatore.

– *Ha sacrificato molte cose in nome della caverna: la famiglia, la casa, il lavoro.*

– Li riavrò. Forse non con la stessa forma e struttura, forse non saranno la stessa famiglia, la stessa casa, lo stesso lavoro, ma un giorno torneranno da me e saranno migliori, proprio in virtù dell'impegno da me profuso per sopravvivere.

– *Ma le manca la sua famiglia?*

– Provo sollievo. Sollievo e gratitudine. Gratitudine per la possibilità che mi viene concessa di nutrire forti sentimenti nei confronti di quelle persone. In quanti possono dire di provare per la famiglia lo stesso inebriante trasporto? I sentimenti sono un dono, e io sono fortunato. In un certo senso ciò che provo per mia moglie e i miei figli è più intenso quando il momento presente non patisce l'imposizione della loro presenza. E poi non si può esprimere in termini concreti il miracolo che avviene quando siamo immersi nella terra, stretti nel suo abbraccio, necessariamente soli.

– *Come padre e marito, è responsabile delle strategie di sopravvivenza, per fallaci che le ritenga, di sua moglie e dei suoi figli? Ha un obbligo nei loro confronti?*

– Non sono qui per parlare di particolari persone che posso aver conosciuto. Non c'è alcun bisogno di menomare il pensiero facendo ricorso alla specificità. Ad ogni modo, ho esposto loro i miei piani senza possibilità di appello, e le mie opinioni su quest'argomento sono ben documentate. Per dirla con franchezza, la famiglia necessita di una costante opera di occultamento dell'ovvio. Far parte di una famiglia implica, per ragioni a me ancora sconosciute, lottare allo stremo per sopprimere la verità, e quando l'ombra è calata sulla famiglia che occupavo, sono emerse strategie concorrenti. Mia moglie ha impiegato la propria intelligenza per sciogliere un dilemma totalmente diverso rispetto a quello in discussione, ed è stata per me la conferma che la sopravvivenza non è qualcosa che si possa imporre dall'esterno, perfino a un gruppo ristretto come la famiglia. In tempi duri la responsabilità è un lusso, un lusso che all'inizio ho voluto concedermi, benché compromettesse il mio progetto. È stato decadente da parte mia, me l'hanno fatto notare, fare mostra di un tale senso di responsabilità verso la famiglia. Un errore di gioventù, lo definirei. Ognuno ha le sue debolezze. La mia era la lealtà. Ma le avversità non concedono lussi, e ho dovuto rinunciare alle fonti di conforto per dedicarmi totalmente al lavoro, necessariamente solitario, che svolgo ora.

– *Sopravvivenza, dunque, ma a quale prezzo?*

– Questa domanda non le fa giustizia. Io scelgo di essere vivo per misurare la profondità del mio sacrificio, semmai mi servisse un motivo. Di che cosa dovremmo vantarci nell'aldilà, di aver aggirato le scelte difficili e trovato una semplice via di fuga? Se gli altri, compresi i miei associati, decidono di non proteggersi dalle avversità con un'armatura di terra, io non posso farci niente.

– *In un'epoca di sole intermittente ed energia razionata, sarei curioso di sapere se nutre qualche preoccupazione per la «gente di sopra», come l'ha definita.*

– La mia visione delle tenebre è ben nota. Ho osservato che, dopo un primo periodo di adattamento, quando cioè si penetra in una cavità di scisto fossilizzato, o quel che è, quando la mano scompare come intrisa di inchiostro per poi riapparire e i suoni di colpo sono talmente acuiti che si riesce a sentire il sangue scorrere nelle vene, in quel momento avviene un rilascio, un alleggerimento, da cui emerge un sentimento grandioso. Io posso solo augurarmi che tale sentimento diventi accessibile non solo alle persone di cui parla, ma a tutti. L'ombra ha reso possibili nuove esperienze. Alla fine non dovrebbe contare quanto siamo meritevoli, e la gente di sopra non dovrebbe essere punita per i propri errori. Detesto il pensiero che solo pochi eletti possano fare esperienza della sicurezza data dalla pietra, che abbraccia e ci permette di credere che al di là delle nostre quattro mura, un'altra brava persona riposi e attenda. Se la nostra vista fosse tale da mostrarci soltanto i corpi, non la pietra o la terra che avvolge così tanti dei nostri sopravvissuti, ci comparirebbe dinanzi una rete fluttuante di persone, e un simile diagramma della specie, sospesa nel vuoto e perfettamente respirante, sarebbe uno spettacolo bellissimo.

3

GUARDARE GIALLI CON MIA MADRE

Non credo che mia madre morirà oggi. È già tarda sera. Dovrebbe morire entro quarantacinque minuti, e non mi sembra probabile. L'ho appena vista a cena. Abbiamo ordinato da asporto e guardato un giallo sulla PBS. Mi ha dato il bacio della buonanotte e ho chiamato un taxi per tornare a casa. Perché muoia, la situazione dovrebbe subire una brusca svolta.

Mia madre ha la sua bella dose di problemi di salute. Vive da sola, e questo aumenta le probabilità di morte. Potrei essere svegliato da una telefonata e scoprire che è deceduta poco dopo che l'ho salutata. Siccome la giornata è ormai finita, vorrei poter dire che le probabilità che muoia oggi sono basse. Deve soltanto sopravvivere, a casa, nel suo letto, per un'altra oretta scarsa, e avrà superato l'ostacolo dimostrando che avevo ragione. Ma non ne so abbastanza, di probabilità. Mi sembra di intuire che una caratteristica insita alla morte – la morte di una donna anziana sola nel proprio appartamento – sia la totale estraneità a concetti umani quali appunto la prevedibilità. Non è insolito sentir dire di qualcuno che ha disatteso le previsioni. Ma allora forse, chiunque fosse questo qualcuno – si presume una persona intelligente – avrebbe dovuto tenere conto sin dall'inizio dell'eventualità di disattenderle e modificarle di conseguenza. Chi è abituato a fare previsioni non può ignorare che spesso vengono disattese. La cosa deve procurargli non poche seccature. E poi le modificherebbe, le sue previsioni, per renderle più accurate? Non so. Le previsioni dovrebbero essere previsioni, e per giunta non dovrebbero mai essere disattese. Perché altrimenti non sarebbero corrette, e andrebbero cambiate.

Se mia madre sapesse che – per non morire oggi – le basterebbe sopravvivere per meno di un'ora, le probabilità che resti viva aumenterebbero? Se ora le telefonassi e la tenessi in linea per non farla morire oggi, le probabilità cambierebbero? In altre parole, le nostre probabilità di sopravvivere aumentano nella misura in cui ci impegniamo attivamente a vivere? Mi sembra improbabile, così come il fatto che mia madre risponda al telefono a quest'ora. Sarà stanca. Era stanca già a cena. Si è addormentata mentre guardavamo il giallo. Degli anziani solitamente si dice che si *appisolano*. Mia madre si è appisolata. Le ho fatto la cortesia di fingere di non accorgermene, invece l'ho guardata dormire sotto la coperta sulla sua sedia reclinabile preferita. Ho notato che non le si muovono più i capelli, a prescindere dalla posizione in cui si trova. A un certo punto durante l'episodio si è svegliata e sembrava aver afferrato la trama più di me. È possibile che l'avesse già visto.

Quelli che lavorano nelle cucine dei castelli inglesi, almeno negli sceneggiati che guardiamo io e mia madre, sono molto più scaltri dei loro datori di lavoro. Le cucine sono vasti antri di pietra con meravigliose pentole che pendono dai ganci. A volte il divario tra l'intelligenza del padrone e del servitore è abissale, fatto su cui mia madre si basa per proporre soluzioni al mistero.

Lo so che sono storie inventate, ovviamente, ma so anche che chi se le inventa è irrimediabilmente ispirato da ciò che ha visto e sentito. Per quanto sogni di uscirsene con una trovata originale, di creare dal nulla un mondo vittoriano nuovo di zecca, un teatro di futili crimini domestici, non ci riesce. È legato, volente o nolente, a ciò che è già successo, a ciò che è già stato fatto e pensato. Nel nostro caso, alla premessa che la classe operaia consista di geni assoluti se messi a confronto con gli individui ottusi, avari e pingui che li comandano. Il successo del programma dipende da questo. Io dipendo da questo. Mia madre dipende da questo. Anche se le capita di addormentarsi mentre lo guarda nel suo soggiorno.

La gente è riluttante ad ammettere di essersi addormentata, in particolare, se non esclusivamente, se questo è accaduto in presenza di testimoni. Anche quando negare non ha senso, loro negano. È una questione di orgoglio, forse. Per questo non ho mai messo mia madre di fronte al fatto di aver dormito per tutto il secondo atto, nonostante l'abbia guardata dormire più di quanto non abbia guardato lo sceneggiato. Perché molestarla con la verità? Ci provo a non guardarla mentre è appisolata, faccio del mio meglio. Mi sembra poco educato. Ma a volte non resisto. Quando è sveglia non ce la faccio a guardarla con altrettanta attenzione, e per un periodo così prolungato di tempo. Se è da maleducati fissare qualcuno mentre dorme, lo è ancor di più farlo quando è sveglio e consapevole di essere oggetto di scrutinio. Fissare a lungo una persona sveglia non è solo da maleducati, ma addirittura impossibile. C'è un codice di comportamento che lo impedisce. Non mi sognerei mai di seguire mia madre guardandola fisso. In generale sono consapevole di cosa non stia bene fare.

Il crimine però resta lo stesso: fissare un'altra persona. Che dorma o sia sveglia non dovrebbe importare, ma è evidente che farlo quando è sveglia costituisca un'aggravante. Se nella stanza, oltre a mia madre che dorme e io che la guardo, ci fosse una terza persona – no, non mio padre, per carità – e questa terza persona vedesse che guardo la mamma addormentata, la mia trasgressione sarebbe doppiamente grave? Non so.

Quando penso che a volte mia madre si scorda di prendere le medicine, di mangiare qualcosa che non sia solo una fetta di torta di riso, di bere acqua, mi viene spontaneo chiedermi quanti anni ancora potrebbe vivere se solo s'impegnasse.

I servitori di cucina, soprattutto gli sciroccati che nel primo atto sembrano solo degli idioti, finiscono sempre per rivelarsi i più subdoli. Alla larga dagli stupidi!, esclama la mamma ogni volta che guardiamo un sceneggiato del genere, e sorride agitandomi un dito davanti.

Provo a invogliarla a bere dell'acqua, ma risponde che ha un saporaccio. Anche se mi vede prenderla dal rubinetto, dice che le sembra di bere la risciacquatura dei denti di qualcuno. Sa della bocca di uno sconosciuto, urla, come se al contrario bere acqua che sa della bocca di qualcuno che conosce fosse accettabile. La volontà personale non può – può? – influire su quando si morirà, a meno che non si decida di morire, il che è tutto un altro paio di maniche. Se la volontà avesse un ruolo fondamentale, se cioè si potesse vivere più a lungo per scelta, la morte subirebbe una mutazione strutturale, e la gente inizierebbe a esercitare questo potere in maniera distruttiva, vivrebbe così a lungo da creare disagio alla famiglia. Non oso immaginare un mondo in cui le persone hanno il potere di posticipare la propria morte.

D'altro canto esiste un'intera schiera di persone che nel corso della storia hanno lottato per la propria vita senza muovere un muscolo. Di un infermo allettato e tenuto in vita da sacche e tubicini in una stanza d'ospedale, si dice che è un guerriero. A occhio nudo però non si rileva alcuna attività. In situazioni simili si parla di volontà di vivere. I famigliari, riuniti al capezzale dell'infermo, la avvertono e, quando l'infermo muore, si dice che ha lottato con tutte le sue forze. Che era un guerriero. Che alla malattia ha dato del filo da torcere.

Situazioni come queste mi hanno sempre dato da pensare, non solo stasera mentre sto qui a interrogarmi sulla volontà di mia madre di vivere almeno fino a domani – a prescindere dal fatto che, come già discusso, questa volontà giochi un qualche ruolo nella faccenda.

Se fossi io il paziente allettato e qualcuno, perfino un estraneo, mi esortasse a lottare per la mia vita, saprei come farlo? Semplicemente non è chiaro, non lo è mai stato, come per l'esattezza si possa lottare per la propria vita non disponendo di strumenti, né di armi, né di una preparazione, né di qualsivoglia nozione.

Nemmeno i medici che se ne stanno lì a guardarmi morire mi dicono niente su cosa fare ora, in questo momento, per prolungare la mia vita e non soccombere a ciò che la minaccia. Perché mi tengono all'oscuro? Un estraneo potrebbe farmi coraggio, spronarmi a trovare dentro di me l'energia necessaria e combattere – e dico estraneo perché non sono sposato, e mio fratello e mia sorella sono morti. Avrei necessariamente un estraneo al mio capezzale. O nessuno. Più probabile nessuno. Perché un estraneo dovrebbe indugiare davanti alla mia stanza, avvicinarsi al letto ed esortarmi a vivere? Che razza di estraneo farebbe una cosa del genere? E se anche la risposta fosse un bravo estraneo, allora dovrei chiedermi se sia mio dovere, non stasera, stasera ho da fare, ma prima o poi, entrare in un ospedale di notte e individuare un paziente solo nella sua stanza, preferibilmente un moribondo, e incoraggiarlo a combattere, e con tutte le forze per giunta? Dovrei impegnarmi per essere un bravo estraneo, ho capito bene?

Se potesse, mia madre starebbe al mio capezzale, e con ogni probabilità mi istigherebbe a lottare per la vita, nonostante trovi difficile immaginarla impartire un simile comando senza scoppiare a ridere. È sua dichiarata convinzione che molto di ciò che sappiamo, diciamo e proviamo sia ridicolo. Tendo a pensare che quando verrò incoraggiato a lottare per la vita su un letto d'ospedale, lei sarà morta. Avrà già lottato per la sua, di vita, e avrà perso. Ora però che è lei quella in punto di morte, anche se non oggi, non credo, no, ho paura che anche mia madre brancolerebbe nel buio. Posto che sia stata una calamità a condurla in ospedale, se le chiedessi di lottare per la vita è probabile che acconsentirebbe con educazione, potendo parlare, ma dentro di sé sarebbe costretta ad ammettere di non essere in grado di imbarcarsi in una tale impresa. Non è un tipo pratico. Lo stesso vale per il resto della famiglia. Nessuno di noi possiede la capacità di lottare per la propria vita. Cadiamo come mosche, uno dopo l'altro. Se l'intera popolazione mondiale venisse classificata in base alla capacità di lottare per la propria vita, la mia famiglia non sarebbe in una buona posizione.

Tenendole la mano, chiederò a mia madre di resistere. Lei vorrà accontentarmi, lo fa da sempre, e accetterà di lottare per farmi felice, ma quando si tratterà di scendere in campo non saprà che pesci pigliare. Ha vissuto una vita intera senza avere alcun controllo su ciò che avveniva dentro il suo corpo, il sangue, le cellule, le ossa, per non parlare degli organi, dei nervi. Per ottantasei anni di illustre indifferenza ha permesso alle proprie interiora di farsi i fatti propri, e all'improvviso le viene chiesto di dedicare cura e attenzione al corpo affinché questo non perisca. Come si può pretendere tanto da una donna così vecchia e fragile?

Nei documentari sulla natura la questione è chiara. Quando sentono che la loro vita è in pericolo, gli animali reagiscono infilandosi fra l'erba più veloci del vento, a volte cagandosi sotto dalla paura, oppure si voltano preparandosi ad affrontare la minaccia. Quando lottano per la vita si vede a occhio nudo, mentre agli uomini è richiesto di farlo da fermi, senza mostrare il minimo sforzo. È una lotta che si conduce esclusivamente all'interno e che nemmeno i macchinari dell'ospedale riescono a rilevare.

La domestica del retrocucina spesso ha un confidente. Questo confidente può essere un bellissimo giovane omosessuale con qualche trucchetto cui fare ricorso, qualcuno che ha accesso ai segreti della danarosa famiglia per cui lavora ma che allo stesso tempo le è troppo fedele per tradirla.

Temo di sbagliarmi terribilmente a pensare che mia madre non morirà oggi.

Uno che avrebbe senz'altro qualcosa da dire sulla questione delle probabilità è mio padre. Di mestiere faceva lo statistico. Probabilista, è il termine ufficiale. Il calcolo delle probabilità che mia madre muoia oggi sarebbe una passeggiata per lui e i suoi colleghi, in gran parte provenienti dall'India, un Paese fertile per i matematici, come mi è più volte capitato di sentir dire a mio padre. O magari solo per i probabilisti. Mio padre è mancato, perciò non ha più modo di affrontare l'argomento, e non posso fare riferimento alle sue pubblicazioni, alcune delle quali ho proprio qui con me, perché non vertono su circostanze elementari come questa.

Le probabilità che mia madre muoia aumentano di attimo in attimo. Mai come adesso che se ne sta lì, sdraiata nel suo letto, ha corso un pericolo maggiore. Perciò mi dico che dopotutto non posso essere tanto sicuro che oggi non muoia. Non che sia più particolarmente sicuro di niente ormai, non fosse altro perché le probabilità che muoia in questo momento non sono mai state così alte. E questa affermazione, ogni volta che la pronuncerò, sarà valida per il resto della sua vita. Anzi varrà anche se non la pronuncerò. Anche se non lo formulerò, questo pensiero – che il pericolo che sta affrontando è più grande che mai – varrà, il che mi induce a sospettare che esistano molti altri pensieri che non ho avuto, alcuni dei quali erano veri. Molti, davvero. Contarli sarebbe impossibile. Sono sicuro che alcuni di questi pensieri che non ho mai concepito abbiano il loro peso sulla questione della vita e della morte di mia madre. Di quei molti pensieri che non ho pensato, e tra loro in particolare quelli che sono anche veri, quali, se solo potessi pensarli ora, mi rivelerebbero di più su mia madre e sulle sue probabilità di sopravvivere a oggi?

E se non posso più nemmeno permettermi di pensare che mia madre non morirà oggi, farei meglio a tornare subito da lei così da poter godere degli ultimi istanti in sua compagnia.

Vedete, il mio obiettivo è fare la cosa giusta nel rispetto di mia madre e dei suoi ultimi istanti di vita.

Devo riflettere più attentamente, però. In base a questo ragionamento non sarò più capace di separarmi da lei, perché ogni volta lo farei nel momento di maggiore bisogno, quando cioè è più probabile che mai che venga a mancare. Ammesso che mia madre superi la notte, la cosa varrà ogni volta che la rivedrò. Le augurerò la buonanotte, le dirò di stare in gamba, e poi la lascerò sapendo che le sue probabilità di morire crescono a ogni mio passo mentre abbandono l'edificio, saluto il portinaio con un cenno del capo e attraverso il silenzio del vicolo laterale per uscire nel viale trafficato in cui si fermano i taxi. Sarà dura in frangenti simili non domandarsi che razza di figlio abbandona la madre quando è più in pericolo di morire. Chi lo farebbe mai? Chi avrebbe il coraggio di salutare con un bacio la madre, la propria madre, sulla soglia di casa pur sapendo che per tutto il tempo non ha mai corso un pericolo maggiore?

Io, a quanto pare. L'ho fatto ogni volta che l'ho lasciata. E se dovesse superare la notte lo rifarei, me ne andrei di nuovo pur essendo consapevole che, se ieri il pericolo che morisse era alto, oggi lo è ancor di più. E aumenta via via che ne parliamo, e ciononostante dovrei salutarla come se non m'importasse di saperla in crescente pericolo di vita.

Lo facevo anche da bambino. La salutavo e me ne andavo a scuola. La salutavo e me ne andavo in campeggio. La salutavo il sabato mattina per tornare chissà quando. Tutte le volte la lasciavo agonizzante. Sulla porta, in cucina, in soggiorno, in giardino. Ogni tanto anche quando era a letto ammalata, la salutavo da in fondo alle scale proprio mentre le sue probabilità di sopravvivenza erano al minimo storico. L'ho salutata e sono andato al college quando era più probabile che morisse. E quando tornavo, non passava mai troppo tempo prima che ripartissi, lasciandola lì, a morire. Perfino stasera, dopo aver guardato il giallo sulla PBS, le ho augurato la buonanotte e l'ho lasciata nella sua casa in punto di morte.

Si dice «avere un piede nella fossa», ma non si fa mai parola di metterci anche l'altro piede, poi tutte e due le gambe, poi il busto intero, le braccia, la testa, in questa fossa, nella bara, che poi qualcuno ricoprirà di terra sulla quale pianterà una piccola lastra di pietra.

Il castello è sempre il medesimo. Cambia l'intrigo, cambiano l'esecuzione, gli attori, l'epoca storica, ma il castello è sempre lo stesso. Dev'essere stato comprato a quello scopo e messo a disposizione di chiunque volesse girare un film giallo in stile britannico. Un tempo era abitato da persone vere con vite vere, proprio come noi che, vivendo nelle nostre case, ci consideriamo persone vere con vite vere. E se pensassimo che un giorno le nostre case, come quel castello, saranno usate per girare sceneggiati televisivi su persone molto simili a noi, allora potremmo intravedere il destino cui le nostre case vanno incontro, un destino popolato di persone assunte per interpretare noi che vanno in giro recitandosi battute a vicenda, mentre fuori dall'inquadratura donne e uomini contemporanei, con punti di vista aggiornati sulla vita, divorano varietà inimmaginabili di snack e ridono di quei miopi sempliciotti del passato, che poi saremmo noi.

Non è fuori luogo credere che in un simile contesto, a molti anni da ora, un'anziana signora e il suo unico figlio si siederanno a guardare questo sceneggiato televisivo, o qualunque cosa sarà diventato, mentre si godono la cena senza dirsi un granché, e che in seguito lei si addormenterà e lui continuerà a guardare, in attesa che la madre si svegli e pronunci una dichiarazione illuminante.

Sono tentato di dire che ben mi starebbe, se mia madre morisse oggi. Perché da quando ho iniziato a muovere i primi passi l'ho cronicamente abbandonata, e ogni volta nel momento di massimo pericolo. Me lo meriterei. Che morisse oggi sarebbe appropriato. Un giusto castigo. In ogni caso, quando ci rifletto e capisco che se mia madre morisse oggi me lo meriterei, mi balena in testa il pensiero che allora la sua morte diventerebbe contingente al modo in cui mi sono o non mi sono comportato. La sua morte sarebbe una forma di riscatto per il mio comportamento. La mamma non potrebbe morire a meno che io non me lo meriti completamente, anche se, considerato che me lo merito da un pezzo, pressappoco da subito dopo la mia nascita, mia madre ha avuto a disposizione tanto tempo per morire e io per dimostrarmi meritevole di questo.

A questo punto non posso non chiedermi se al mondo esista qualcuno che si meriterebbe che morissi io. Se, per esempio, la morte di una persona fosse una misura punitiva nei confronti di un'altra, cosa che di certo penserei della morte di mia madre, qualora accadesse oggi, su chi ricadrebbe il giusto castigo quando morirò io? Esiste forse per ognuno di noi un capro espiatorio che pagherà il prezzo della nostra morte?

Be', è ovvio che non tutte le morti fungano da punizione, sebbene si tratti di una teoria affascinante. Tante di quelle cose si spiegherebbero all'improvviso. Ciononostante alcune morti – la mia, per esempio – potrebbero essere indipendenti dalle circostanze, non concepite come castighi o ammonimenti per qualcun altro su questa Terra. Decessi che non hanno lo scopo di innescare il senso di colpa in nessuno. Decessi che forse non hanno lo scopo di suscitare alcun sentimento. Eventi autoconclusivi e senza impatto. L'ecologia della morte in questo senso dovrebbe certamente tenere conto del principio della varietà. Che poi con che diritto dico *certamente*, non ho alcuna autorità in materia. Ed esiste la vaga possibilità che la persona per cui il mio decesso, quando sarà, rappresenterà un giusto castigo, non venga mai a sapere che sono morto, così come potrebbe non sapere mai che le sta bene o che se l'è meritato. Questa persona potrebbe trovarsi all'altro capo del mondo, senza accesso ai mezzi di informazione che potrebbero avvertirla della mia dipartita, sempre ammesso che se ne parli. Potrebbe arrivare alla fine dei suoi giorni senza avere la più pallida idea che sono morto, evitando così per l'eternità il giusto castigo.

Dopo essere stato dipinto per decenni come l'incarnazione della malvagità, il maggiordomo è diventato un tipo mite. Adesso è sempre, incondizionatamente, gentile, con chiunque.

«È stato il maggiordomo» recita l'adagio, ed è questo, forse, a garantire che qui, negli sceneggiati della PBS che guardiamo io e mia madre, il colpevole non sia mai lui. È troppo buono per essere lui. D'altro canto, tale assoluta innocenza recentemente accordata al maggiordomo in produzioni come questa suggerisce che, non ora ma presto, il cattivo tornerà a essere lui. Mia madre una volta mi ha spiegato che la chiave di questi misteri, per come appaiono all'inizio, consiste nell'individuare il capro espiatorio più improbabile. Spesso quella persona si rivela il cattivo. Ha osservato che di tutte le scoperte che ha fatto nella vita, quella era fra le più tristi, perché da allora non si è più goduta niente. Arrivare a comprendere qualcosa, ha detto, è una tristezza. Tu non conoscevi bene tuo padre, ha detto, ma non era un uomo difficile da capire. E il problema era proprio quello. Una volta capito qualcuno, poi che cosa te ne fai?

Mio padre e i suoi colleghi indiani dovevano essere considerati, in quanto probabilisti, dei maestri delle statistiche, i più affidabili fra i calcolatori di probabilità. Non fossero morti sottoporrei le mie domande all'uno o all'altro, ma siccome sono morti, cosa possono saperne ormai di probabilità? Saranno morti anche i probabilisti indiani, oltre a mio padre? Ad ogni modo, vivi o morti che siano, avranno per forza dei successori. Qualsiasi campo di ricerca genera successori che profanano e in seguito sviluppano il lavoro iniziato dai loro mentori, ed entro breve i mentori muoiono. A prescindere da quanto sia autorevole il mentore nel suo campo, c'è sempre un successore che attende in anticamera. Ci saranno altri probabilisti indiani, probabilmente ne arriveranno di nuovi ogni anno, un flusso di eredi che voleranno fin qui dall'India. Perfino mio padre avrà avuto un suo successore, una volta morto. Qualcuno è succeduto a mio padre, il Signore delle Probabilità, della cui arte non ho mai avuto modo di essere testimone. Mio padre deve averla tramandata all'erede, che ora la detiene. Se anche io e mia madre non conosciamo il nome di questa persona o dove si trovi, possiamo a buon diritto credere che in questo momento, da qualche parte nel mondo, si aggiri il successore di mio padre, qualcuno che custodisce ciò che prima custodiva lui. E quando mia madre morirà, non oggi, e quando anch'io alla fine morirò, questo successore di mio padre che non conosciamo sarà considerato un superstite della nostra famiglia? Il pensiero offre un barlume di conforto.

I medici che firmano le autopsie, bollando come sconosciuta la causa della morte, attribuiscono la loro temporanea ignoranza a lacune della scienza che un giorno verranno colmate. Presto o tardi tutte le cause di morte saranno note. Il problema è che noi viviamo tempi curiosi, in cui non si sa niente delle cose finché non accadono. Si suppone che da qui a qualche anno questo dover aspettare che qualcosa accada – come la morte di una madre per dire di averla conosciuta – sarà considerato un toccante limite del nostro attuale stile di vita. Nessuno riuscirà a immaginarsi così paziente ed educato come siamo noi ora, ansiosi di stabilire una distinzione fra le antiquate nozioni di prima e dopo. La gente si affezionerà a queste creature miti, che aspettavano la morte delle loro madri ed erano tutte vittime del tempo, ma si sentirà anche superiore, e alcuni azzarderanno la valida ipotesi che nella nostra ignoranza non fossimo poi così diversi dagli animali. Meritevoli di grande rispetto, ma pur sempre animali.

Se mia madre è morta oggi, non si saprà fino a domani, di questo sono quasi certo. Come minimo, domani. Perché si sappia oggi, qualcuno che non sia suo figlio dovrebbe di punto in bianco pensare, nel cuore della notte, di andare a suonare alla sua porta, e non vedendosi aprire, sentirsi in dovere di chiamare il padrone di casa e guadagnare l'accesso al suo appartamento. Tralasciando l'improbabilità della cosa, che mi sembra alta, ci vorrebbe del tempo. Il mattino potrebbe sorprendere questa persona prima che sia riuscita a mettersi in contatto con il padrone di casa, il quale potrebbe avere il telefono staccato. E se anche fosse raggiungibile, dubito che si presenterebbe di corsa, chiavi in mano, facendo sì che mia madre venga trovata oggi.

È sconcertante pensare che, mentre questi misteriosi intrighi vengono filmati, fuori dall'inquadratura uomini e donne si muovano con indosso abiti del loro tempo, ciascuno col proprio contemporaneo punto di vista sulla sessualità e sull'etica, e si portino la mano alla bocca per nascondere un sorriso di fronte a quel pietoso spettacolo di animali erranti.

Anche se il padrone di casa rispondesse al primo squillo. Potrebbero esserci benissimo altre spiegazioni sul perché nessuno abbia aperto la porta, e il padrone dovrebbe tenerne conto.

Spesso si scopre che una giovane donna appartenente alla facoltosa famiglia, e dotata di una bellezza quasi insostenibile, è in combutta con i servitori.

È notte fonda, tutti dormono. I vecchi si coricano presto. Se mia madre è andata a letto, cosa che mi auguro, e si è addormentata, cosa che mi auguro altrettanto, non può sentire il campanello.

La giovane è l'unica in grado di stimolare in chi guarda una sorta di empatia per le classi abbienti, a suggerire cioè che non tutti i ricchi di una volta erano malvagi.

Il padrone di casa insisterebbe sempre sullo stesso punto, sarebbe recalcitrante a servirsi della chiave per entrare nell'appartamento di mia madre. Vorrebbe prima avere le prove che qualcosa, di fatto, è successo. La preoccupazione di un vicino non costituisce una prova. Del sangue che esce da sotto la porta sarebbe una prova. Ma se anche mia madre fosse morta, è improbabile che si vedrebbe del sangue. Trovare delle prove non sarebbe semplice.

A un certo punto arriva sempre un agente di polizia, ma non è mai l'agente di polizia a risolvere il caso. Niente corpo, niente reato!, urla a volte mia madre dalla sua poltrona.

Il padrone di casa avrebbe motivo di interrogarsi sul perché un vicino abbia deciso, nel cuore della notte, di andare a suonare il campanello di una donna anziana pretendendo di entrare in casa. I vicini non fanno così.

Esiste una gerarchia fra gli addetti all'apertura della porta, un compito che solitamente viene lasciato al valletto.

Il padrone di casa insisterebbe per aspettare fino al mattino, facendo in modo, quindi, che nonostante mia madre sia morta oggi, il corpo non venga trovato prima di domani.

Se d'altro canto il decesso di mia madre producesse rumore, se morendo facesse baccano e i vicini lo sentissero, è probabile che la raggiungerebbero in tempo, non necessariamente per salvarla, ma almeno per scoprire che è morta oggi. Trovarla oggi lascerebbe ben poche sorprese al domani. Ci sarebbe la mia, di sorpresa, nel momento in cui dovessi ricevere la fatidica telefonata che m'informa dell'infausto evento di cui la casa di mia madre è stata teatro. Molti avrebbero saputo della morte di mia madre prima di me, e questo pensiero non mi va giù. Vorrei essere io il primo a saperlo, che poi è la spiegazione che forniscono sempre gli assassini: vogliono essere i primi testimoni di un evento importante, e l'unico modo per mettersi in quella posizione è diventare loro stessi la causa che ha provocato tale evento, così uccidono una persona e, di conseguenza, apprendono la notizia prima di chiunque altro. Rispetto a questo, però, il mio movente è tutt'altro. Per alcune di queste persone la morte di mia madre sarebbe ormai storia vecchia quando finalmente ne venissi a conoscenza anch'io. Nel frattempo potrebbero essere morti altri abitanti della zona, che rimpiazzerebbero mia madre nei pensieri altrui. Nel grande spettacolo del mondo molte migliaia di persone potrebbero morire dopo mia madre, ma ben prima che io abbia appreso la notizia. Se cadendo dalle scale avesse urlato. Se fosse crollata a causa di un'improvvisa insufficienza del sistema circolatorio. Forse, piuttosto che urlare, avrebbe avuto la forza di comporre un numero al telefono. Forse non aveva l'energia per urlare abbastanza forte da essere udita. Urlare implica uno sforzo muscolare non indifferente. Mi spaventa il pensiero che un giorno avrò più che mai bisogno di urlare e sarò troppo debole per farlo. Mi limiterò a produrre dei gemiti, a stento percettibili perfino da me stesso. Mettiamo che mia madre, strisciando sui gomiti, resa invalida dalla crisi del sistema circolatorio, raggiunga il telefono e componga un numero. Forse riuscirebbe a spiegarsi con calma, informando la persona in linea delle circostanze in cui si trova. I soccorsi verrebbero allertati, i soccorsi arriverebbero.

La questione della scoperta a questo punto si complica. Se, per esempio, mia madre riuscisse a illustrare la propria condizione clinica alla persona in linea per poi morire l'istante dopo, quell'informazione costituirebbe un valido indizio al fine di determinare a posteriori che la morte di mia madre è avvenuta oggi? Non credo. Credo semmai che la persona in linea si renderebbe conto che l'emergenza è scattata oggi, spingendo quindi mia madre a fare quella telefonata, ma a meno che la mamma non muoia mentre parlano, prima di mezzanotte, sarebbe impossibile stabilire, sulla base della suddetta informazione, l'ora esatta del decesso. E se anche morendo mia madre facesse cadere il telefono, la persona in linea, non potendo vederla, non avrebbe la prova definitiva che sia venuta a mancare all'improvviso durante la loro conversazione. Anzi, potrebbe benissimo dedurne che non poteva più parlare o fare rumori, o muoversi, dato che non sentirebbe proprio nulla se mia madre, contro ogni previsione, morisse oggi. Sentirebbe solo silenzio. Ma il silenzio non basta.

Se voglio che mia madre sopravviva, come continuo a ribadire, in modo tale che non venga trovata morta nel suo appartamento, non dovrei fornirle una compagnia? Se, in base alle statistiche, le persone che non abitano da sole vivono più a lungo e io non ho salvato mia madre da una vita di solitudine, l'ho forse spinta a morire prima, invece che dopo? Questo è un fattore su cui potrei avere il controllo. Sarei *io* a lottare per la *sua* vita, dato che, come è stato stabilito, lei non può farlo, e non può nessun altro della nostra famiglia, di cui noi due siamo gli unici superstiti. E se un compagno di vita aumenta le probabilità di sopravvivenza di entrambe le parti, due compagni di vita non regalerebbero a mia madre ancora più tempo per vivere? D'altro canto potrebbero verificarsi dei rendimenti decrescenti. Ma i rendimenti sono rendimenti, per quanto decrescenti, ed è ragionevole pensare che più persone abitano con mia madre, più a lungo lei vivrà. Da questo momento in poi il ragionamento s'incarta. Qual è il limite? Fino a che punto posso continuare a fornire dei compagni a mia madre, estendendo la sua vita oltre il normale corso delle cose tramite l'aggiunta di un individuo nuovo al giorno affinché non muoia mai? Il limite è dettato da questioni di logistica.

Una folla di accompagnatori andrebbe stipendiata e nutrita, bisognerebbe fornire a tutti un alloggio e in determinate occasioni, quando per esempio ci sono io a cena o a guardare la televisione, questa folla a un mio segnale dovrebbe dileguarsi, per permettermi di restare solo con mia madre e di godere della sua compagnia. Insieme passeremmo in rassegna i menù dei ristoranti da asporto, fingendo di essere indecisi fra gli antipasti di quello afgano e i deliziosi contorni del turco, per poi ricadere come sempre sull'italiano, che entrambi adoriamo, e ordinare la solita pasta, con qualche fettina di pane in più, e magari un'insalata da condividere. Se fossimo in vena di birichinate, potremmo trascinare degli sgabelli vicino alle poltrone, per mangiare guardando la TV, e così sentirci veramente birichini. Ma se, congedando la folla, restassi io come sua unica compagnia, la starei forse mettendo in pericolo attraverso un improvviso distacco dalle persone che le stanno salvando la vita? In pratica non sarebbe un altro modo di ucciderla, dove io sarei l'assassino? Prosperava grazie a un nutrito entourage di compagni estendi-vita, finché quell'egoista del figlio non li ha cacciati tutti, condannandola a morte in cambio di un momento privato – per lo più passato in silenzio – come tanti di cui ha avuto modo di usufruire. È suo figlio e la reclama per sé da una vita, anche quando il fratello e la sorella c'erano ancora, e c'era ancora il padre maestro di statistiche, che gareggiava con loro per aggiudicarsi un'attenzione che, come un cono di luce dorata, sua madre ha sempre tenuto puntata innanzitutto su suo figlio, sebbene quello non facesse altro che dirle addio, giorno dopo giorno. Immaginate tutti quei compagni che attendono fuori – bloccando il traffico, perché ha speso fino all'ultimo centesimo per assumerli e ora sono migliaia – e, radunati intorno alla finestra, spiano madre e figlio che mangiano davanti alla televisione, e nel mentre si domandano quale figlio lascerebbe così sola una madre. Che razza di figlio farebbe una cosa simile?

Si ha sempre un passato, e il passato ritorna sempre, rovinosamente. Il passato, nella mente della persona che l'ha avuto, è terribile e vergognoso, ma agli occhi di chi guarda la televisione il terribile passato che la persona ha avuto ispira soltanto tenerezza. Quella del figlio illegittimo è una delle figure più comuni negli sceneggiati trasmessi dalla PBS. Mia madre non gradisce l'argomento. Non le interessa. Una volta ha detto che tutti i figli sono illegittimi e io ho riso, ma lei mi ha fulminato con lo sguardo. I figli illegittimi diventano adulti illegittimi che poi muoiono e diventano cadaveri illegittimi, sepolti illegittimamente. A un certo punto si è addormentata e io ho appreso che la figlia illegittima, l'ereditiera, veniva relegata nel retrocucina della reggia della sua stessa ignara famiglia. Mia madre si è svegliata e ha dichiarato, con rabbia ingiustificata, che la ragazza era dunque la principale sospettata dell'episodio, e che sarebbe stata umiliata, abusata e di nuovo umiliata, ma che alla fine si sarebbe scoperto che non era stata lei. C'è sempre un primo sospettato, in seguito perdonato rapidamente. Oggigiorno sono molti i sospettati che si rivelano innocenti. È questo che devi mirare a essere, mi ha ammonito mia madre puntandomi un dito addosso. Il primo sospettato. Il primo sospettato non è mai il colpevole.

Se mia madre morisse oggi, morirebbe mentre scrivo. Fra una manciata d'anni qualcuno potrebbe chiedermi che cosa stessi facendo quando mia madre è morta, e io dovrei rispondere che mi trovavo a casa, scrivevo. Questo scenario prevede che un giorno incontrerò qualcuno che diventerà mio confidente, perché al momento nessuno nella mia vita si sognerebbe mai di farmi una simile domanda. Potrebbe farmela uno sconosciuto mosso da buone intenzioni? Dovrei incontrare una persona che, in fretta o lentamente – mi vanno bene entrambe – acquisisca una tale confidenza con me da pormi una domanda tanto personale. Magari questa persona, uomo o donna, sarà qualcuno con cui stabilirò un legame forte, anche se a quel punto sarò già vecchio e avrò ben poco da offrire in ambito sentimentale. Ci porremo domande a vicenda, seduti su divani, poltrone, panchine del parco, letti, sedili di auto, di autobus, o passeggiando nei campi, o almeno così me lo immagino, impazienti di superare le difese dell'altro, animati dalla speranza che quelle domande personali, e le loro risposte, lascino il posto col passare del tempo all'intimità, ma chiedendoci talvolta se è così che funziona davvero, se tutta quella fatica fatta per indurre qualcuno ad amarci non sia eccessiva.

Ad ogni modo, pare che non usi fare domande del genere quando muoiono dei cittadini qualunque. Solitamente si chiede cosa stessero facendo solo ai familiari di personalità celebri. Quindi forse posso contare sulla probabilità che – anche se in futuro dovessi trovarmi una compagna di vita, ipotesi che auspico – non mi venga domandato che cosa stavo facendo quando mia madre è morta. Nessuno dovrà saperlo, a meno che non sia io a dirglielo spontaneamente – probabile –, o che nel mio elogio funebre, che dovrò comunque sbrigarmi a scrivere, dichiarassi dove mi trovavo quando la mamma è mancata.

Spesso è alla giovane scarmigliata, alla sempliciotta dall'accento marcato, che tocca la sorte più infame. Assiste il cuoco e il cuoco la maltratta. Tutti la maltrattano. Il suo stesso impiego è frutto di un atto di carità. È sottovalutata. Ma non da mia madre. All'inizio, alla comparsa dei titoli di testa, agitando l'indice ha detto, Occhio a quella!

Ciò che dirò, senza mentire, sarà che quando mia madre è morta io ero a casa che pensavo a lei, perché per scrivere di lei devo pensare a lei, quindi si può dire che lei è nei miei pensieri. Per aumentare le probabilità che questo resti vero, presumo che dovrei continuare a scrivere di lei, o se non altro a pensare a lei, senza sosta, per non rischiare di pensare ad altro e provocare così il suo improvviso decesso.

Se per esempio adesso mi alzassi dalla poltrona e mi distraessi andando al frigorifero, e decidessi che mi va un po' di yogurt fresco, smettendo così di pensare a mia madre, correrei il rischio di farla morire, sola e abbandonata da tutti anche col pensiero, mentre il suo unico figlio pescava qualcosa da un vasetto aperto, con lo sguardo fisso nel nulla e la mente, per un attimo, vuota.

Non posso lasciare che accada.

Episodio dopo episodio, guardando lo sceneggiato con mia madre, cerco con gli occhi la sempliciotta scarmigliata. La osservo, aspettando che passi all'azione, ma i suoi obiettivi non sono subito chiari, la strategia è a malapena intuibile, tanto che quando iniziano a scorrere i titoli di coda la sempliciotta ancora non ha spiccato il balzo. Spesso torna al punto di partenza, a lavorare in cucina, a mani vuote. Non ha dove andare, nessuno le vuole bene e lei stessa, questa sempliciotta scarmigliata dai denti marci e ingrigiti, sembra incapace di provare amore per qualcuno. Mia madre annuisce e dice, Ride bene chi ride ultimo.

I titoli di coda sono passati, il programma è finito. Uno a uno i nostri contemporanei fuori inquadratura, con la loro visione aggiornata del mondo, se ne vanno a casa. L'attrice che impersona la sempliciotta scarmigliata riassume il suo normale accento da persona ben istruita, si strappa via dalla testa la parrucca con i capelli ritti, torna alla roulotte per farsi una doccia e indossare uno dei suoi tanti bei vestiti.

Mentre guarda scorrere i titoli di coda con un sorriso sulle labbra, però, mia madre mi lancia un'occhiata tagliente.

Aspetta e vedrai, dice come se fosse una promessa. Quella non ha mica finito di lottare, ha energia da vendere. È una guerriera, quella. La prossima volta glielo farà vedere lei.

PROTOCOLLO LEALTÀ

Al telefono gli avevano detto di andare da solo, ma non poteva lasciarli lì. Forse anche loro avevano ricevuto la chiamata e non ricordavano la procedura, cosa possibile. Suo padre non era bravo a seguire le istruzioni. Peggio, era pericolosamente sordo a ciò che gli diceva la gente. Quelli parlavano e nei suoi occhi c'era il vuoto, come se tutti tranne lui si esprimessero in una lingua straniera. Forse non aveva sentito il telefono. O magari l'aveva preso per uno scherzo e aveva riattaccato.

Più tardi, con i genitori indifesi a carico, Edward avrebbe spiegato l'equivoco, se necessario. A quel punto avrebbe dato troppo nell'occhio se li avesse abbandonati per strada mentre tutti gli altri lasciavano la città.

Per via del posto di blocco che avrebbero eretto su Morris Avenue, Edward parcheggiò fra la Grove e la Williams, e si trascinò attraverso i cortili melmosi fino al complesso di appartamenti. Si maledisse pensando che poi avrebbe dovuto costringere i genitori a seguire lo stesso percorso, giù per il pendio infangato fino a dove aveva lasciato la macchina. Fra tutti gli scenari simulati durante il corso aveva tralasciato questo enorme ostacolo: guidare i genitori lungo una discesa ripida e scivolosa, al buio.

Trovò suo padre, già pronto e all'erta, che vagava per la casa. All'arrivo di Edward fece per infilarsi il cappotto.

«Dov'è la mamma?»

«Mi sa che non viene» rispose il padre.

«Papà».

«Provaci tu allora. Io ci ho già provato. Avanti, è tutta tua. Non ne posso più. Comunque io sono pronto. Hai una vaga idea di quante volte l'ho dovuto fare?»

«Ti hanno chiamato?» chiese Edward.

«Mi ha chiamato chi?» Il padre era sulla difensiva. Aveva dormito almeno un po'? Era rimasto in piedi tutta la notte, ad aspettare?

«Il telefono ha squillato stasera?» domandò Edward, nascondendo l'impazienza. Li avevano messi in guardia da quello, dalle ridicole scaramucce che potevano scaturire al momento della partenza e che potevano solo degenerare in situazioni di pericolo.

«Non lo so, Eddie. L'apparecchio non funziona. Comunque sono pronto. Sono sempre pronto. Scendiamo laggiù praticamente ogni sera. Perché non stavolta?»

Edward alzò la cornetta e udì uno strano trillo. Somigliava più a un avviso d'emergenza che a un segnale di libero.

«Non mi credi?» chiese il padre. «Ti dico che il telefono non funziona e non ti fidi?»

«Mi fido. Recuperiamo la mamma e andiamo».

Sua madre era a letto con le lenzuola tirate fin sulla faccia. Lo mise a disagio sedersi sul letto dei genitori, toccare la madre distesa. Fosse stata in piedi avrebbe potuto baciarla e abbracciarla, sempre col solito imbarazzo, ma così, da sdraiata, gli sembrava del tutto fuori luogo. Era come toccare una morta. La scosse delicatamente.

«Forza, mamma, andiamo. Vestiti».

Da sotto le lenzuola la donna rispose con la voce di una che era sveglia da molto tempo. Sveglia e contrariata.

«Sono troppo stanca. Non vengo».

Li avevano avvertiti che in circostanze come quelle gli anziani si impuntavano. Fra tutti erano loro quelli che si rifiutavano di andare. Si nascondevano nelle loro case, attendevano nell'oscurità dei cortili che le dimore venissero perquisite. Molti facevano richiesta di morte. Alcuni non chiedevano niente, affrontavano la situazione da soli.

Per persuaderli, però, c'erano dei piccoli accorgimenti da adottare, ed Edward ne aveva appresi alcuni durante i corsi.

«Mamma, non sai quello che dici. Meglio se non resti, fidati».

«Te l'avevo detto, no?» intervenne il padre sulla soglia.

«Digli di stare zitto» sbottò la madre.

«Zitta tu» abbaiò il padre. «E non provare a ripeterlo».

«Zitto» mormorò lei.

Attendevano in quella stanza, dove da piccolo, mille anni prima, andava a prendersi le coccole, e non poté fare a meno di schierarsi con la madre. Che bello sarebbe stato potersi riaddormentare ora. Quanto avrebbe voluto.

«Mamma, se non vieni con noi, chissà stanotte dove dormirai. Sempre che tu dorma. Ti garantisco che non ti piacerà quello che vedrai. Sarà orribile. Vuoi davvero che ti dica cosa succederà?»

La sentiva respirare sotto le lenzuola. Pareva che ascoltasse. Edward indugiò ancora un istante per creare apprensione.

«Te lo scandisco bene, eh? Vuoi davvero che lo faccia? Poi però non dire che non ti avevo avvertito».

Si udì un verso muto, un cenno di resa. Edward lasciò la stanza per darle il tempo di prepararsi e non trascorse molto prima che la donna, imbronciata, li raggiungesse nella sala. Si era infilata un cappotto sopra la vestaglia e stringeva una borsetta.

«Ci siamo?» chiese Edward.

Non risposero ma lo seguirono fuori, dove le strade erano deserte.

«Dov'è la macchina?» mugugnò la madre.

Le spiegò che cosa avrebbero dovuto fare e loro lo guardarono come se fosse impazzito.

«Vedete in giro altre macchine?» chiese lui piano. «Perché, secondo voi?»

«Non fare finta di sapere che cosa sta succedendo» bisbigliò il padre mentre si incamminavano. «Brancoli nel buio tanto quanto noi. Non sai un bel niente. Nessuno sa. Fai il fenomeno. Dai, dimmi qualcosa che sai per certo. Ti sfido».

Giunti alla collina, affrontarono la discesa, ma la madre cadeva di continuo. Batteva il sedere sull'erba e urlava. Non l'aveva mai sentita urlare di dolore. Il padre era al suo fianco, le reggeva il braccio, ma era lei la più robusta dei due e quando inciampava, per quanto s'impegnasse il padre non riusciva a sorreggerla. Allora perdeva la pazienza e le gridava contro, finché la poveretta piagnucolando non mormorava che faceva del proprio meglio. Davvero, ci stava provando.

«Non posso portarti io!» esclamò lui.

«E non farlo» rispose lei, si alzò e riprese a camminare, ma subito dopo rieccola andare giù con il solito, straziante grido, e scivolare nel fango.

In macchina pianse ed Edward provò vergogna. Quella in teoria era la parte facile.

La palestra era stracolma. Si udiva il rombo di un motore, un generatore probabilmente, perché a quel punto sarebbero rimasti di sicuro senza corrente. Firmarono il registro e cercarono la propria sistemazione nell'ambiente diviso per quartieri. L'esercitazione consisteva in questo. Edward era stato assegnato a un insediamento diverso da quello dei genitori, cosa che tentò di spiegargli, ma il padre faticava a comprendere la terminologia.

«Questo non è un insediamento» diceva.

«Ho capito, ma loro lo chiamano così».

«È ridicolo. Staremo qui quanto, a dir molto qualche ora, e me lo chiamano insediamento? Un insediamento è un posto in cui la gente si ferma e si sistema per restare. Si *vive*, in un insediamento».

«Papà, non è importante. Devi solo capire dov'è il posto che ti è stato assegnato e andarci».

«Ma non sarà il posto dove andrai anche *tu*, ho capito bene?»

«Sì, ma sarò comunque vicino. Avrò sempre te e la mamma sott'occhio».

«Questo non puoi saperlo, Eddie. Come fai a saperlo?»

Edward accompagnò i genitori nel loro insediamento ma, una volta lì, trovò difficoltà a farli ammettere. La cartellina ce l'aveva Hannah, una ragazza che conosceva. Hannah scorse l'elenco, e fece no con la testa.

«Sulla mia lista non ci sono».

«Ma abitano in questo quartiere». Le fornì il loro indirizzo, il numero dell'appartamento. Senza motivo le diede anche il codice postale, che poi era lo stesso per tutti.

Tra quelli che si erano già registrati c'erano diversi vicini dei suoi genitori, riuniti contro una parete. C'erano perfino dei pensionati che abitavano nel loro stesso palazzo. Gente che li conosceva bene. Era il posto giusto. Alzò la mano per salutare, ma nessuno lo vide.

Hannah era impassibile dietro la sua cartellina. Il protocollo doveva essersi impadronito della sua mente. Un indirizzo riferito verbalmente non costituiva prova. Chiunque sarebbe potuto entrare in possesso di una tale informazione. Edward era solo uno che parlava.

«Vuoi vedere le loro patenti?» chiese in modo un po' brusco. Non che le avesse portate.

«No, vorrei vedere i loro nomi su questa lista, e siccome non ci sono, non posso ammetterli. Il mio è il compito più facile del mondo. Se hai qualcosa da ridire, va' a parlarne con Frederick, anche se so già che cosa risponderà».

Avvolta nello scialle, la madre di Edward disse: «Eddie, tranquillo, verremo con te nel tuo». Sembrava sollevata. Questo risolveva tutto, sarebbero potuti restare insieme.

Edward guardò Hannah dritto in faccia, e lei sollevò le sopracciglia. Una volta, all'inizio, erano stati nella stessa squadra. Gli era sembrata una persona carina e anche molto sveglia, il che spiegava la promozione che le avevano dato. Per sua sfortuna, Hannah era anche di una bellezza disarmante. Il suo volto lo attraeva tanto che si era ripromesso di non guardarla mai, né di mostrarle il minimo interesse. Sarebbe stato più facile. E ora lo preoccupava che fosse la responsabile dell'insediamento dei suoi. Era questa la situazione, adesso? Tutto era nuovamente cambiato? Significava che da quel momento in poi avrebbe dovuto vederla più spesso e ricordarsi puntualmente che non sarebbe mai stata sua. Lei non l'avrebbe mai baciato, non si sarebbe mai spogliata per lui, né avrebbe soddisfatto le sue necessità prima del lavoro o smesso di farsi bella per lui – la cosa che gli piaceva di più, almeno quando fantasticava su un futuro insieme a donne cui non aveva mai rivolto la parola, quando una come lei, non che ce ne fossero mai state, si lasciava andare e compariva sul divano in pantaloni della tuta e maglione sformato. Era un pensiero insostenibile.

Edward sapeva già che non era una buona idea, ma Hannah doveva pur capire. Uscì dal personaggio e iniziò a supplicare.

«Non hanno dove andare. Non puoi prenderli con te, per favore? Non dirmi che qualcuno verrà a fare l'appello dopo?»

Il volto di Hannah s'indurì. Non aveva intenzione di abbandonare la farsa, e a quanto pareva la disgustava che Edward l'avesse fatto.

«Hanno ricevuto la chiamata?» chiese. Sembrava superiore anche a quella domanda.

Edward fece per rispondere, pensando di mentire, ma il padre intervenne dicendo che avevano il telefono rotto. Come si faceva a ricevere una telefonata col telefono rotto?

«Secondo me l'hanno ricevuta» le confidò Edward. «Te lo

dico io. Perché non avrebbero dovuto? Guarda, ci sono tutti i loro vicini. Gente che abita nel loro stesso palazzo. Perché dovrebbero restare esclusi?»

Sentendolo pronunciare quell'ultima domanda Hannah assunse un'espressione neutra. Già, perché?

«Non dovrebbero trovarsi qui» disse. «Non dovevi portarli. Dovevi...» Non sembrava impaziente di dire quello che stava per dire. «Hai commesso un grave errore e adesso bisogna che trovi una soluzione che abbia il minimo impatto sulla comunità».

Lanciò un'occhiata glaciale ai suoi genitori e borbottò: «Io saprei cosa fare».

Immaginò di saperlo anche Edward, che cosa avrebbe fatto.

Si chinò per parlarle all'orecchio. «Sei armata?» sussurrò. «No, perché se hai la pistola e me la presti un secondo, li freddo qui su due piedi. Una punizione magistrale».

Hannah sembrava di pietra. Non era affatto divertita. «La gente dietro di voi aspetta. Ho un protocollo da seguire».

Non l'abbiamo tutti?, pensò Edward. Peccato che il suo, di protocollo, che prevedeva di prendersi cura dei genitori, non potesse essere svolto lì.

«Va bene, ho capito, grazie tante» disse sarcastico. «Bel lavoro di squadra, complimenti».

Lei non si lasciò impressionare. «Fammi capire. Mi stai chiedendo di commettere uno sbaglio, e uno bello grosso, solo perché tu ne hai commesso uno per primo? Sempre ammesso che tu non l'abbia fatto apposta, il che è possibile, anche se non posso saperlo con certezza, non mi sembri un cretino, ma chi lo sa. Adesso pretendi che io infranga deliberatamente le regole. Vuoi che il tuo errore, un errore grossolano per quanto mi riguarda, generi altri errori per poi dividere la colpa con me, che non ti conosco e non ho alcuna responsabilità nei tuoi confronti? E in che modo ti farei un favore? In cosa ti aiuterebbe? Io dico che devi vedertela da solo. E non capisco che cosa non ti sia chiaro».

Perché era ancora più umiliante che il giudizio venisse da una bella donna? Edward immaginò che avrebbe potuto reggere, se fosse stato chiunque altro a pronunciarlo.

In quel momento nella palestra si accesero le luci e calò il silenzio. Frederick, il direttore dei corsi di evacuazione, fece il suo ingresso con un microfono wireless stretto in mano. Si girarono tutti. Frederick prese posto al centro della sala, si mise il microfono sotto l'ascella e iniziò a battere ritmicamente le mani, come per schiacciare qualcosa. Subito i presenti seguirono il suo esempio, avvicinandosi per sentire che cosa avesse da dirgli. A quanto pareva l'esercitazione era terminata.

Frederick batté due dita sul microfono, disse *Prova, prova*, e la folla tacque. Che coglione, pensò Edward, che gran coglione.

«Allora» disse quello, con la sua voce stridula e nervosa. «Non male. Non male stasera. Ce la siamo cavata. Siamo giusto in ritardo di una mezz'ora forse, e non c'è bisogno che vi dica che cosa significa».

«*Bum*!» gridò qualcuno tra la folla, provocando uno scoppio di risa.

«Sì, *bum*» ripeté Frederick. «Ma non c'è niente da ridere».

Le risate si spensero.

«Avremmo perso della gente, non ci piove. E sarei stato costretto a prendere una decisione difficile, anche se alcuni fossero venuti in macchina. Qualcuno di voi non ce l'avrebbe fatta. Ci avrebbe visto partire e, credetemi, non gli avremmo permesso di seguirci. Non ho intenzione di ripeterlo. Vi sareste ritrovati soli, e al freddo. Vi sareste chiesti quanta benzina vi restava. Vi sareste interrogati sulla potenza del vostro motore, sulle scorte d'acqua e di cibo, e sareste giunti alla conclusione che non ne sapete nulla di queste cose. Nulla. Vi serve un capo. O sbaglio? Rimasti soli avreste preso una decisione in gruppo. Avreste iniziato a litigare. A separarvi. Mentre il freddo sarebbe aumentato. Questa è la parte facile, in teoria. Stanotte non ci siamo nemmeno esercitati in autostrada. Avete idea di quanto tempo perderemo in autostrada?»

«Troppo!» gridò la folla.

«Esatto. L'autostrada è una tremenda variabile. C'è un motivo se non abbiamo condiviso i dettagli con voi. L'autostrada: ancora non siamo riusciti ad arrivare a conclusioni che non fossero drammatiche. Mentre questo» – allargò le braccia a comprendere l'intera sala – «questo potete controllarlo, precisi al secondo. Mi auguro che si riesca a far piazza pulita della famosa mezz'ora. Quarantacinque minuti, direi. Abbiamo bisogno di spazio per respirare. Dobbiamo recarci ai nostri insediamenti ordinatamente e con la massima calma. La prossima volta voglio che ci resti del tempo da ammazzare. Stasera non ne rimane. E sapete cosa vi dico?»

Qualcuno urlò dal fondo della palestra: «Cosa?».

«Sono deluso» rispose Frederick, e chiuse gli occhi. Un gemito parve levarsi dalla palestra intera.

«E sapete cos'altro?» chiese Frederick con lo sguardo fisso e impenetrabile.

Nessuno rispose.

«Cazzo se sono fiero di voi. Di tutti voi».

Tranne me, pensò Edward. No, Frederick non sarebbe stato fiero di lui.

Si divisero in gruppi per la sessione di critica e anche Edward prese posto nel cerchio del suo insediamento. Dal momento che quella sera non avrebbero dovuto partecipare all'esercitazione, i suoi genitori erano stati congedati, ma siccome non disponevano di un mezzo per tornare a casa, probabilmente lo stavano aspettando fuori.

Il capogruppo dell'insediamento di Edward era Sharon, toccava a lei condurre la discussione. Così non andava bene. Edward, osservò, non si era registrato nonostante si trovasse nella palestra. Esigeva una spiegazione. Aveva avuto difficoltà a trovarli? C'era qualche problema? Si era fatto male o si sentiva disorientato? Ai controlli medici e a un primo sguardo sembrava che stesse bene. Edward non si era registrato nel suo insediamento perché aveva portato con sé gente da fuori, e quelle persone si erano rivelate una zavorra.

«Non ne avessimo mai parlato. Non l'avessimo ripetuto centomila volte durante le lezioni» disse Sharon. «Abbiamo imparato a guardare al bene del gruppo. Nella vita reale questa cosa avrebbe provocato l'inconcepibile».

«Dubito che...» iniziò a dire Edward.

«Alt» lo interruppe Sharon. «Non si parla quando si viene criticati».

«Quali sono le possibili conseguenze per Edward?» chiese Marni.

Geoff prese la parola. «Io dico che dovremmo umiliare i suoi genitori. Sarebbe ancora peggio, perché vedrebbe qualcuno soffrire per causa sua. A me sembra una buona punizione. La punizione non è commisurata al crimine: è il crimine. Non dico di essere spietati, ma davvero, non c'è niente di peggio che vedere i propri genitori soffrire».

Tutti risero tranne Sharon, che incenerì Edward con lo sguardo.

«Va bene, ragazzi, ho capito» disse Edward. «Se ci sarà una vera emergenza, vedrò di pensare soltanto a me stesso. Tranquilli, ho imparato la lezione».

«Purtroppo, Edward, qui non basta che tu abbia imparato una lezione» disse Sharon. «Mi fa piacere che i tuoi colleghi lo trovino divertente, ma il punto è evitare che un giorno qualcuno prenda e decida di portarsi dietro degli amici durante l'evacuazione».

«Mi sono portato dietro i miei *genitori,*» ribatté Edward «non degli amici. I miei genitori. Pensavo che avessero ricevuto la chiamata anche loro. Non avevo idea che qualcuno potesse non essere chiamato. Chi, fra quelli che hanno ancora i genitori vivi, non avrebbe fatto lo stesso?».

Alcune mani si sollevarono.

«Sì, Liz?» disse Sharon.

«Io» disse Liz, abbassando il braccio. «I miei sono a casa, in questo momento. Non mi sarebbe mai passato per la testa di portarli».

Non le sarebbe mai passato per la testa, pensò Edward? Che razza di lavaggio del cervello le avevano fatto? Lui con i suoi non andava nemmeno d'accordo, eppure li aveva portati. Che fosse un atteggiamento sorpassato? Gli altri si erano evoluti diversamente?

Altri le fecero eco. Anche loro avevano lasciato i genitori a casa.

Bravi, bastardi assassini, pensò Edward. E se non fosse stata un'esercitazione? Non era forse quello il punto, che non si poteva mai sapere?

«A nessuno sembra strano» azzardò Edward «che i nostri genitori non siano stati chiamati?».

«Dacci un taglio, Edward» disse Thom. «È la seconda volta che parli durante la critica. Non dovremmo essere noi a dirti di tacere. Non imparerai niente da questa serata, se non resti in completo silenzio».

«Pensavo che non importasse a nessuno cosa imparo» ribatté Edward. «Tutto questo non serve a voi per imparare a non essere me?»

«Non c'è pericolo» disse una ragazza seduta al capo opposto del cerchio, e gli lanciò una tale occhiata di sfida che Edward dovette distogliere lo sguardo.

Mentre Edward si avviava verso l'uscita, Frederick si staccò da un'orda di ammiratori e gli afferrò un braccio.

«Edward, un minuto».

Frederick non gli era mai arrivato tanto vicino, né era mai stato convocato per un colloquio privato. Malgrado lo detestasse, doveva ammettere che aveva carisma. Era oltremodo bello, sicuro di sé e dotato di un fisico da piccolo ginnasta. Era l'uomo del futuro.

«Il tuo gesto di stasera è stato senza dubbio coraggioso. Hai dato priorità all'amore e alla lealtà. Hai difeso due deboli che non avrebbero avuto altro salvatore, sebbene tecnicamente non fossero in pericolo e sarebbero stati molto più al sicuro a casa. Tecnicamente, potevamo aver deciso che erano un pericolo per *te*, eppure te li sei portati dietro comunque, mettendo a repentaglio la vita di tutti. Hai fatto una scelta, una scelta che a livello individuale è stata coraggiosa e altruista, se non fosse che, dal punto di vista del gruppo, poteva tradursi nel fallimento dell'intera operazione. Se fossero stati i miei genitori, pace all'anima loro – e bada che io non avevo alle spalle anni di addestramento, né un sofisticato istinto di autoconservazione o capacità di sopravvivenza acquisiti con l'abitudine – è possibile che avrei fatto la stessa identica cosa. In altre parole, se fossi stato *te*, e quindi non avessi saputo niente di niente su come si fa a mantenere in vita la gente giorno dopo giorno, anch'io avrei portato qui i miei genitori, stasera. È una possibilità concreta. Ed è esattamente perché riesco a comprendere, per quanto astrattamente, ciò che hai fatto che da parte mia non avrai pietà. Neanche una briciola. Al contrario, in me troverai massima resistenza, e se mai ti saltasse in mente di riprovarci, giuro che ti farò del male. In ogni caso ci tenevo a dirti, faccia a faccia, che ti ammiro».

Quando finalmente Edward uscì, trovò sua madre addormentata in macchina e il padre appoggiato alla portiera.

«Presumo che ti aspetti delle scuse da me» disse il padre.

Edward era stanco. Disse che non era così, che voleva solamente andare a casa. L'indomani lo attendeva una lunga giornata.

«No, perché io non ho fatto niente di male» proseguì il padre.

«Lo so, papà».

«Non sembra».

«Lo so. Ora fammi andare a casa, d'accordo?»

«Va bene, va'. Ma sei stato tu a combinare questo casino. Non ci serve il tuo aiuto. Dovresti vergognarti. Va' a casa. Io e tua madre torneremo a piedi».

«Non esiste».

«Katherine! Katherine!» iniziò a urlare il padre verso la macchina, picchiando sul finestrino. «Svegliati! Dobbiamo tornare a piedi. Eddie si rifiuta di accompagnarci».

«Papà, sali. Ti prego. Vi accompagno io. Non ti preoccupare».

«Sai, non vorremmo disturbare».

Si misero in coda e aspettarono di uscire dal parcheggio della scuola. Alcuni vivevano quelle esercitazioni serali – caotiche e profondamente inutili com'erano – alla stregua di preziose occasioni mondane. Così Edward e i suoi genitori – la madre addormentata e il padre che digrignava i denti – se ne stettero lì seduti, mentre i gruppi di insediamento in tenuta atletica passavano accanto alla fila di macchine fermandosi di tanto in tanto a fare due chiacchiere con i guidatori appoggiati al bordo del finestrino, ripercorrendo per filo e per segno le tappe dell'esercitazione, rivivendo la serata perché il protocollo d'emergenza era tutto ciò che avevano nelle loro insulse vite.

Edward non osava suonare il clacson. La folla di ipocriti, semiprofessionali consumatori di tragedia, gli si sarebbe rivoltata contro aggredendo la sua auto, mangiandogli la faccia. O, ancora peggio, si sarebbero limitati a fissarlo mentre l'odio nei suoi confronti lentamente cresceva.

Dal canto suo il padre non si era accorto che erano fermi.

«Quella Hannah è una troia nazista» disse.

«Papà, non si possono dire certe cose».

«È una troia nazista con un cazzo minuscolo».

«Ok, papà».

«Cosa? Non sei d'accordo? Non piace neanche a te. Adesso dimmi che non ho ragione».

«Non hai ragione. Hannah ricopre un ruolo difficile. Fa solo il suo dovere».

Al che il padre sbottò.

«Il suo dovere? Gandhi faceva il suo dovere».

«Gandhi?»

«Non lui, l'altro. L'altro!»

Era su tutte le furie.

«Chi? Hitler?»

«Quello col bastone. Quello che dava fuoco ai bunker con il lanciafiamme. Quello con quel gran mazzo di chiavi! Un migliaio di chiavi attaccate a un gigantesco anello del cazzo. E con quella pistolina che tengono nel museo a Washington D.C.».

«Mussolini?» tirò a indovinare Edward.

«In culo!» urlò il padre. «Dilettante di merda!»

Edward bloccò le portiere dell'auto.

«Non so di chi tu stia parlando,» rispose con cautela «ma insomma ho capito, quella Hannah non ti va a genio».

«Stronzate. Sai benissimo di chi sto parlando. L'hai studiato a scuola. Mi ricordo quel giorno che sei tornato a casa dicendo che per Halloween volevi vestirti come quel pezzo di merda, il dittatore. Immagina la reazione di tua madre».

Sua madre. Se davvero fosse andata così, come avrebbe reagito? Sarebbe stata al gioco. Avrebbe procurato al suo piccolo Eddie un grosso portachiavi e una piccola fiamma ossidrica, e l'avrebbe spedito in giro per il quartiere a chiedere caramelle. Ora come ora, però, sua madre aveva avuto l'idea migliore. Russava piano, sdraiata sul sedile posteriore.

Il giorno seguente, nell'ufficio di Edward, una centralinista cadde dalla sedia, morta stecchita. I paramedici circondarono il perimetro della sua scrivania mentre i colleghi assistevano bisbigliando fra loro. Edward cercò di mantenere la calma fra i propri dipendenti. Dirigeva un modesto centro spedizioni dove non era mai accaduto niente di simile. Perché i paramedici non la toccavano, nonostante fosse evidente che la donna era morta? La loro paura non faceva presagire niente di buono. Qual era il protocollo? Uno, strizzando gli occhi, studiava il corpo attraverso un monocolo. Gli altri spingevano indietro la sua scrivania. Furono scattate delle foto, raccolti campioni d'aria e interrogati i vicini di postazione, ma tutti mantennero le distanze.

I paramedici comunicarono qualcosa alla ricetrasmittente, poi passarono a fare domande a Edward e ai suoi impiegati.

Qualcuno per caso aveva toccato la donna? I suoi vestiti? I capelli? La pelle?

Nessuno rispose, ma l'avevano certamente toccata. Edward era nel suo ufficio quando era crollata, ma da quanto aveva potuto capire qualcuno aveva tentato di rianimarla. Le avevano allentato i vestiti, praticato la respirazione bocca a bocca, il massaggio cardiaco. I soliti superflui gesti appresi da qualche mesto specialista durante un corso nei centri educativi per adulti. E, l'anno prima, nel suo stesso ufficio, in cambio di una ragionevole somma di denaro. Da quando in qua era proibito toccare un morto?

Alcuni alzarono la mano e furono accompagnati in una stanza privata.

«Che succede?» esclamò qualcuno. «Dove li state portando? Che intenzioni avete?»

«Si calmi, andrà tutto bene» rispose qualcun altro in tono sicuro.

«Come fate a saperlo? Non sapete niente. Non avete idea di cosa stia succedendo».

I paramedici annunciarono che l'ufficio andava evacuato. Tutti fuori, piano, senza spingere. La gente smise di protestare. Dovevano per cortesia seguire le istruzioni come se fosse stata un'esercitazione. Potevano andare ad aspettare nel parco dall'altra parte della strada. Volevano poterli vedere tutti dalla finestra.

Perché?, si chiese Edward. Per prendere meglio la mira?

Ci sarebbe voluto un po', spiegarono i paramedici, perciò se qualcuno voleva andare a prendersi un caffè, era libero di farlo. Edward indugiò finché nell'ufficio non restarono che poche persone. Nessun paramedico, né nessun altro, se è per quello, aveva il diritto di dire ai suoi dipendenti di andare a prendersi un caffè. Ma decise di chiudere un occhio.

Si presentò come il capo e chiese delucidazioni, opinioni.

Quelli lo fissavano senza parlare.

«Noi abbiamo pensato a un aneurisma» proseguì. «Però è troppo giovane. Un infarto, forse? Che tragedia, in ogni caso. Sarà stato un arresto cardiaco? Probabile di no. Voi che ne pensate?»

Non ricevendo risposta, Edward continuò a formulare ipotesi ad alta voce, snocciolando nomi di malattie. Lo stavano abbandonando. Non poteva gestire la conversazione da solo.

«Signore» disse un paramedico. «Dobbiamo chiederle di abbandonare l'edificio insieme agli altri».

«D'accordo» disse Edward. «Quanto pensate che ci vorrà, all'incirca? Per capire cosa dire ai miei impiegati. Ci aspetta una giornatina niente male, sa com'è».

Era la verità. Dopo pranzo aveva cinque colloqui e il mattino si era ripromesso di usarlo per prepararsi.

I paramedici scossero la testa e continuarono a fissarlo, apparentemente increduli che uno come lui stesse imponendo loro una conversazione.

Edward, però, non aveva finito. Quello era il suo ufficio e quelle su cui erano spaparanzati erano le sue poltrone, e chissà quanti oggetti da lui acquistati avevano spostato e probabilmente rotto, il tutto continuando a ignorarlo. O quantomeno a non prenderlo sul serio.

«È Kristina» disse.

Quelli non smisero di guardarlo nel loro modo strano, come medici impotenti all'obitorio.

«Si chiama Kristina» disse Edward, facendo cenno verso il corpo della donna. «È di Ditmars. L'ho assunta circa sei mesi fa. Ha frequentato il college... Non ricordo più dove. Era un'impiegata modello. Ecco, ho qui i numeri di emergenza che ci ha fornito, se li volete. Mi sa che non li volete. Mi sa che in realtà non ve ne importa niente. È tutto troppo noioso per voi, per questo avete perso la lingua. Siete annoiati a morte. Be', si chiamava Kristina. Un briciolo di rispetto, cazzo».

Un paramedico si alzò.

«Signore,» disse indicando un agente di polizia che parlava al cellulare «quello è il vicecapo Arnold Sjogren. Sua sorella era un'amica stretta di Kristina. Sappiamo benissimo chi è, e la sua scomparsa ci addolora. Ora cerchiamo solo di fare il nostro lavoro. Più resta qui a urlarci contro, senza fornirci alcun dato utile, più il pericolo che corre aumenta. Non mi permetto di parlare per i miei colleghi, ma personalmente preferirei che ci risparmiasse una lezione sul rispetto. Stiamo rischiando la vita, e non mi pare che si possa dire altrettanto di lei. Chi, insomma, deve rispetto a chi?».

Erano a malapena le dieci, fuori faceva freddo. Kristina doveva aver appena iniziato a lavorare quando si era sentita male. A pensarci bene, Edward si rese conto che era sempre stata una figura distante in ufficio, una specie di fantasma. Durante il periodo della formazione, compresa una breve sessione con lui – voleva inculcare nei nuovi impiegati gli obiettivi più ambiziosi della compagnia – sembrava indifferente. Lui invece si sentiva sempre in obbligo di mostrarsi entusiasta per la sua vita lavorativa, anche quando era stressato.

Dall'altra parte della strada trovò i suoi impiegati senza cappotto e con le braccia intorno al corpo, scossi dai brividi. Altri, radunati in un punto, piangevano.

Edward e i suoi – tutti e quindici, anzi quattordici a questo punto – non erano abituati a stare fuori dall'edificio. Era Edward a innervosirli, e lo sapeva. Al lavoro evitava gli spazi comuni per la stessa ragione – proteggere gli impiegati dall'effetto destabilizzante della sua presenza – e per quanto possibile se ne stava confinato nel suo ufficio. Proprio un bel servizio gli faceva, risparmiando loro il supplizio di vederlo da vicino. Si sforzava di essere gentile e cordiale, ma la verità era che faticava a vederli come esseri umani con una vita al di fuori di lì. Era una cosa brutta, soprattutto considerando che non l'aveva mai lasciato intendere? Di norma si riteneva una persona profondamente empatica, anche se principalmente nei propri confronti. Teneva da parte una bella riserva di empatia per qualche sconosciuto ancora mai incontrato.

La squadra era radunata in quel fazzoletto di terra che chiamavano parco. All'arrivo di Edward calò il silenzio. Un'altalena cigolava dall'altra parte dello spiazzo. In qualità di capo avrebbe dovuto dire qualcosa, riassumere la situazione, invitarli a una preghiera o magari scherzarci su. Forse era troppo presto?

«Povera creatura» disse alla fine.

«Ha chiamato la sua famiglia?» chiese qualcuno, e gli altri annuirono in attesa di una risposta.

Edward si sentì preso in contropiede. Avrebbe dovuto farlo? Cosa mai poteva dirgli, non essendo a conoscenza dei fatti? Aveva pur sempre lasciato i suoi contatti ai paramedici.

«Ci penseranno loro» rispose Edward con un cenno verso l'edificio.

L'avrebbero fatto davvero? A quanto pareva i suoi impiegati

ritenevano che fosse compito *suo*. Lui doveva farsene carico, non un qualche paramedico pigro e assuefatto alla tragedia. E se fosse morto uno di *loro*?, gli sembrava di sentirli pensare. Edward, il loro responsabile, avrebbe lasciato che a chiamare la famiglia fosse un novellino dell'EMT che non sapeva neanche pronunciare i loro nomi? Che razza di capo era? Sarebbe potuto toccare a chiunque. Sarebbero potuti morire l'indomani, o il giorno seguente. Potevano confidare che Edward chiamasse i loro consorti, coinquilini, genitori, o che almeno fingesse di tenerci un minimo?

Dopo qualche istante trascorso a guardarsi i piedi, qualcuno finalmente disse che avevano discusso sulle cause della morte di Kristina. Tutti tornarono a concentrarsi su Edward, che rimpianse nuovamente di trovarsi in quella posizione di autorità.

«Hai capito qualcosa? Cos'hanno detto?»

Edward scosse la testa. «Preferisco non commentare» disse, assumendo un tono contrito. «Mi hanno chiesto di non dire niente. Mi dispiace. Meglio che non mi pronunci».

Che fenomeno. I suoi impiegati l'avrebbero momentaneamente visto – e a torto, a torto! – come uno in possesso di informazioni riservate, il depositario di un segreto. Una persona informata dei fatti. E per cosa? Cosa avrebbe ottenuto da quella bugia? Be', tanto per cominciare, non avrebbe mai dimenticato le parole che aveva pronunciato quel giorno, quanto era caduto in basso. Era giusto. Uno scambio equo. Tanto valeva approfittare dello stupore che il suo potere aveva suscitato. Perché non godersela almeno un po'?

Il gruppo era pronto a sciogliersi. Jonathan iniziò a prendere gli ordini per i panini, ma siccome la questione si complicava, qualcuno suggerì che andassero tutti, e attesero che Edward li autorizzasse. L'operazione avrebbe richiesto del tempo. Edward lì mandò via con la sua benedizione – spiegando che lui sarebbe rimasto lì in caso di necessità – e rimase solo nel parco a fissare la finestra del suo ufficio, dove per un motivo o per un altro qualcuno aveva tirato la tenda.

La prima candidata si presentò in orario, pochi minuti dopo che il camion dei materiali pericolosi e il corteo del sindaco si furono allontanati. Edward e i suoi impiegati avevano appena ricevuto l'autorizzazione a rientrare. La candidata, Elise Mortensen, fu annunciata proprio nell'istante in cui Edward rientrava in ufficio e scopriva che le sue carte erano state messe sottosopra. Gli schedari erano aperti. I libri, di solito sugli scaffali, erano sparsi ovunque. Avevano pensato che nascondesse qualcosa? Nell'aria aleggiava anche un profumo floreale che non aveva notato attraversando le sale esterne. Non ebbe il tempo, però, di controllare se fosse effettivamente cambiato qualcosa, né di chiedersi che cosa cercassero nella sua stanza in seguito alla morte di Kristina. Elise Mortensen si affacciò alla porta, fece gran mostra di entrare in punta di piedi, come per paura di disturbarlo, cosa che in effetti stava facendo, e chiese dove potesse accomodarsi.

Edward aprì il colloquio farfugliando. Decise di iniziare dal tanto temuto *Parlami di te*, per darsi il tempo di raccogliere le idee. Elise Mortensen sembrava attendere da una vita che qualcuno le ponesse quella domanda e si lanciò in una risposta impetuosa, elencando un'esperienza dopo l'altra con un accoramento che, Edward ne era certo, non lasciava presagire un epilogo imminente. Mantenne lo sguardo fisso su di lei, stabilendo un ritmo regolare con cenni interessati del capo, dopo di che riportò la propria attenzione là dove era giusto che stesse. Su di sé.

Edward cercò di farsi una ragione degli eventi di quella mattina. Che interesse poteva avere il *sindaco* nella morte di Kristina e perché Frederick, il responsabile delle esercitazioni, faceva parte del suo entourage? Era stato di gran lunga il momento più brutto della giornata, quando di là dalla strada aveva visto il sindaco scendere dall'auto seguito dai suoi uomini in completo, che bisbigliavano al telefono, e da quel cazzo di Frederick delle esercitazioni, manco fosse uno del governo, adesso, in tuta e borsa di tela in spalla.

A quel punto aveva pensato di poter portare gli impiegati ad aspettare all'ingresso. In realtà era una scusa per riparlare della situazione con i funzionari incaricati, e magari ristabilire la propria autorità. Quello era il suo ufficio, dopotutto! Pagava l'affitto per starci, e il decesso era avvenuto durante l'orario di lavoro. E in un modo o nell'altro lui era responsabile di ciò che era successo, malgrado non avesse la minima intenzione di farlo presente. Alla porta, però, era stato rimproverato da un agente, mentre gli impiegati assistevano alla scena e capivano – come potevano non rendersene conto? – che Edward non aveva alcun potere. Nessuna voce in capitolo. Era un passante curioso, proprio come loro.

Mentre il sindaco usciva, Frederick gli aveva indicato Edward tra la folla.

«Eccolo!» aveva urlato, e l'intero seguito del sindaco aveva allungato il collo come per avvistare un animale raro.

Edward si era paralizzato sul posto.

«È lui!»

Accanto a Edward c'era Philip, il quale ricambiò il saluto di Frederick dicendo che era andata bene, tutto considerato, anche se, che cazzo di tragedia, eh? E Frederick si era stretto nelle spalle indicando il sindaco con aria innocente. Lui non c'entrava. Allora Edward si era spostato al sicuro dietro Philip, in attesa che il corteo partisse.

Nel pomeriggio era previsto l'ultimo colloquio, dopo di che sarebbe stato libero di andare. Non ci poteva neanche pensare. Quand'era di quell'umore non voleva farsi vedere da nessuno, e siccome se fosse andato al bagno in fondo alla sala tutti l'avrebbero guardato entrare e uscire, Edward faceva pipì in un barattolo che conservava nel cassetto. Stava giusto riavvitando il tappo quando annunciarono l'ultima candidata: Hannah Glazer. Oh per la miseria. Hannah, la capo insediamento che aveva cacciato i suoi genitori.

Non riusciva a concentrarsi sul curriculum, posato davanti ai suoi occhi sulla scrivania, ma si costrinse ad avviare una conversazione. Come sempre trovava difficile guardarla e fare i conti con quella grossa fetta di vita – la fetta in cui si è nudi accanto a una bellissima persona che non prova ribrezzo nei nostri confronti – che non gli sarebbe mai spettata. Hannah, con lo sguardo lucido e determinato, portava un tailleur nero e i capelli raccolti in un'acconciatura d'altri tempi, con qualche boccolo che le ricadeva morbidamente sulle spalle. Molto graziosa.

«Perché ti interessa questa posizione?» fece Edward.

«Scherzi?» rispose Hannah con occhi di fuoco.

Non era il suo giorno fortunato. Gli era morta una centralinista, doveva raccogliere le candidature per rimpiazzarla e avrebbe dovuto dedicare un'altra giornata ai colloqui per assegnare la posizione.

Doveva mantenere le apparenze, altrimenti le apparenze se la sarebbero data a gambe. «No, non scherzo». Magari riusciva a cavarsela con poco.

«È una farsa?» chiese Hannah.

«In che senso?»

Edward si voltò con aria malinconica verso la finestra, pensando a quante probabilità c'erano che, prendendo una rincorsa sufficiente, riuscisse a rompere il vetro.

Hannah si alzò in piedi, fumante di rabbia, ma disse in tono pacato: «Dubito seriamente della tua capacità di giudizio, dopo quello che è accaduto. Ieri sera ho fatto solo il mio dovere. Il mio dovere. Poi oggi vengo qui a reclamare un posto per cui dire che sono qualificata è un eufemismo, e chi mi trovo davanti? Mister Anarchia, pronto a infliggermi un castigo solo perché ho seguito il protocollo in una situazione critica».

«Chiedo scusa» disse Edward. «Ma di quale castigo stiamo parlando?»

«La mancata assunzione» rispose lei. «Te l'ho letto subito negli occhi. Mi hai visto e già sapevi che non mi avresti assunto».

«Non è vero».

Era vero, ma solo in parte.

«Vorrei fare il colloquio con qualcun altro. C'è qualcuno del comitato per le assunzioni con cui possa parlare, che non abbia pregiudizi?»

«Ci sono solo io. Non esiste nessun comitato. Quest'azienda è mia. Se ora mi rifiutassi di condurre il colloquio per via dei miei pregiudizi e di una fondamentale incapacità di valutare il tuo profilo per un ruolo nella compagnia che ho creato dal nulla e che conosco meglio di chiunque altro, be', ti ritroveresti da sola nella stanza. Meglio così?»

Hannah non rise. «Chiedo di poter proseguire il colloquio con riserva» disse.

Esisteva una cosa simile? C'era un modulo da riempire?

«Senti» disse Edward. «Lo capisco se non ti senti a tuo agio a proseguire, se preferisci provare altrove». Ti prego, ti prego, prova altrove.

«Mi sembra di sentir parlare Frederick, adesso. Porti la persona a credere che il tuo rifiuto sia in realtà un'idea sua. Un classico di Frederick. Roba vecchia. Chissà quante volte te l'avranno già detto».

«Mai».

«Immagino non sia più un segreto ormai» disse Hannah, con un sorriso sfrontato.

Edward non batté ciglio.

«Che abbiamo una storia, intendo. Ormai lo sanno tutti».

Edward avrebbe preferito non sapere. Ne avrebbe volentieri fatto a meno, insomma. Raccolse il curriculum dal tavolo e glielo agitò davanti. «Che dici?» disse. «Un normale colloquio, e al diavolo il passato?»

Hannah Glazer aveva ragione. Era qualificata per la posizione. Edward era sbalordito. Hannah era acuta, eloquente, oltremodo esperta, e se posta di fronte a scenari lavorativi complessi – intoppi in fase iniziale o finale, errore umano o cause di forza maggiore – attingeva a un'impressionante arsenale di strategie risolutorie, tra le più sofisticate che gli fosse mai capitato di udire e con totale disinvoltura, come se fosse tutto talmente noioso da non suscitare più il suo interesse.

«Sai,» gli disse «anche Frederick è bravo in questo genere di cose».

Quale genere di cose? Considerava forse il suo lavoro al pari di un passatempo, un'arte da perfezionare nelle ore libere?

«Ma ovviamente lui è più tipo da gestire e comandare, come immaginerai».

«Certo» disse Edward, ma non sapeva niente di Frederick e della sua vita extra-lavorativa.

«Dunque...» disse Hannah. «Se stessi pensando di prenderti un permesso, di ritirarti e cose così – non che tu sia in età da pensionamento, ancora – Frederick potrebbe essere un degno sostituto».

Edward la fissò senza aprire bocca.

«Sempre se, ecco, ti fosse mai venuta un'idea simile. Di prenderti una pausa, cioè. Di delegare. Lasciare un'eredità. Sì, insomma, non dimenticarti di lui. Frederick. Potrebbe fare un buon lavoro, e avere ancora tempo da dedicare all'altro, di lavoro».

Uscendo lanciò un'occhiata al suo divano. «Lo fai lì?» chiese.

«Cosa?»

«Te le scopi lì?»

«Chi?»

«Tutte le disperate che vengono a supplicarti di dargli un posto. È il divano per il casting?»

«No. È solo un divano».

«Vuoi dirmi che quando sono entrata non hai pensato che, se fosse andato tutto liscio, entro venti minuti ti avrei fatto un servizietto lì sopra?»

Edward non riusciva a rispondere. Che avesse perso un'occasione? A due minuti dall'inizio del colloquio lei aveva già iniziato a rinfacciargli i suoi pregiudizi. Un modo velato di flirtare?

«Allora? Non ci hai scopato nessuno? Mi interessa».

Così non sembrava. Stava sbadigliando.

Guardando il divano marrone Edward tornò indietro, sempre più indietro, col pensiero. Il numero di persone che poteva dire di aver coinvolto in quella determinata attività su quel particolare divano – o, a quanto ne sapeva, su qualsiasi altro – ammontava a zero.

Quella sera il suo telefono squillò, e stavolta Edward si ripromise di non commettere errori. Prese la borsa e si avviò, da solo, verso la scuola.

Le strade erano silenziose, illuminate a giorno dai lampioni. L'urlo di una sirena, cupo e profondo, lacerò la notte. Non aveva mai sentito niente di simile. Più si avvicinava alla scuola, più gli ricordava il rombo sotterraneo di un motore. Giunto all'incrocio si trovò davanti un mare di auto abbandonate, con le portiere aperte e le quattro frecce ancora accese.

Edward frenò di colpo. Le auto dietro gli si addossarono, imprigionandolo. Non poteva fare altro che scendere e proseguire a piedi, come dovevano aver fatto gli altri. Al termine dell'esercitazione sarebbe stata un'impresa infernale uscire dall'ingorgo, ma per ora gli premeva soltanto entrare.

Fu uno dei primi a registrarsi da Sharon e gli parve quasi di scorgere un sorriso sulle sue labbra. Sembrava emozionata e impaziente, a giudicare dal rossore sulle guance. Forse avrebbe potuto convincerla che l'incidente del giorno prima era stato soltanto uno scherzo.

In fondo alla palestra, mentre osservava l'insediamento di Hannah crescere, cercò con lo sguardo i propri genitori. Ormai si era registrato, non poteva più andarsene ma, trattandosi di un'esercitazione, ossia una cosa inutile, decise di infischiarsene. Probabilmente i suoi non erano stati chiamati. Stavano facendo un esperimento nuovo, un esercizio di lealtà che non avrebbe comunque superato. D'altro canto aveva rinunciato da tempo a capire i loro metodi. Se anche li avessero chiamati, i suoi avevano il telefono rotto, come avrebbero potuto sapere? Non era importante. Ma Edward continuava a lanciare occhiate in direzione di Hannah, mentre la palestra si riempiva di persone imbacuccate, bambini e animali addirittura, cani dal manto dorato e liscio che si trascinavano sul parquet guaendo assonnati. Non aveva mai visto tanta gente insieme. Il ruggito del generatore regnava sul caos generale. Quella notte c'era qualcosa di diverso.

A dire il vero aveva già avuto una sensazione simile. Forse ce l'aveva da sempre. Alla fine erano riusciti a fargli credere che fosse tutto reale. A prescindere da quanto sembrasse falso o strano, Edward era sicuro che crederci fosse la cosa più saggia da fare. Guai se scoprivano che avevi dei dubbi.

Finalmente vide suo padre unirsi all'insediamento di Hannah. Era solo. Hannah gli fece cenno di passare e l'uomo scomparve nella calca. Le luci non si accesero e Frederick non venne a lodarli e fustigarli, ad abbaiare strane idee su un futuro che non potevano neanche immaginare. Invece gli insediamenti si spostarono all'esterno, e tutti si misero in fila per salire sui pullman che partivano dal campo sul retro della scuola.

L'ululato della sirena era talmente potente che Edward non riusciva nemmeno a sentirsi parlare. Sembrava che qualcuno volesse coprire gli altri tipi di rumore. Era voluto? Era un trucco di Frederick per impedirgli di comunicare fra loro? Edward guardò Thom – immancabilmente pronto al contatto visivo, un drogato di attenzione – e quello gli sorrise sollevando i pollici. Era emozionato. Aspettava da anni che si presentasse la possibilità di uscire. Era pronto a dare inizio ai giochi. Non aveva genitori, né una moglie, e sembrava impaziente di rifarsi una vita ovunque non venissero indette esercitazioni giorno e notte. Sempre ammesso che là dove li avrebbero portati non fossero stati costretti a scattare ogni volta, esattamente come erano abituati a fare lì.

Solo in un'altra occasione l'esercitazione era durata tanto. A Edward sembrava trascorso un anno da allora, da quando cioè le esercitazioni erano iniziate, e ancora erano solo dei cittadini preoccupati per il futuro, ma forse era stato solo l'inverno precedente. Quella notte, mezzi morti di freddo, avevano atteso proprio in quel punto che i pullman scaldassero i motori. Quanta paura! Ma poi dal megafono la vocetta stridula di Frederick aveva convocato tutti dentro per la solita sessione di critica.

Perciò forse non era ancora detto. Frederick poteva sempre mandare a monte l'operazione e richiamarli dentro.

Mentre la gente si radunava dietro di lui e saliva su diversi pullman, Edward attendeva. Attese a lungo finché Hannah non lo avvicinò, seguita da un gruppo composto per lo più di anziani di Wellery Heights. Non aveva molto tempo, ma doveva provarci. In ogni caso, nel protocollo non si diceva niente al riguardo. Il protocollo non si spingeva tanto in là. Quello era un capitolo ancora da scrivere. Non facevano che parlare del fatto che da un certo punto in poi non si poteva più sapere niente, e avevano ragione. Edward afferrò il padre, facendogli prendere uno spavento. Si guardarono aprendo entrambi la bocca senza emettere alcun suono. Non si sentiva un accidente. Edward voleva sapere della madre. Sua madre. Scrollò le spalle per dire *dove* e mimò altre cose, cose che significavano madre, cose che chiunque, ovunque in un mondo in crisi avrebbe capito, ma non serviva a niente, solo a farlo sentire stupido. Oppure era suo padre a essere stupido: non capiva o non voleva capire, e se ne stava lì con un sorriso da ebete a copiare i suoi gesti come se fosse tutto un gioco. All'improvviso Edward gli prese la mano sinistra e indicò la fede che aveva al dito.

Hai capito adesso, stupido vecchio? Dov'è lei?

Il padre sorrise, chiuse gli occhi e appoggiò la guancia sulle mani giunte. Un gesto universale. Sua madre era casa che dormiva. L'aveva lasciata stare, e lui non doveva preoccuparsi, andava tutto bene.

Sua madre era a casa, sola e addormentata. In una città che presto si sarebbe svuotata. Tutto bene.

I pullman si diressero a sud. Frederick si era sbagliato a proposito dell'autostrada. Non era una tremenda variabile. Non rappresentava affatto un problema. Dovevano forse temere un attacco dai boschi circostanti? Non sapeva più cosa temere. La fila di pullman salì sulla rampa immettendosi nell'autostrada, che sembrava riservata a loro soltanto. Viaggiarono per ore. L'autista comunicava via radio, ma a parte quello regnava il silenzio. Edward occupava da solo i sedili in fondo, con lo sguardo fisso fuori dal finestrino. Ormai l'esercitazione doveva essere terminata. Fatto. Avevano dimostrato di saper partire velocemente, se necessario. E adesso cosa? Non si erano mai spinti tanto in là, cos'altro avevano bisogno di vedere? Non era una seccatura trovarsi così lontano da casa, adesso? Come diavolo avrebbe fatto a tornare indietro? Certo, si poteva ordinare ai pullman di fare dietrofront. Ma mentre il sole sorgeva e venivano distribuiti dei muffin avvolti nella carta marrone, accompagnati da bricchi di succo e blister di vitamine in compresse, le probabilità che un simile ordine venisse impartito diminuivano.

Il secondo giorno, dopo che si era appisolato e risvegliato e riappisolato ancora, Edward udì un forte rumore provenire dalla parte anteriore del pullman, che prese a sbuffare e rallentare.

Thom scivolò al posto accanto al suo.

«Si mette male, eh?»

«Che succede?» chiese Edward, ancora insonnolito.

«Sharon».

Mentre il pullman si fermava stridendo, Edward si allungò per sbirciare avanti, ma il suo sguardo incontrò un muro di persone.

«Si sente bene?» chiese.

Thom scosse la testa. «Dubito. È caduta dal sedile. Così,

all'improvviso. Io ho solo intravisto la scena. Ma, cazzo, amico, ci sta che sia morta».

Era un bel colpo d'occhio. Dieci pullman gialli, se non di più, fermi sul ciglio dell'autostrada. Il suo era l'unico che avesse lasciato scendere i passeggeri, rovinando così uno spettacolo altrimenti gradevole: sotto lo sguardo di quelli ancora a bordo, silenzioso e protetto dal vetro scuro, un variegato gruppo di persone vagava su e giù per la massicciata. Edward individuò un punto morbido e asciutto su cui sedersi. Che razza di esercitazione! Sarebbe rimasta negli annali. Stranamente era ansioso di passare alla sessione di critica. Come venire a capo di un'esperienza simile? Osservando la flotta di pullman, si chiese dove fosse suo padre. Sharon era stata portata via su una barella da dei giovani colleghi, che si erano inoltrati nel bosco per poi ricomparire quasi subito. Senza Sharon e senza barella. Ora, seduti sull'erba, si stavano versando qualcosa di caldo da un thermos. Uno canticchiava. Frederick e altri, tra cui il sindaco, si consultavano all'ombra dell'ultimo veicolo. Edward non aveva la più pallida idea di cosa li aspettasse.

Presto venne dato il segnale e con un ruggito i pullman si rimisero in moto. Edward si alzò in piedi e andò a unirsi ai compagni di insediamento che si erano rimessi ordinatamente in coda per salire, ma le porte non si aprivano e il conducente non si vedeva. Dov'era finito? Chi avrebbe guidato, adesso?

Frederick e compagnia erano già a bordo dei loro pullman. Uno dopo l'altro i veicoli davanti al loro si immisero nel traffico. I suoi vicini ebbero reazioni diverse rispetto alla situazione che si stava profilando. Lui invece si fermò a guardare i pullman allontanarsi. I finestrini erano oscurati, ovviamente, non si vedeva niente dentro, ma in uno dei pullman, forse premuto contro il vetro, magari con la mano sollevata a dire *ciao*, o meglio *addio*, c'era suo padre. Così Edward, per sicurezza, alzò la mano a sua volta. La alzò e la agitò – pensando *Addio, papà, almeno per ora* – mentre i pullman acquistavano velocità e scomparivano alla vista, abbandonando lui e gli altri sul ciglio della strada.

4

IL COSTUME DEL PADRE

I costumi di mio padre erano grigi, lunghi e di maglia finissima, tanto che a volte potevi vederci attraverso, malgrado non ci fosse ragione di osservare quel corpo troppo da vicino. Papà preferiva non muoversi. Non era tipo da escursioni. Eravamo io e mio fratello a occuparci di compiere le azioni richieste al posto suo: registravamo e descrivevamo la sua dieta giornaliera, gli oliavamo la Pistola Abbigliante, riavvolgevamo il filo ogni mattina dopo un temporale e offrivamo in dono gli scampoli di stoffa residui alla fossa della morte, nella banchina sul retro.

Ogni mattina papà spargeva manciate di tessuto della mamma e studiava il modo in cui precipitava, diagrammi di stoffa che potevano significare qualsiasi cosa. Il suo corpo era ingobbito ed estraneo. Faceva una smorfia a ogni gesto, con il viso talvolta sostenuto da un'imbracatura di cotone. Se il disordine lo mandava in confusione, chiamava mio fratello per consultarsi con lui. Io sedevo sulla panca e li osservavo chini a lavorare. Non sapevo leggere il tessuto. Avevo un difetto linguistico. Mio fratello parlava una lingua chiamata pronostico, composta di suoni abbaiati dentro una scatola di pelle forata.

Vorrei poter dire che non fu coinvolta una barca, che trasportammo i nostri averi sulla terraferma con i carri. In tal modo avremmo potuto essere avvistati dall'alto e non avremmo dovuto vedere tutte quelle piattaforme vuote alla deriva. E papà non sarebbe stato tentato di gettare a mare tante cose.

Se avessi potuto scegliere, avrei immaginato la mia famiglia fare una sosta ogni tanto per dare un morso al pane in un luogo sicuro nei pressi di un lago. Sul posto, incastonate nel terreno, avremmo trovato delle botole. Avremmo steso le nostre coperte e ci saremmo inchinati dinanzi al cibo. Avrei mandato mio padre in avanscoperta nei dintorni, mentre io e mio fratello mangiavamo il nostro pane. Sarebbe tornato con una sacca di arnesi appuntiti, la bocca indolenzita e grondante sangue. Ci avrebbe riferito di montagne all'orizzonte, un possibile percorso. Se avessi potuto controllare le conseguenze, dubito che avremmo creduto alla sua storia. Saremmo rimasti al sicuro vicino al lago, a eseguire elaborati riti scaramantici sotto la coperta. Io e mio fratello avremmo aggredito papà a suon di colpi fino a farlo ammutolire. Magari, per sicurezza, avremmo tenuto una sua ciocca di capelli, e il suo costume, nel caso si fosse presentata la necessità di diventare lui. Un giorno, a tempo debito. Quando il suo spazio interno si fosse allargato tanto da poter ospitare un altro corpo, possibilmente uno dei nostri.

Vorrei poter dire che non era in una casa che vivevamo, ma ammetterlo è fondamentale. Contribuisce a creare una certa immagine che si dimostrerà cruciale, alla fine, quando saremo morti: io, papà e mio fratello, accucciati sotto sacchi di sale pungente, appesi alle travi del soffitto per arrecare sufficiente danno agli uccelli che vivevano dentro casa, impedendogli di volare. Una casa al cui interno gli uccelli descrivevano orbite che influenzavano il processo di invecchiamento di chi la abitava. Una casa in cui il volo di un uccello poteva mantenere giovane il costume di un uomo. I vetri alle finestre erano lenti con cui il sole ci fotografava.

È un'immagine importante, questa di noi tre che camminiamo rannicchiati, a volte feriti in faccia. Sarebbe bello essere ricordati così. Preferisco un'immagine a un resoconto scritto. Un resoconto scritto non coglierebbe l'essenza della mia famiglia. Se il sole è stato testimone della nostra condotta, forse un giorno riappariremo su qualche orizzonte, torneremo a calpestare la Terra e a respirare alcuni dei venti più insidiosi del mondo, per risparmiarli a quei corpi che devono ancora vedere la luce.

Il giorno in questione non era un gran giorno. Il sole indugiava all'orizzonte, quando un compatto stormo di uccelli neri irruppe dal bosco e tracciò in cielo una scia che il sole potesse seguire, e il sole allora cominciò a espandersi finché luce fu. Una famiglia più sveglia non si sarebbe lasciata ingannare. Una famiglia più sveglia sarebbe rimasta nel proprio nascondiglio di stoffa. Ma quella era una luce particolarmente capace: mi mostrò la versione più piccola e tenera di mio padre che avessi mai visto.

Papà si destò di buonora e aprì quattro barattoli sulla soglia. Sintonizzò la radio su Inglesopoli e ascoltammo una serie di recenti canzoni d'orizzonte, eseguite con una respirazione dal ritmo lento, d'altri tempi. Tra un brano e l'altro, una voce di bambina narrava di quel famoso anno attraverso una bocca di legno. Sua madre doveva averla concepita a mo' di bocca di vecchio, perché non potesse essere riconosciuta. Avevamo lasciato l'antenna della radio immersa nel miele per tutta la notte. Dopo averne ripulito la punta, papà la conficcò nel soffitto e di colpo la musica si alzò.

Tutti e tre ci accucciammo presso la buca della scrittura, al centro della stanza. Quella mattina era umida, bordata di terriccio schiumoso, così papà applicò delle strisce di lenzuolo intorno all'apertura, poi tuffò il braccio in profondità. Facevamo a turno. Sopra di noi il cielo scrosciava come una cascata. Infilando il braccio nella buca papà tratteneva il respiro e poi sorrideva: sarebbe potuto restare così per sempre. La radio non stava ferma, vibrava sul pianale come se dentro ci fosse rimasto intrappolato un animale. Doveva essere morta una famiglia, in casa c'era troppa corrente elettrica. Se fosse morta tanta gente, nella stanza sarebbero esplosi fulmini e saette. Se i vicini avessero smesso di respirare, saremmo diventati ciechi. Non avremmo potuto rendere omaggio alla fossa della morte. La radio sputò fuori una nube di briciole e la stanza parve riempirsi di insetti.

Infilammo i nostri averi in sacchi di iuta chiara. Papà tirò giù la manica a vento e vi infilò il naso, per inalare gli ultimi refoli di aria del giorno precedente e trarne vigore. La porse a mio fratello, che se la passò pigramente sul viso prima di riporla in una parte inutilizzata del suo costume. Pronunciò tre frasi in pronostico a contatto con la sua sciarpa, che poi baciò e si avvolse intorno al collo. Quella lingua mi metteva sonnolenza. Ci rotolammo nell'Alliscia-costume e testammo l'attrito con l'aria. Papà staccò i quattro angoli della casa e sferrò dei calci al battiscopa per impostare il timer di decomposizione. Adattava il ritmo a quello dell'Uccello Metronomo, finché la stanza non si ricalibrò e calò il silenzio, il più profondo che avessi mai udito, e allora desiderai di fermarmi e trattenere il respiro, un bagno di silenzio, per purificarmi e beneficiare del contatto con quell'aria nuova di zecca.

Non ci restava che attendere. Osservavo mio padre cospargere d'olio le finestre, tracciare i nostri contorni sul vetro con linee sottili e precise. Stando a quanto riuscivo a distinguere, l'immagine ritraeva papà nel suo costume che spezzava un pane a metà per me e mio fratello, che stavamo accovacciati sui talloni con le mani sollevate davanti, palmo insù. Chiunque avesse guardato dentro con un Divinatore di Stoffa avrebbe impiegato un po' a capire che avevamo lasciato la casa, che quell'immagine di tre uomini che si scambiavano del pane non era che un diversivo, qualcosa di cancellabile, un'immagine tracciata con l'olio. Con la giusta manipolazione, a quegli uomini si sarebbe potuto far fare qualunque cosa. Nel frattempo noi saremmo già stati lontani.

Vorrei poter pronunciare il nome di mio padre. Non conosco la forma verbale più giusta per parlare di lui. Una porzione di tempo sfugge alla mia lingua. Un limite, forse, della mia bocca. È in quella porzione che mio padre si nasconde. Papà potrebbe diventare reale, se imparassi un nuovo linguaggio. Se riuscissi a scavarmi in profondità nella gola, ad allargare il passaggio. Se potessi farmi bastare meno di me stesso, permettendo a lui di essere di più.

Sarebbe più semplice avvicinare una lente d'ingrandimento a ciò che resta della sua camicia. Puntare un caldo cono di luce solare sul tessuto che un tempo celava le sue fattezze. A quel punto anche l'ultimo brandello di lui potrebbe essere bruciato, e nel sibilo delle fiamme si udirebbe un breve messaggio. Vorrei che il suo nome si trovasse in natura. In questo modo potrei puntare un dito verso il cielo e quel gesto indicherebbe lui, meglio di quanto possano fare i suoni che emetto. Vorrei che esistesse un uomo nuovo, in tutto simile a mio padre. Potrei agguantarlo mentre la sua barca mi scivola accanto. Potrei infilarmi nei suoi panni, così non galleggerebbe più. Nascondermi nello spazio tra il suo corpo e la stoffa. Trascinarlo giù, lasciarci affondare al doppio della velocità, fin dove attendono le altre persone, con le braccia tese verso l'alto là dove ora, mentre fisso l'acqua, il mio sguardo non arriva.

Quando comparve la barca, papà la trascinò a riva con la sua fune e vi sistemò dentro i nostri pacchetti. Attaccò lunghi fili di bronzo alla poppa, che oscillava via via che procedevamo, per provocare un sommovimento degno di una barca molto più grande, una finta scia per i Sorveglianti in agguato. Avremmo prodotto una confusione di schiuma. L'aggressione sarebbe stata scongiurata. Mi chiesero di ricoprire il versante meridionale della casa di scritte, segni che avvelenassero qualsiasi estraneo si fosse avvicinato, impedendogli di vivere come avevamo fatto noi e quindi di replicarci. A quello scopo mi servii di un linguaggio sicuro, scaturito dalla bocca, limitandomi alle parole che indicavano esclusivamente ciò che poteva essere celato dalla iuta. Trasformato il muro in una trappola, mi restava ancora del linguaggio scritto che spalmai con meticolosità sui lati della barca finché questa non parve cosparsa di una colla semitrasparente.

Io e mio fratello ci tenevamo per mano nel vento debole del mattino, mentre papà ci infilava il Costume da Viaggiatore, allentando le cinghie in modo tale che il mio fisico, più molle e ingombrante, non fosse troppo costretto. Ci salutammo con un bacio, anche se i nostri corpi sarebbero rimasti uniti. Avremmo condiviso un unico costume, il che implicava che ci alternassimo nel manovrare la barca. Potevamo prendere l'iniziativa soltanto uno alla volta. Un uccello o un uomo avrebbero pensato che a bordo con mio padre ci fosse soltanto un figlio. Mi abbandonai per primo, impartendo deboli comandi a mio fratello, che aveva gambe e schiena più forti e una vista migliore.

Per lo più la giornata era un primitivo alfabeto di suoni, come una di quelle lingue che parlavano nel Sud attraverso un filtro di garza. Papà era nervoso. Remava bruscamente, fendendo l'acqua come fosse ghiaccio, e ci allontanammo da casa a scatti sussultori. Forse erano gli animali a produrre i rumori che udivamo, ma non scorgevo tracce di vita da nessuna parte, solo le precise geometrie delle nubi sopra la linea retta degli alberi, e una striscia di terra che più la fissavi più si faceva distante. Fluttuammo sullo stretto corso d'acqua finché le case non rimpicciolirono e scolorirono, trasformandosi in chiazze biancastre all'orizzonte, e il fiume sotto di noi non ingrossò.

Per ore non vedemmo altro che la schiena di nostro padre che appoggiava tutto il peso sui lunghi remi. Sulla costa, interminabili descrizioni scorrevano sopra la linea degli alberi, frasi indecifrabili senza l'ausilio di un filtro di tessuto. Ma ci restava poca iuta e quei messaggi non sembravano comunicare nulla di importante. Sceglievamo continuamente cosa fosse necessario sapere, eppure faticai a lasciare quelle frasi non lette. Pensavo che forse le avevano messe lì per noi. Papà ci sistemò il costume in maniera tale da impedirmi di vedere la riva. Adesso vedevo solo la nostra scia, un nastro di schiuma che, gorgogliando, parlava una lingua così intima da farmi vergognare di volerla decifrare.

Quando il sole fu proprio sopra le nostre teste e le nostre ombre dentro i nostri corpi, papà tirò fuori il primo pacchetto. Avevamo messo da parte del formaggio. C'era anche del pane. Il pane era racchiuso in un panno di lana infeltrita. Lo diedero da aprire a me. Innanzitutto immersi le mani nell'acqua. Se chiudevo gli occhi, la sentivo soffice e granulosa come terriccio, con qualche grumo qua e là che al tocco si sgretolava subito. Quando le sollevai, le mie mani erano lisce e lucenti, e il pane cedette docilmente. Tenemmo il contenuto del pacchetto sempre vicino, a contatto con il costume, nel caso in cui avessero messo dei testimoni di vedetta sulla sponda lontana. O come diceva mio padre, nel caso in cui qualcuno per qualche motivo avesse deciso di seguirci. Maneggiavamo il pane e il formaggio facendo economia di gesti. A guardarci poteva sembrare che stessimo dormendo. Dopo mangiato, gettai un pezzetto di lana in acqua, a mo' di offerta.

Ho una foto di mio fratello che ritrae semplicemente un campo desolato. Faccio la collezione di spazi vuoti che penso possano piacergli, spazi sicuri. Fra le tante foto ce n'è una di un campo di erbacce ingiallite e ispide, da un lato una pozza di fango sbianchito, sopra un cielo inanimato. Alberi stecchiti si avvitano su se stessi formando una gabbia protettiva di legno. Non c'è nessuno, men che meno mio fratello, e ancor meno una traccia dei suoi tanti costumi. Niente vestiti. Potrei gettare quella foto nell'acqua, per idratarla tanto da permettere a mio fratello di germogliarvi dentro. Mi sembra un posto abbastanza sicuro in cui entrare, senza quei segnali di pericolo che ormai l'hanno scoraggiato ad andare ovunque. Potrebbe vivere in quel campo, se solo trovassi il modo di farcelo crescere.

Continuammo a remare perché così voleva nostro padre. Furono scambiate parole che non potevo utilizzare. Mio fratello si era servito della sua razione di pane per preparare la bocca a formulare nuovissime dichiarazioni, che ad ascoltarle mi procuravano dolore. Papà era un corpo furente che si ostinava a darci le spalle. A capo chino, io osservavo l'acqua scorrere intorno a noi. Alcuni cartelli sparpagliati lungo il canale parlavano di famiglie passate di lì. Iscrizioni in corsivo su placche di legno dotate di boe a fare da contrappeso, come normali cartelloni stradali. Le piccole orbite delle luci a corto raggio montate sopra i segnali gettavano sull'acqua immagini oleose dei vari padri, volti bianchi come proiettati dal ventre di uccelli. La corrente che ci trascinava via con sé era abbastanza forte da dissolverli, e ci ritrovammo a navigare su versioni ondulate di quegli uomini, sforzandoci di non provare a capire che cosa gli fosse successo, chi fossero, che cosa avessero fatto, perché avessero fallito.

Via via che ci avvicinavamo all'oceano i segnali cedevano il posto a semplici bastoni e piattaforme avvinte dalle alghe. Per ore non incontrammo altre scritte. La mia mente si svuotò e ricordai una vecchia canzone che una donna era solita intonare. Era una canzone fatta di pause e respiri, con note che erano parole che chiunque avrebbe potuto utilizzare per procurarsi del cibo, e ciononostante, nell'esatto istante in cui mi tornò in mente, sentii che senza non avrei più saputo respirare e temetti che, se fossi andato fuori tempo o mi fossi scordato di canticchiare, avrei smesso di farlo, avrei perso il mio ritmo, per sempre.

Di primo pomeriggio papà finalmente mi mostrò il suo volto. Non mi interessava vederlo. Era troppo grande. Avrebbe potuto ospitare chiunque. Pretese che lo vedessi lì, sulla nostra barca, in acqua, e io feci del mio meglio per accontentarlo. Dal canto suo, sospetto che mio fratello fece del suo meglio per guardare tutto tranne che quello. Sentivo il costume tirare, teso come un muscolo.

Il secondo pacchetto nella sacca di mio padre conteneva un metronomo, con un ago da cucito al posto del puntatore. Lo impostò su Soffocamento e lo piazzò accanto a mio fratello, il quale dopo qualche sussulto di protesta smise di respirare. Subito la barca si alleggerì e iniziammo a prendere velocità, scivolando agili sull'acqua del canale che di colpo sembrava non opporre più alcuna resistenza.

Fosse per me, mio padre lo vestirei con un costume del sonno lungo e chiaro. Cucirei insieme dei lenzuoli presi dalla valigia lasciata da mia madre e glieli sparerei sopra con la Pistola

Abbigliante. Raccoglierei nelle mani pesanti matasse di lana, che getterei in acqua per creare una corrente ritentiva e impedire a mio padre di remare via. Un susseguirsi di mulinelli cui non potrebbe sfuggire. Fosse per me, immergerei le mani di mio padre nel latte e poi le infilerei in guanti di canapa. Col latte residuo scriverei qualcosa. Mio padre lo legherei a una piattaforma in mezzo all'acqua perché gli animali vadano a prenderselo. Se dovessi mai rivederlo, lo lascerei agli animali, a costo di doverli personalmente dotare di speciali attrezzature – camicie da caccia al padre, cappelli patricidi, bustini da inseguimento paterno –, a costo di dovergli insegnare a nuotare dietro un papà veloce e ben equipaggiato come lui. Giuro, glielo insegnerei. Se mio padre si rifiutasse di spogliarsi, aspetterei sulla mia piattaforma che ci pensino gli animali. Sarebbe solo questione di tempo.

Il metronomo emise un suono. Mio padre aveva smesso di remare. Pescava campioni di scrittura dall'acqua. Io dividevo un costume con un ragazzo che non respirava più. Era come avere una parte del corpo addormentata, fredda, un oggetto inerte che la mia persona era costretta a trascinarsi dietro. La testa di mio fratello era asciutta. La sentivo grattare contro il cappuccio del suo lato del costume, come un cane seppellito vivo. Provai a sistemare le cerniere, i bottoni, ma servì solo ad accelerare il mio, di respiro, e d'un tratto temetti di andare in iperventilazione ed essere estromesso dal costume, che poteva sostenere solo un certo numero di respiri al minuto. A ogni rintocco del metronomo chiamavo mio fratello con speciali suoni impermeabili, facendo attenzione a non farmi sentire da papà, che era intento a infilarsi provette di un ipotetico liquido negli scomparti del gilè. Il liquido era pieno di scritte. Prima di allora l'avevo visto indossare il vetro soltanto una volta, durante uno dei famosi anni in cui erano i bambini a controllare l'erogazione di corrente elettrica in paese: l'aveva usato per rivestirsi il petto ed era uscito a modificare la fossa della morte. Noi l'avevamo osservato dalla finestra, una figura esile e alta nella sua divisa speciale. Questa volta il suo costume di vetro consisteva di una serie di proiettili corti e tozzi riempiti di fluido. Per quanto mi sforzassi, non c'era modo di guardarci attraverso.

Non potevamo essere più alla deriva di così. Ero l'unico figlio che gli restava. In qualche registro cittadino doveva pur figurare un cambiamento. Mi guardai intorno riflettendo che con poco sforzo avrei potuto produrre un annegamento. Paesaggio ignoto seguiva paesaggio ignoto. L'unico scopo del viaggio sembrava far svanire le case. Non c'era altro che acqua. Ogni tanto avvistavo una piattaforma deserta, una foglia di ninfea tra le onde. Ma niente terra, da nessuna parte.

Avremmo remato fino a sera. Ero equipaggiato per due, ma ero solo. Come omaggio a mio fratello, papà mi fece ascoltare delle registrazioni di quando era piccolo, piagnucolii per lo più. Agganciò le piccole casse all'esterno della barca volgendo i versi di mio fratello al mare, e gestendo il volume tramite un apparecchio che aveva ricavato da una vecchia scatola da cucito della mamma. Mentre andavamo, il suono si rifletteva su una lenta corrente circolare che generava bolle di schiuma bianca a pelo d'acqua. Attraversando le macchie lacrimose, altre barche in seguito avrebbero potuto innescare quei vettori di malcontento. Se fossero passati nel punto giusto, e avessero avuto il cuore di attraversarlo, mio fratello avrebbe pianto per loro.

La tristezza poteva essere conservata, sigillata in una piccola porzione d'acqua. L'acqua sarebbe stata il costume di ciò che mio fratello aveva provato.

Parlai alla schiena di mio padre con le mani, protetto da un divisorio di tela. Le mie mani proiettavano le ombre sbagliate sul fondo della barca, un insieme di linee così precise da sembrare semplici richieste d'aiuto pronunciate in inglese. Ero preoccupato che papà potesse fraintendere. Lisciai la parte vuota del mio costume e scrutai la sterminata vacuità liquida intorno a noi, in cerca di tracce di terra. Non c'era niente, da nessuna parte, solo l'acqua che s'increspava sotto la barca producendo il suono morbido e profondo della parlata spagnola.

Non mi parve che papà avesse visto o sentito quello che avevo tentato di comunicargli. Aveva aperto il terzo pacchetto, una serie di lenti, che dispose sotto le vele in base a un criterio che non intesi. Alzando lo sguardo vidi, attraverso la distorsione della lente, un cielo e un sole grottescamente fuori misura, ingigantiti senza rimedio, gonfi e tesi, impossibili da guardare a lungo. Il mio unico pensiero allora fu che, se era possibile rendere il sopra e l'oltre così vasti, e se lui era riuscito a dilatare quegli elementi di per sé enormi, allora quanto saremmo risultati piccoli, noi due, laggiù sulla nostra barca, se avesse girato le sue lenti al contrario? Eravamo già rimpiccioliti abbastanza da non essere più visibili? Che mio padre, con i suoi pacchetti, stesse creando una sparizione? Era quello il nuovo costume del nulla?

Fosse per me, non verrei da un posto in cui i padri abbandonano la propria casa a bordo di una barca, un posto in cui i padri uccidono un costume e si lasciano dietro una scia di mucchi di stoffa come tumuli. Sceglierei un mondo di strade fatte d'erba, e anni famosi fatti solo di giornate di vera luce, quando la giusta illuminazione può bastare a zittire un metronomo. Sceglierei una casa senza fosse della morte, in cui una madre stia ancora ritta in piedi e si aggiri per le stanze usando la voce rassicurante del dottore, in totale assenza di stoffa. Dalla fucina domestica scaturirebbero pezzi di tempo e la parola «memoria» avrebbe un'accezione rabbiosa. La gente avrebbe ricordi da far arrossire, divampare, a cui far emettere uno speciale tipo di fumo. Fosse per me, il costume del padre dovrebbe essere riempito di una speciale aria inglese e liberato fuori di casa. Questo costume pieno d'aria si potrebbe alimentare a tozzi di tempo raffermo, in modo che la famiglia dentro non muoia. Il costume si chiamerebbe Divoragiorno. Crescere sarebbe il suo castigo. L'Uccello Metronomo lo manterrebbe pulito. Se i tozzi di tempo scarseggiassero, il costume potrebbe nutrirsi del padre stesso, che ancora ne abiterebbe le profondità, nascosto alla vista, ad esempio nei recessi di una manica, dove un apposito buio ne nasconderebbe il corpo sotto una pellicola spessa e grigia.

Al tramonto mio fratello fu gettato in acqua. Uno squarcio si aprì nel nostro costume, e ci trascinammo dietro il suo corpo come un gommone. Papà si limitò a passarmi ago e filo. Non sapevo da dove iniziare. Non potevo ricucire un punto sulla schiena o altri punti che non riuscivo né a vedere né a toccare.

Quasi tutto su quella barca era ricucibile. L'aria fredda corteggiava il nuovo vuoto apparso sul mio costume. Papà impostò il metronomo su Sonno, un frusciare ritmico, mentre io sedevo in fondo, guardavo mio fratello scomparire e riapparire fra le onde, sempre più lontano.

Restava soltanto un piccolo foro che non fosse coperto da una lente, una finestra che non traduceva il mondo alle nostre spalle. Fu allora che mio padre iniziò a gettare degli articoli fuori bordo, per lo più bottoni e fotografie, chiavi e minuscoli cenci incolore. Come gioielli luccicavano e giravano su se stessi nella nostra scia, gli oggetti chiave della nostra casa elargiti in dono all'oceano. Alcuni li diede prima a me. Li toccavo uno a uno, quei souvenir della nostra vecchia casa, e avvertivo un intenso stordimento, come se gli oggetti stessi fossero drogati e mi provocassero stupefazione semplicemente a guardarli. Li gettavo a mare più in fretta possibile.

Alternammo il sonno alla veglia, protetti dalla cupola di lenti. Rintanati là sotto dovevamo sembrare una nullità, una barca vuota alla deriva in mare. Niente ci disturbava. Perfino i suoni della natura rifuggivano il nostro catafalco.

Al mattino cominciai a ricamare un elogio funebre per mio fratello con del filo bianco che avevamo conservato. I punti erano sottili come caratteri battuti a macchina, lettere crespe cucite insieme, le parole di un libro a coprire la lunghezza di un corpo umano. Non sapevo che cosa stessi scrivendo. Le mie mani erano guidate da ciò che provavo, se provavo qualcosa, ma maneggiavano ago e filo in maniera disordinata, così preferivo non guardarle, al lavoro su qualcosa che non avrei mai saputo descrivere. Sentivo che quella lingua d'acqua su cui galleggiavamo meritava una scrittura, e che la scrittura avrebbe dovuto narrare della vita di quello che forse era l'ultimo parlante della lingua pronostica, una persona messa a tacere dal metronomo di famiglia e in seguito sepolta in mare. Scrivevo col filo per onorare mio fratello e il filo lo immergevo nell'acqua. Papà mostrava un vago interesse per ciò che stavo facendo, smettendo di tanto in tanto di remare per infilare le frasi dentro i suoi immensi guanti da lavoro. Aveva la visiera abbassata sul volto, forse come filtro di lettura o per nascondersi da me, non avrei saputo dirlo. Lo lasciavo tenere la scrittura senza turbarlo con uno sguardo diretto. Ma quando la barca iniziò a inclinarsi e scricchiolare, lo vidi fissare le frasi alla cintura, spruzzarle in fretta con un getto caldo della Pistola Abbigliante e tornare alle sue occupazioni.

Vorrei poter dire che mio padre era una presenza concreta, una forma solida. Che era ben definito. Che non cresceva per effetto delle lenti, trasformandosi in un pallone gonfiato a prua. Che usava se stesso come una prova del passare del tempo. Un corpo da non toccare, da osservare solo attraverso il vetro. Potessi scegliere, preferirei parlare di un uomo come mio padre come di qualcuno che si sottraeva allo sguardo, che rimpiccioliva, perdendo voce e colore e potere, neanche si potesse ottenere di scomparire tramite una strizzata d'occhi, un graffio nel vetro, la dissoluzione di un costume. Tramite l'ausilio, poniamo, di un dispositivo come gli Occhiali Cancella-padre. Come se non guardarlo implicasse che non potesse essere guardato.

Avrei preferito non dover più pronunciare la parola «lente». O «barca», o «acqua». Avrei preferito uno scenario marino dove il ricorso a certe parole fosse dettato dalle condizioni climatiche. Con intere grammatiche inaccessibili per scarsità di tessuto. Uno scenario in cui alla bocca fosse imposto un limite di formulazione. E anche all'acqua, perché non si ripetesse, perché finisse.

Nel bel mezzo della notte successiva udii tutto intorno uno stridio. Qualcuno stava costruendo un divisorio. Un padre. Era il classico rumore prodotto dal vetro quando veniva teso sopra una barca. Usai il bordo della mia veste come lente divinatoria, ma il risultato fu che il buio si fece più intenso, il chiasso meno fastidioso, così decisi di attendere l'arrivo della luce giusta e di qualcuno, che inverosimilmente vagando in quella remota zona di oceano – dove perfino le piattaforme più strette erano deserte – scoprisse in che impresa si era gettato mio padre mentre dormivo. Nel frattempo, per calmarmi, masticavo un pezzetto di corda dolce.

Fu una notte striminzita. Molti dovevano essere morti per mancanza di spazio. Il tempo era in modalità Ristretto. L'aria era gonfia. Sotto di noi, le onde schiaffeggiavano lo scafo seguendo un codice ripetitivo, regolare. Strizzando gli occhi riuscivo a individuarvi minuscole parole affilate, parole inglesi come formulate da un uomo col becco al posto della bocca che cantava dietro uno schermo di cotone. Un altro uomo che non ci tenevo a conoscere. Ma mentre mi muovevo nel mio gigantesco costume, il mondo all'improvviso tacque di nuovo e ben presto mi addormentai, sentendo calare su di me un'oscurità densa e impenetrabile come la prima coperta di lana mai prodotta.

Mi destai di soprassalto, spaventato dai raggi di calore che mi assediavano, dalla sensazione che l'aria che respiravo non fosse altro che il mio stesso respiro.

Nello spazio fra noi c'era il risultato del lavoro notturno di mio padre. Aveva eretto una nuova parete di lenti, facendo apparire dall'altra parte se stesso, e tutto il resto, una distorsione. Dall'immagine sul vetro non si capiva chi dei due ritraesse. Vedevo solo macchie e zone appannate. Era evidente che il vetro fosse stato plasmato in maniera tale che tutto ciò che stava al di là di me si traducesse in qualcosa di irriconoscibile. Ero incastonato in un'unica grande lente. Un Costume Traduttorio che mio padre mi aveva fabbricato intorno mentre dormivo. Una divisa coercitiva che mi rendeva cieco. Solo ombre si affollavano sulla superficie del mio nuovo vestito.

Per quanto scavassi nel vetro cedevole con un ago che doveva avermi lasciato papà, non riuscivo a penetrarlo. Per quanto mi ostinassi a premere il viso contro il morbido vetro, vedevo mio padre solo sotto forma di macchia, il ritratto di un uomo che si disfaceva in lontananza. Ai miei piedi c'era un cumulo di cose, tra cui la scatola di pelle forata di mio fratello, con dentro i suoi suoni in pronostico e una vecchia Pistola Abbigliante sudaticcia. Sparai un debole getto contro la lente, ma ne ricavai solo un vago dolore al petto, un crampo. Invano mi puntai la pistola contro.

Adesso avverto una certa stabilità sussultoria sotto di me, ma potrebbe essere un'illusione creata dal costume. Potrei essere stato scaricato sulla mia piattaforma. Si può dire che percepisca il moto dell'oceano, un sistema di onde all'opera per un fine a me per sempre ignoto.

O forse è proprio questo che dovrei sentire, l'impressione che dovrei avere.

Potrebbe esserci un padre al lavoro dall'altra parte del vetro. A volte me lo immagino come un ometto che si fa largo di cesello in un blocco di cotone. Che intaglia una testa, forse.

Non capita di frequente.

La maggior parte dei giorni mi accontento di tenere in mano la scatola di pelle di mio fratello. Ogni tanto la apro e faccio uscire i suoni in pronostico, che penetrano nel mio clima come il suo fiato, come se ancora dividessimo lo stesso costume. E anche se non afferro le parole, gioisco della sconfitta del silenzio. Immagino il costume che quelle parole fabbricherebbero, un costume grande quanto una famiglia, con soffici aperture cosparse di scrittura, allergiche al vetro. Un costume da non sentirselo addosso, tanto è discreto e morbido. Un costume più che chiaro. Un costume fatto esclusivamente delle sue piccole parole.

Malgrado non le capisca, so che sono quelle giuste, quelle da dire. Sono felice che ora siano mie.

Sono tante le parole che non dirò più. Non dirò più «fratello». Non dirò più «casa», né «fossa della morte». Basterebbe la giusta combinazione di tessuti a soffocare molte delle affermazioni che potrei fare. Il silenzio è una forma di abbigliamento. Alla fine mio padre ha optato per un costume di sordità.

C'è poco da fare adesso, se non guardare le pezze d'acqua, che in realtà potrebbero essere nuvole. Nonostante il colore, nonostante le dimensioni, nonostante la voce che contengono. E le nuvole in realtà potrebbero essere lui, mio padre, che vaga là, oltre me, al di fuori del mio costume, dove a quanto pare un mondo respira ancora. Seppur nell'oscurità. Seppur debolmente.

5

PRIMO AMORE

Non riuscivo a dormire se prima non mi sfinivo con una regolare attività libidinosa che combinava movimenti, gesti e fiori di linguaggio. La disciplina non prevedeva copioni, né passi di danza. La praticavo su di lei sia che fosse lì, nella sua testa, sia altrove, qualunque fosse la distanza fra il suo cuore e il mondo, a prescindere dal fatto che godesse o si sottraesse al mio tocco, fissasse il vuoto o si fingesse addormentata.

Lei mi lasciava fare e col respiro produceva brevi, ansimanti note. Note che potevano essere state rubate a una canzone. Ogni suono che emetteva era preso in prestito da quella che una volta si chiamava musica. Non era chiaro se dovessi rispondere con altri suoni di mia produzione, un suono che avevo utilizzato in passato per attrarre al mio corpo le persone o qualsiasi altro, che magari si armonizzasse con i suoi dando vita a un messaggio che ci avrebbe detto cosa fare. I suoi versi si facevano più acuti quando il mio desiderio imitava il moto di un pistone, un frangente in cui spesso mi sentivo fluttuare sopra il suo corpo, come in volo, con lei inchiodata sul posto, ad avvizzire all'ombra del mio; oppure le stavo dietro, come alla guida di un calesse, mentre lei si scavava un antro fra le lenzuola.

Una volta padroneggiata la disciplina, iniziammo ad attendere con ansia quel raptus chiamato notte. La notte assicurava un maggior grado di invisibilità. Era il fine ultimo della nostra cooperazione, arrivare a non essere visti. Fantasticavamo che esistesse un posto in cui potevamo essere bagnati e senz'ossa, dove nessuno avrebbe osato affibbiarci dei sentimenti. Se abbiamo una certezza sull'acqua è che non contiene ossa, a meno che dentro non vi sia stata intrappolata una persona.

Lei annunciava il raggiungimento del culmine alcuni secondi prima che accadesse. Si serviva di suoni americani noti come frasi. Diceva: Vengo; e: Oddio. Suppongo che i suoni che produceva un tempo fossero parole. Quando annunciavo l'arrivo del mio, di culmine, spesso recitando il suo nome, lei mi teneva la mano. Per un attimo il sole si negava e mi ritrovavo in una zona oscura. In quei momenti a volte ci vedevo passeggiare attraverso un giardino, e guardavamo il mondo come per la prima volta, convinti che i vistosi e folgoranti ostacoli che ci impedivano di spingere lo sguardo nelle profondità della Terra in realtà non fossero altro che i cosiddetti fiori.

Di giorno lei portava ai piedi dei pesi detti scarpe, che limitavano il movimento, e sepolto nel petto un umido sbaglio. Non avrebbe dovuto trovarsi lì. Qualcuno le aveva nascosto dentro un'arma, cosa che la aiutava a manifestare una ferita. Lei cercava di farla evaporare ricorrendo a un espediente detto pianto. I cinque coltelli che aveva in ciascuna mano un tempo si chiamavano dita. Ogni volta che provava a mangiare si pugnalava in faccia; dai tagli fuoriuscivano refoli di aria pulita che rinfrescavano la giornata. La bandiera di tristezza che le avvolgeva il braccio si chiamava manica. La bandiera portava i colori del suo corpo, che oramai non ha più un nome. La parola «corpo» un tempo si usava per indicare ciò che restava a testimonianza della morte di qualcuno.

La prima volta che incontri una potenziale compagna ti si presenta un'opportunità che non ricapiterà più, l'occasione di maneggiarla liberamente, di annusarne le parti, di svestirla o addirittura sfasciarla, di montarla da dietro, di abbaiarle, di tirarle i capelli o di afferrarla per la collottola e nitrire, di legarla a un palo, di inserirle del fil di ferro nella schiena e controllarla via radio, di girarle intorno o colpire, di baciarla dolcemente, di prenderle la faccia e baciarle le guance, proteggendola dal vento con la solidità del tuo immenso e solido corpo.

L'aspetto e la condotta sono cruciali per assicurarsi l'accesso a una sconosciuta, perciò è categorico mantenere pulita la propria persona, assicurarsi che arti e busto siano adeguatamente alimentati da fluidi, freschi di stagione e ricchi di emozioni, che le scarpe siano abbastanza resistenti da sopportare il lungo viaggio, che la postura sia perfetta e le intenzioni sincere, sempre tenendo conto delle possibili rifrazioni di luce che si verificano fra le persone di oggi, altrimenti dette nuovi lupi.

Le pale che utilizziamo per fendere l'aria – e magari svelare una persona con cui potremmo non avere speranze – un tempo erano comunemente chiamate mani. Accadeva quando ancora eravamo dotati di due pale ciascuno, e le utilizzavamo, a quanto si dice, per raccogliere oggetti che pensavamo potessero tornarci utili, o lanciare via quelli che non ci servivano.

Quando ci legavamo a una persona, agitando le rispettive pale una di fronte all'altra producevamo un rumore che era uno scudo di aria muta e immobile, noto come casa. All'epoca avevamo solo due modalità, acceso e spento. Ci infilavamo degli oggetti nel dotto di fraintendimento, che anche ai tempi era l'apertura principale sulle nostre facce, e il dotto riusciva a plasmarsi intorno a loro spingendoli a fondo nella tomba del corpo, che allora mi pare si chiamasse ventre. Spesso il dotto si inumidiva, ma era corredato di lame asciutte chiamate denti che offrivano un riflesso finale di ciascun oggetto che ci seppellivamo dentro. Chi voleva consumarci, dunque, poteva venire a sapere tutto su di noi semplicemente guardandoci in bocca o, più opportunamente, eseguendo un'indagine bocca a bocca chiamata bacio. Ogni volta che lei mi baciava, in realtà era a caccia di segreti.

Il mio segreto era un osso portafortuna situato dietro la faccia. Un'eccellente difesa dal dispiacere. Di rado avvistato ora, se non altro di giorno, questo osso veniva portato sul collo a mo' di amuleto a dimostrazione di umanità. Senza, una persona poteva essere scambiata per un gioco di luce. Si tratta di un osso che cresce in accordo col corpo e assume una forma tondeggiante per meglio ospitare la faccia. Alcune culture la chiamano «testa» e la impreziosiscono di colori e gemme, o la coprono di veli, gel, maschere e caschi.

In America la testa sprigiona una chioma soffice o ispida, ospita piccole scuse chiamate occhi, e un dotto di fraintendimento noto come bocca. La bocca chiede aiuto intagliando nel vento brevi pause di silenzio, chiamate fiori di linguaggio. Durante strategie di fuga quali camminare, la testa precede la persona, rendendone falsamente evidente l'umore e lasciando presagire ciò che dirà. Una delle sue funzioni è un inganno chiamato sorriso. La testa è meglio nota come razzo di segnalazione. Alcune zone, dette città, ne hanno a milioni a bassa quota, e l'effetto è accecante. Il termine spagnolo per indicare un simile fenomeno equivale a «folla». In America esiste un'espressione, «nascondere la testa», che deriva dall'olandese e si traduce approssimativamente con «sposarsi».

In alcune parti d'America si ritiene che questo ossicino alloggiato sul collo abbia la capacità di immagazzinare dolore o formulare strategie di fuga; aleggia sul corpo come un amuleto contro le persone, che altrimenti afferrerebbero il corpo e vi si riverserebbero dentro – una forma sacrificale di automimetismo nota col nome di rapporto. Altri, invece, utilizzano l'ossicino come una boa che non va avvicinata, pena la morte. Se si arriva troppo vicino alla boa, si resta intrappolati. L'atto di aggirare la testa è definito corteggiamento. In pratica è come tracciare un segno con un gesso intorno a un corpo finché il corpo non muore. Questo osso sembra fluttuare, ma è attaccato al getto di paura che un tempo si chiamava collo. La verità è che il corpo altro non è che l'annuncio di una futura scomparsa. Era sufficiente che io e lei fossimo nella stessa stanza e subito presagivo il momento della separazione. La mia testa era solo il punto in cui la scomparsa sarebbe avvenuta. Chiunque voglia sapere che cosa un giorno scomparirà, non ha che da guardare una persona. Qualunque persona.

Talvolta la scomparsa può essere localizzata. Nascondiamo una parte del mondo, e questo si chiama deglutizione. Molti degli oggetti migliori, compreso il famoso motore, quell'errore che chiamano cuore, sono dentro il corpo. Facciamo a gara a chi riesce a nascondere di più, incamerando fino a scoppiare, cosa che in alcune culture è considerato motivo di vanto. Diciamo di amare qualcuno, a significare che invidiamo la scorta che ha dentro. Mentre dorme allunghiamo la mano verso il suo tesoro, un'operazione di scavo che è la cosiddetta carezza. Per questo fra innamorati spesso si dicono cose come: È questo il punto, Prendimi se ci riesci, Ho un segreto. Avere un segreto significa: ho ingoiato una parte di te ed è per questo che ti senti incompleto. Tastare la pelle è un altro modo per individuare un passaggio segreto. Peccato che la maggior parte delle persone non nasca dotata di una mappa e di utensili da taglio. Si risparmierebbe tanto di quel tempo. Invece di dire, Piacere di conoscerti, potremmo praticare una piccola incisione sul petto dell'altro e scivolarci dentro nel caso in cui l'aria non dovesse più tollerare la nostra presenza, o le persone nella stanza pretendessero a gran voce la nostra omissione.

In epoca odierna l'accumulatore di tesori di sesso maschile utilizza qualcun altro come magazzino delle sue spoglie, non sia mai che di notte, mentre dorme, il suo corpo subisca violenza, fenomeno che certi americani chiamano ancora sogno. Se scoperto, il corpo potrà contare su altri corpi affinché custodiscano le sue risorse. Questo raggruppamento una volta era noto col nome di famiglia. La gente produceva famiglie allo scopo di spargere il proprio tesoro e confondere così le idee al cecchino, che all'epoca si credeva erroneamente fosse un uccello. In alcuni dialetti d'America la parola «famiglia» significa «spargere». Con una famiglia il numero di bersagli aumenta e il rischio del padre si riduce. Più bersagli si trova davanti il cecchino, maggiori sono le probabilità che il padre si salvi la pelle. Moglie e figli sono le sue guardie del corpo. Probabile che sia questo il motivo per cui dei rapporti si dice che sono «giubbotti antiproiettile».

Mi è stato suggerito dall'Autorità che un rito per sancire la nostra unione darebbe luogo a un rapporto, una condizione vista come auspicabile. Così le ho spedito dell'acqua che avevo benedetto per la consacrazione del suddetto rapporto, dicendole di berne un po' e di usare il resto come lozione da applicare nell'ultimo punto che voleva mostrarmi, sia che si trovasse sul suo corpo o nelle immediate vicinanze. L'acqua l'avrebbe protetta, anche se avessi continuato a toccarla e a guardarla, cosa che in effetti avevo in mente di fare. Ma se avesse per sbaglio lasciato cadere dell'acqua su suo padre, c'erano buone probabilità che avrei dovuto ucciderlo. Le facevo un favore a esporle le mie peggiori intenzioni. Volevo che conoscesse il mio lato insaziabile, sbarazzarmi subito della parte peggiore di me, ma si scoprì che a essere insaziabile non era soltanto una parte, bensì l'intero corpo, e lo spazio intorno. Ovunque lo posizionassi si lasciava dietro strappi irricucibili. In un rapporto si fanno dei regali, solitamente omettendo qualcosa. Il regalo più bello e più prezioso che avevo pensato per lei era un accenno al motivo per cui avrebbe fatto meglio a iniziare a escogitare la fuga.

Esistono uomini benedetti dall'acqua che le donne non riescono a vedere. È l'unico privilegio che l'acqua possa garantire: nascondendo i nostri sbagli sotto una pellicola riflettente, spinge gli altri ad assumersi maggiori responsabilità nei nostri confronti, per il semplice fatto che non gli piace il volto che vedono quando si riflettono in noi. Abbiamo corpi d'acqua, altrimenti detti assenze di terra, che ci mostrano dove nascono gli sbagli – l'acqua è attratta dall'errore – e li ingrandiscono, facendo sentire responsabili tutti. Questo fenomeno atmosferico piuttosto comune una volta si chiamava senso di colpa. L'uomo contrito crolla dalla vergogna di essere diventato uno specchio per altri uomini. L'uomo asciutto non ha mai commesso errori. Guardare l'acqua è ammettere la possibilità dell'errore. Tuttora alcuni non sono affatto a proprio agio in sua presenza.

Lei era convinta che l'acqua, quella bevuta, costituisse una zavorra che le avrebbe impedito, al momento opportuno, di lasciarmi. Ma secondo gli americani bere acqua porta sfortuna, perché chi lo fa tende a restare in vita. E il corpo cresce e prospera. E la crescita, in particolare, implica un allontanamento dagli altri. In origine si utilizzava la parola «fuga».

La parola «impegno», dal canto suo, è l'abbreviazione di un'altra che indica un'incapacità di muoversi, ragion per cui spesso due persone che stanno insieme si appesantiscono a vicenda, i loro gesti diventano rigidi, flemmatici, mentre mangiano ai quattro palmenti per assicurarsi la reciproca immobilità. Nutrire chi si ama equivale a fargli inghiottire un'ancora. Per questo capita che si parli del matrimonio come di una «botte piena». Sposarsi non è mai sinonimo di alleggerimento, sebbene a volte si ricorra all'espressione «convolare a nozze».

Un rapporto fallisce quando la bocca è troppo piccola o rifiuta il cibo. Toccarsi la bocca è il primo esperimento di masturbazione, in quanto espressione dichiarata di autosufficienza. L'uomo si fa crescere barba e baffi per smorzare l'attrazione che prova verso se stesso, e ridurre le probabilità di rendere obsoleta la persona con cui ha scelto di stare. Chi per cultura mangia con le mani fa sfoggio di grandi doti amatorie.

Mi auguravo di scovare il punto che voleva nascondermi e sospettavo che quel punto si trovasse sul corpo di un'altra donna, una imbronciata, che viveva nella sua ombra e rispondeva a un nome diverso. Così ha avuto inizio un'indagine che vedeva coinvolto me, a pieno colore, intento a esplorare varie porzioni di pelle in cerca di questo suo punto segreto, azione più tecnicamente nota con il nome di sesso, perché all'uomo serve tutto il corpo per auscultare la pelle altrui. Spesso ero costretto a somministrare dosi di libido ai corpi-ospite che credevo custodissero il suo mistero. Essendo impegnato a far avverare il futuro, cercavo esempi di lei ovunque. I corpi che ricevevano il mio sesso, di frequente combaciavano con i corpi delle persone che lei chiamava amiche. Queste producevano tutt'altro tipo di parole e suoni, ma nessuno di noi riusciva a emettere il suono che in America corrisponde al suo nome.

Lei mi rispedì parte dell'acqua che aveva ingoiato ed era evidente che si fosse relazionata a quell'acqua versandosela in gola. Quell'acqua si era infiltrata nella sua persona fino a raggiungere un punto che a me non era concesso vedere. Era stata lei a garantirle l'accesso. Adesso ero invidioso di tutto ciò che beveva o mangiava. L'acqua che mi restituì giunse sotto forma di pioggia, quando ancora i mutamenti nell'aria erano noti come clima, i proiettili vaganti si chiamavano amici e i periodi di sofferenza erano suddivisi in segmenti chiamati giorni. All'epoca il sole rispettava gli oggetti, lasciandogli proiettare l'occasionale ombra sulla superficie del mondo. Ogni giorno mi cadeva qualcosa addosso e la mia temperatura cambiava. La temperatura era un altro espediente per ricordarti che non stavi morendo abbastanza in fretta; ti faceva sentire brutalmente vivo. I cambi di temperatura si chiamavano umori e avevano curiosi nomi stranieri che non ricordo più. Non ho memoria di nulla che sia avvenuto al di fuori del mio corpo.

Non ricordo quale sia la parola precisa per scusarsi.

Quando la imparerò di nuovo, non smetterò più di dirla.

IL MATTINO

Erano anni ormai che il suo nome era stato grattato via dai documenti. Da allora non aveva avuto molte ragioni per riferirsi a se stesso, e la sua fitta routine quotidiana contribuiva a distoglierlo dal pensiero di come l'avrebbero chiamato se avessero dovuto interpellarlo.

Al mattino si preparava un piatto di uova punteggiato di formaggio a pasta dura. Mangiava fino a non poterne più, poi depositava il piatto nell'acquaio, si pettinava la chioma riccia e crespa finché la cute non gli doleva, dopo di che s'infilava il cappotto e usciva per il suo giro. Cambiava percorso ogni volta: usciva di casa e certi giorni si arrampicava su per la collina, altri ne discendeva una. Non amava l'idea di incontrare le stesse persone. I loro volti lo turbavano. Si chiedeva chi di loro lo avrebbe rimpiazzato. Se proprio non poteva evitarlo, salutava, «Salve», poi abbassava lo sguardo sui piedi, attendendo di sentire i passi dell'altro allontanarsi alle sue spalle.

Sotto il cappotto nascondeva un corpo nudo su cui si ostinava a spalmare una speciale lozione. Pensava a lui come al proprio corpo. Una delle due tasche del cappotto aveva uno squarcio sul fondo e lì l'uomo infilava la mano per darsi la lozione. Se per strada incrociava qualcuno, il sentimento veniva subito meno, a prescindere dalla velocità con cui muoveva le mani. La gente nuoceva al sentimento, ma siccome non riusciva a provarlo a casa, da solo, si arrischiava a uscire nel mondo circostante. Preferiva vedere gli alberi, ma dei boschi bisognava diffidare. Troppi alberi voleva dire troppe possibilità, e di nuovo il sentimento veniva meno. Doveva muoversi a passo svelto, con gli alberi sempre ai margini del campo visivo, mai tutto intorno, come nugoli di lussureggiante vegetazione marina. A quel punto poteva frizionarsi la zona finché dal ventre non si levava un fumo e la fame lo assaliva.

Di solito pasteggiava in città. Il prosciutto era il suo alimento preferito, soprattutto d'inverno, quando veniva affettato sottile sottile e arrotolato in fogli di carta aromatizzata. Lo consumava innaffiato di infuso di limone, se era la stagione. In realtà preferiva quello ai frutti rossi, ma nella sua città non ne crescevano molti, e se mai avessero prodotto un'acqua a quel gusto, di certo gli sarebbe parsa amara e granulosa a contatto con la lingua. Per lo più in città vendevano lunghe croste di pane alla schiuma di frutta. La carne arrivava per via aerea da nord. Mangiava una carne che aveva volato.

Dopo pranzo tornava a casa per l'usuale appuntamento con la televisione: ogni giorno guardava un programma con certa gente che sgomitava per salire su una barca piccolissima. Una volta a bordo doveva remare fino a un traguardo prestabilito, che spesso era un'isola, ma talvolta una città affacciata su un fiume. Aveva i suoi personaggi preferiti, di solito quelli rossi di capelli perché sapevano tenere il mare e non si tiravano mai indietro quando c'era da menar le mani. Ciò che lo interessava davvero, però, era l'acqua, e come mai conferisse a tutti i partecipanti un'aria assonnata. Gli piaceva vederli emergere con uno spruzzo, aggrapparsi al fianco della barca per poi essere percossi da quelli che si erano già assicurati un posto a bordo, e riscivolare così in acqua. Ogni tanto, prima di tornare con la testa sotto, dicevano qualcosa, e per questo le loro parole erano gorgoglii che lui cercava di riprodurre quando parlava. Se si riempiva la bocca di pane, somigliava a uno dei bestioni rossi che andava a fondo dopo una lotta.

Durante le ore franche del pomeriggio inviava telefonate da un apparecchio duro e grigio ricavato dal muro. Sul telefono c'era un codice che poteva digitare per cambiare atteggiamento quando parlava. Facendo precedere questo codice al numero della persona, poteva parlare a lungo e senza intoppi attingendo a una serie di sentimenti che non gli appartenevano. Perdere quelle tre cifre sarebbe stata una catastrofe, così se le era appuntate su una piccola etichetta bianca che aveva appiccicato al telefono. I numeri che componeva venivano da uno speciale libro telefonico acquistato in un negozio fuori città. Era convinto che quel libro gli desse accesso a persone più straordinarie di quelle che era costretto a vedere durante i suoi giri mattutini. Quando all'altro capo rispondevano, apriva la conversazione porgendo le sue scuse, chiamava la persona per nome e le parlava in un tono speciale, quasi dolente, che spesso induceva la persona in questione a chiedersi se fosse proprio lui. Il libro telefonico pareva pieno di numeri di persone che aspettavano accanto al telefono che un uomo le chiamasse per scusarsi. La sera, prima della sua cena speciale, era spesso lui, quell'uomo. Le persone impiegavano dei minuti a capire che era qualcun altro, e benché la cosa le facesse arrabbiare, era per lui un'occasione per scoprire chi fosse stato un tempo, e per un attimo si sentiva davvero un altro, il che diventava insostenibile a lungo andare. Alla fine avvertiva sempre un po' di appetito.

Prima di cenare doveva inviare un segnale luminoso dalla sua finestra. Dopo di che si udiva uno scricchiolio provenire dalla porta, come se qualcuno avesse calpestato un uccellino. Il suono arrivava prima del segnale luminoso, ma lui sapeva soltanto di non potersi mettere a tavola finché quel segnale non fosse stato inviato.

La cena consisteva di poco altro che un piatto di patate passate alla griglia finché sulla superficie non comparivano delle vesciche dovute al calore. La donna che portava da mangiare gli stava accanto e gli toccava la guancia, e lui doveva sopportare quel gesto finché quella non depositava il piatto a tavola e chiudeva la porta.

Una volta mangiate le sue patate, sapeva che non sarebbe accaduto più nulla che fosse degno di nota, e che con qualche sforzo e molta riflessione avrebbe potuto far sì che accadesse ancora meno, una capacità per cui sentiva di meritare elogi. Ci voleva una predisposizione particolare. Perfezionava quella sua dote fino a ottenere ogni volta una situazione che potesse durare finché voleva, una situazione in cui non sarebbe accaduto assolutamente niente. Se anche le persone avessero disatteso il suo desiderio e si fossero mostrate in strada, avvolte nei loro pastrani, pronte a spargere lozioni sul suo territorio, lui sapeva che nessuno le avrebbe viste, e in caso contrario, non se lo sarebbero comunque ricordato. L'interruzione avrebbe avuto un che di onirico, di colorato artificialmente, e le persone sarebbero state come fatte di corteccia.

Quel giorno il sonno lo colse con le patate ancora sullo stomaco, ma proprio non riusciva a tenere gli occhi aperti. Svoltolò la sua divisa da notte di flanella. Si passò uno spazzolino sui denti. Tossì le sue speciali parole in una buca del linguaggio dentro la sua stanza da letto.

In ultimo, eseguì come ogni notte l'unico rituale che potesse permettergli di scomparire. Premendo ancora una volta il codice a tre cifre sul telefono, con un pizzico di fortuna sarebbe diventato qualcun altro prima di andare a dormire, il che significava che avrebbe donato un po' di riposo al suo altro sé, quello che stava corteggiando perché prendesse il suo posto nel grande mondo. Poteva dargli l'occasione di sognare, dormire, svegliarsi, rigirarsi fra le lenzuola. E sarebbero aumentate le probabilità che a svegliarsi al mattino al posto suo sarebbe stata quell'altra persona, e qualcosa di nuovo sarebbe potuto accadere che non era ancora accaduto. Allora, forse, avrebbe capito come chiamarsi. Il suono del suo nome avrebbe ricordato un motore acceso. A quel punto l'altra persona avrebbe preso il controllo, con un'idea diversa su cosa andasse fatto e lui – cioè la prima persona, quella che aveva dato inizio a tutto e l'aveva portato avanti, giorno dopo giorno, senza l'aiuto di nessuno al mondo, a parte quello della donna che gli consegnava la cena – si sarebbe preso una pausa, correndo a rifugiarsi vicino al corpo di quell'altra persona, stringendosi a lei, sotto il lungo cappotto che sfiorava gli alberi, là dove la lozione era morbida e liscia e la luce non poteva penetrare. Era lì che voleva stare. Con questo pensiero digitò un codice nel telefono e s'infilò fra le sue belle lenzuola pulite, in attesa del mattino.

LE ORIGINI DELLA FAMIGLIA

Di tanto in tanto un uomo e una donna si riuniscono la sera per discutere dei loro progetti futuri, una conversazione che ha luogo in una stanza silenziosa e senz'ossa. Tamburellano le dita sulle pareti e pronunciano alcuni dei nomi di persona più diffusi, per avere la certezza di essere soli. I nomi che recitano sono articolati da un osso cavo chiamato bocca. Il più delle volte la conversazione si aggira liberamente nella zona di vergogna che aleggia sul tavolo. A turno, donna e uomo sistemano la rete d'ossa sotto pelle e sembra che i loro corpi si muovano. Lei solleva un ossicino che somiglia a un dito, lui ne fa scivolare un altro più lungo e pesante sulla sedia ed espelle dell'aria ad alta temperatura, chiamata fiato. Quando parlano di bambini, cercano di capire se saranno in grado di creare un nuovo gruppetto d'ossa. I loro sono limiti architettonici: la casa riuscirà a contenere altre ossa, o si renderanno necessarie delle modifiche strutturali? A vicenda si mostrano degli schizzi sul tavolo, modificando le rispettive idee circa la nuova persona. Quando provano a darle un nome, e ad attribuirle colore e forma, ciascuno in segreto attende di percepire una vibrazione dentro le ossa, premendo le dita sulla carne per determinare ciò che prova.

Le ossa impediscono al battito del cuore di raggiungere un volume tale da assordare la persona. Inizialmente erano chiamati bastoncini d'ascolto, perché assorbivano i rumori del corpo permettendo a uomini e donne di sentire le proprie voci durante articolate schermaglie domestiche. A questo scopo i primi coloni avevano eretto delle madri d'ossa in stanze chiassose quali la cucina. Soltanto in seguito le avevano riempite e animate perché si spostassero da una stanza all'altra, eseguendo funzioni più ampie all'interno della famiglia. I senz'ossa facevano e dicevano poco. Non erano in grado di lottare. Potevano rifugiarsi nei corpi degli altri. Senz'ossa, una persona che entri in una stanza assorderebbe chi vi si trova. Per attutire il suono che produce, dovrebbe gettare sul suo cammino delle coperte, spargere spessi teli per la stanza, ma così facendo potrebbe soffocare le ragazze dai corpi affilati. A volte, invece delle coperte, potrebbe lanciare un'altra persona davanti a sé, azione descritta dall'espressione «accendere la luce». Si crede che persone del genere abbiano un effetto abbagliante, specialmente se compaiono senza preavviso risultando estranee. Una persona rumorosa ha ossa molto sottili e cave. Può essere spezzata in due e gettata in un fosso. Scatta come un bambino, ma data alle fiamme non brucia altrettanto a lungo. Se una persona rumorosa provasse a chiudere la propria voce in un barattolo, scoprirebbe di non poterlo fare, a meno che il barattolo in questione non fosse una bocca sulla faccia di un membro della sua famiglia, che allora andrebbe spalancata con le dita per proiettarci dentro l'urlo.

Un anno la gente ammucchiò delle ossa fuori casa per assorbire il rumore della polizia che sbraitava e batteva sulle porte. Se di ossa non ne avevano usavano una persona intera, che veniva allontanata e rinchiusa in una stanza. Ciascuna famiglia teneva in casa una giovane persona con questa finalità. Spesso la mandavano fuori a compiere furti dopo averla spruzzata con uno speciale profumo per attirare l'attenzione della polizia. Adesso la polizia si porta sempre dietro un ossicino dentro un contenitore nero lucido chiamato fondina. Se vuole farsi sentire, deve prendere il suddetto ossicino e lanciarlo lontano in un campo, creando così nell'aria una corrente di sordità che sia possibile scambiare per un vento tanto mite che perfino gli uccelli riuscirebbero ad attraversarlo in volo. Quando gli uccelli si librano senza pendere subito verso la turbolenza fredda che circonda la casa, per poi ritrovarsi sventrati su un tetto, significa che la legge è in agguato, e alla prima comparsa dei volatili molte conversazioni in famiglia s'infervorano, e i padri alzano un dito in aria per saggiare il livello di rumore. Quando gli uomini tossiscono o parlano nelle mani, stanno pregando le proprie ossa di cambiare idea su qualcosa. La polizia si sposta a bordo di gabbie ossee rivestite di velluto chiamate cavalli. I cavalli sono tristi perché sentono i loro corpi sciabordare e scricchiolare. In un impeto di insofferenza, affrettano il passo – si dice galoppo – e vanno a sfogare ciò che provano in vasti prati erbosi.

Le persone hanno le ossa per impedire agli insetti di invadere i loro arti e gonfiare i loro corpi fino a raggiungere una misura normale. Una femmina controllata dalle api, ad esempio, spesso si siede a bere un tè, mentre sottopelle le corre un fluido infestato di animaletti chiamato sangue. La persona mostra un incedere composto e può intrattenere conversazioni in una o più lingue. Dorme sdraiata e utilizza un filtro noto come chioma per attirare i suoi simili. Le persone più piccole della casa la chiamano «mamma», e lei risponde rilassando le tensioni del viso, una forma di resa che si chiama ascoltare. Quando la vediamo esibirsi in uno slalom mortale di faccende domestiche, è perché probabilmente si è scordata di mettere sotto chiave le ossa indossando i cosiddetti vestiti. I suoi gesti sono volti a soddisfare un bisogno più grande, come quello ad esempio di un uomo nudo che somiglia a suo padre – pur essendo forse più giovane, più piccolo, più debole – e che in quel momento impersona suo marito, per quanto in maniera poco convincente. Si attiva a comando vocale. Quando lui le parla, lei si ferma con le mani sui fianchi. Al mattino si china in avanti per assicurarsi che il sangue si raccolga in cima alla testa. Sezionandole un braccio si sente un leggero ronzio. È dotata di un paio di occhi, spesso rossi e stanchi. Quando usa le braccia per sollevare un documento di rimpianto chiamato libro, le sue ossa plasmano una forma antica, e dalla finestra parte un breve segnale luminoso che arriva nei campi oltre la casa, dove si trova l'alveare.

Chi possiede quelle tubazioni lunghe e bianche, concepite per impedire alle persone di infilarsi in piccoli pertugi e scomparire, dispone di materiale ossificante, e può cominciare a scegliere i membri della propria squadra, che a quel punto non potranno più scappare. Strumenti del genere sono stati ideati dal Padre affinché i figli non potessero scappargli e correre a nascondersi. Adesso i figli non possono più rimpicciolire e sfuggire ai limiti che il Padre ha imposto in casa. Era stanco di avere a che fare con persone tascabili e informi che non potevano essere rotte. Voleva una garanzia, voleva la certezza di poter rompere qualcosa di irreparabile. «Fare i conti» con il Padre voleva dire arrendersi a questo inserimento di ossa, nonostante il solletico.

Se dopo essere stati sgridati i bambini precipitano in un pozzo, non è la forza della voce del Padre ad averceli mandati, bensì il loro stesso desiderio di infilarsi dentro un lungo osso cavo conficcato nel terreno e purificarsi dal rumore. Preferirebbero strisciare dentro i propri corpi. Quando i bambini ricevono le grida del Padre, la pelle del loro viso si contorce in una smorfia, perché le ossa sono gonfie della sua voce. Gran parte delle espressioni facciali è il risultato della reazione delle ossa della testa ai violenti rumori provenienti dall'esterno. Originariamente le chiese erano fatte d'osso, come forma di difesa dai rumori che turbavano la gente, ma i piccoli padri e le piccole madri, invidiosi dello spazio inutilizzato intorno ai loro stessi corpi, le invasero armati di martelli e tazze. Si posizionarono accanto alle pareti e cominciarono a estrarre pietre, nel tentativo di risultare più alti, robusti, imponenti. Quando si prega con le mani accostate al volto, si sta aggiungendo massa ossea alla testa, che probabilmente è diventata troppo debole e fragile, consumata dal tempo. Quando un prete impone le mani su un membro della sua congregazione, preme col pollice sulla sua soffice poltiglia fino a fargli piangere via tutto ciò che deve.

Quando hanno finito di respirare, i corpi vengono nascosti nella terra, in modo tale che gli uccelli che la sorvolano in cerca di punti deboli nella nostra comunità credano che la città sia più popolata di quello che è. La loro vista non gli permette di distinguere fra vivi e morti. Ci vedono in profondità, vedono gli strati di corpi e lo scheletro duro e bianco che sostiene la città, sia che le persone sottoterra siano disposte secondo un criterio o alla rinfusa. Maggiori sono gli strati, meglio è. I morti, se sepolti insieme, creano l'illusione di un esercito. Un graticcio è messo a disposizione di chi vive ancora in superficie e deve camminare sulle ossa di ex persone senza alcuna garanzia che la terra non gli crollerà sotto i piedi.

In certi momenti uomini, donne e bambini si accasciano stringendosi la gola, affannati. Talvolta questi momenti sono previsti e pianificati, il che significa che una buca è stata approntata e compilato un rapporto. Le ossa di una persona continuano a funzionare anche dopo la sua morte. Malgrado si secchino, e il midollo possa essere prelevato, e perfino un bambino possa spezzarle a metà, una persona che una volta era costituita di ossa, per quanto stanca e inerte appaia, può se non altro ammantarsi di pelle e ostruire gli ingressi principali delle case della città, per scongiurare qualsiasi contatto, perfino con le persone che ci vivono.

CONTRO L'ATTACCAMENTO

Ero stato fortunato a trovare una persona che ovviasse alla mia solitudine. Maneggiava la mia persona fino a darle sollievo. Squarciava il mio guscio con un coltello, tirava fuori la tristezza e ne diventava la custode. L'avevo trovata in un castello. Non era mia intenzione, fino a quel momento ero stato troppo impegnato a essere solo insieme a qualcun altro, in un luogo affollato di gente vanitosa, per lo più scevro di pannoloni. Le persone avevano piedi e mani, e ognuno se ne stava per conto proprio. Se chiedevi a qualcuno che tempo faceva, quello ti rispondeva in inglese.

Quando il grande Orazio, da giovane appassionato di Omero il Cieco, si sentì interrogare a proposito dell'amore e dei suoi effetti dal consiglio cittadino, che stava conducendo il suo Sondaggio dei Misteri, raccolse le vesti, si alzò, abbandonò l'auditorio e non proferì mai più parola.

Tecnicamente era estate, una stagione che la natura aveva generato così tante volte che una fitta coreografia di uccelli creava macchie d'inchiostro chiamate ombre, e interi giorni passavano senza che si udisse un solo sparo. Le ombre erano punti ciechi a disposizione di tutti. Le tombe erano dette case, e scuse note come iscrizioni erano incise sulle loro superfici. Sacchi di marciume erano detti persone. I bambini non venivano innaffiati di latte fino a quando non iniziavano a zampettare sull'asfalto come tonchi, ma indossavano comunque delle protezioni di stoffa e chi doveva badare a loro spesso tremava.

C'era la possibilità, per quanto remota, che noi – fra tutti quelli che notoriamente avevano calpestato la Terra – non avremmo più respirato, sebbene le nostre bocche sembrassero umide e pronte a entrare in funzione. Immaginando il futuro, eravamo costretti a vedere le nostre bare scivolare sul terreno sdrucciolevole fino a precipitare in un buco.

Per farla breve, era necessario stabilire un'alleanza romantica ed esibirne i risultati dentro il corpo dell'altro. Se colti dalla paura del «domani», l'unica soluzione era chiedergli di farci provare sensazioni aeree. Fingevamo di scegliere chi distruggere in nome di un rapporto, ma in realtà eravamo obbligati a stare insieme e a ostentare ammirazione per corpi sempre più privi di grasso, capelli e colore.

Insieme ci convincevamo che la solitudine fosse un problema matematico, come quello che dovevano aver affrontato gli antichi vedendo due soli in cielo: uno diurno, che era caldo e bruciava gli occhi, e uno notturno, freddo e bianco. Presto entrambi avrebbero avuto un nome, ma per il momento i soli erano anonimi, obbedivano a una logica complessa ed erano spesso fraintesi. Per colpa loro la gente moriva di crepacuore.

Mappe dei morti note come tormente di neve si addensarono sulle montagne. Un'acqua funebre chiamata pioggia prese a cadere su ogni cosa e gli antichi – disperati, impauriti, stolti – usavano la superficie dei loro volti flagellati per impedirle di toccare terra.

Quesiti che non formulammo, perché Ovidio li aveva già formulati meglio: in che modo l'impegno che dovevamo assumerci verso l'altro era diverso da quello che mettevamo per scongiurare la nostra stessa solitudine? I compromessi cui scendevamo quotidianamente, le modifiche che operavamo sulla nostra stessa natura, si sarebbero presto trasformate in mastini di risentimento da aizzarci contro a vicenda? In che modo l'atto di manifestare affetto verso l'altro differiva dal dichiarare apertamente ciò che più desideravamo fosse fatto a noi?

Un rapporto fra due persone di dimensioni normali – che in altre parole non potessero essere scambiate per pedine degli scacchi, nonostante i volti marcati, legnosi, abusati – era l'occasione giusta per avviare una mutua ricerca della soluzione al dilemma della solitudine. Alcune persone, come avevamo scoperto, erano dotate di una carica positiva mentre altre di una negativa, e questa carica gli gravitava intorno come quei piccoli globi colorati che chiamano elettroni. Stare in compagnia di una persona di segno meno significava veder cancellata la propria solitudine, mentre le persone di segno più non facevano che aumentarla. La solitudine aveva un infinito potenziale di crescita, poteva manifestarsi come un'escrescenza sottocutanea, sprigionare un effluvio chiamato disgusto. Se in mezzo a una folla uno dei due iniziava ad accusare un acuto stato di solitudine, se insomma stava avendo un cosiddetto Squilibrio Spagnolo, ne deducevamo di essere in presenza di una maggioranza di persone di segno più, già di per sé così traboccanti di solitudine da non poter fare altro che condividerla con chiunque penetrasse la loro sfera. Questa gente odiava il fango. Non voleva essere uccisa.

Dunque eravamo tessere compagne di un puzzle. Livello di difficoltà 9, o 9.3. Non c'erano punti di riferimento. Dovevi aspettare di separarti dall'altro per scoprire se avevi vinto o perso. Questo incoraggiava un'iperesplorazione delle reciproche stranezze, al fine di prendere parte a una gara il cui trofeo consisteva in una tediosa familiarità.

Questo accadeva in un luogo chiamato mondo, dove gli uomini non sapevano volare. Là, bozzoli detti camicie da notte adornano i corpi. Le vestaglie si sollevano e inizia un'indagine, il cui risultato è sovente umido, uno sbaffo di sostanza liquida. Nel nostro Paese ci respiriamo i genitali a vicenda tramite un periscopio detto cannuccia. Ci soffiamo sopra. Creiamo un ventaglio con della carta da quaderno e ce lo agitiamo vicino, ricorrendo alla secolare menzogna che amiamo leggere, e quale miglior lettura dei genitali dei nostri famigliari? Ascoltiamo musica d'organo da un altoparlante stereo che ricorda una vecchia scarpa di legno. Il sesso non è più un evento cui si è invitati a prendere parte, per quanto ci si ostini ad attendere seduti accanto al telefono. Ormai c'è così tanta umidità fra le persone che è stato necessario costruire delle strade per incanalare le acque.

Ci eravamo conosciuti dentro globuli di grasso trasparente meglio noti come aria. Nella stanza non c'era latte. Non ci era richiesto di saper nuotare. Di armi nessuna traccia. Un emissario tascabile di nome «Joe» ci ha presentati. Io non mi amavo.

Per timore che l'attrazione che provavo fosse troppo evidente, optai per il modulo «Non mi piaci», intervallato da moduli altrettanto diffusi quali «Sono stanco e ho paura» e «Sei così bella che fare sesso con te mi spaventa». Il suo modulo era in sostanza il classico «Non fa niente». Teneva sollevato in alto il biscottino, e io saltavo per accostarvi la guancia. Attraverso vicendevoli fraintendimenti di varia natura, alla fine abbiamo sviluppato una reciproca dipendenza, così concreta da poter essere scandita da un calendario. Firmammo il documento in pergamena con la bacchetta testimoniale. Applauso di molti bambini.

Era deciso. Lei avrebbe squarciato il mio guscio con un coltello e io avrei iniziato a instillarle il mio nome in bocca.

Secondo il grande pensatore Robert Montgomery, un uomo che aveva ingerito una serie di pasti ed era morto precipitando in un pozzo, il corteggiamento si basava sul rancore. Il rancore era una tattica che i fenici adottavano di fronte al nemico, e da allora, per quanto semplice e scontato, è diventato il modello principe da applicare in tempi di guerra. Io e lei, che era la mia difesa contro la solitudine, non eravamo più nemici di quanto non lo fossero un tempo uomini e donne stipati in un involucro di pelle scadente e peli sbiaditi, ma fra noi era comunque in atto una battaglia e si necessitavano armamenti quali l'indifferenza e la derisione, il bacio e l'ambiguità, da impiegare durante sessioni di strofinamento delle parti basse tramite spazzole da bagno, in attesa di scoprire chi dei due avrebbe scatenato la prima discussione. L'obiettivo era non ammettere di presagire una futura dipendenza dall'altro. Imbastivamo un teatrino di gradevole indifferenza per sancire i nostri reciproci obblighi nei confronti del partner. Ci affannavamo in una strenua negazione del bisogno. Forse un giorno sarà indetta una festa nazionale in onore di quel comportamento. La chiameranno «lunedì».

Conoscersi non era illegale. Era solo difficile. Come rampe di lancio usavamo città diverse, quando ancora le città erano collegate da strati di fumo detti strade e le strade non erano note come tappeti del diavolo.

Gli antichi erano così sleali da morire e scordarsi dei loro cari. Omero chiamava i morti «traditori». Perfino gli amori più grandi venivano semplicemente dimenticati, e i corpi dei sovrani si disfacevano alla stregua di quelli dei loro schiavi. L'amore tra due persone non è mai stato prelevato in una provetta e messo in vendita in un negozio, eppure talvolta io e lei, noi due, sulla soglia della reciproca repulsione, sull'orlo di un precipizio chiamato Risveglio, ci sdraiavamo a letto e agitavamo un corpo contro l'altro come se fossimo stati fatti d'acqua che poteva essere facilmente travasata. Ricorrevamo a una tecnica di contorsione chiamata abbraccio e stringevamo l'altro con forza, sperando che da qualche parte sul pavimento sotto di noi ci fosse un canale di scolo abbastanza ampio da raccogliere tutto il liquido di quell'estraneo che stavamo amando, e da trasportarlo via da noi, sempre più lontano, finché non avremmo udito solo un vago mormorio, che forse avremmo scambiato per un fiume.

VIA DAL MARE

È stato prima che scoprissi di poter sopravvivere a patate e acqua salata, prima che mia moglie prendesse l'abitudine di fare lunghe passeggiate nel bosco, prima che la nostra casa cominciasse a inclinarsi, a scricchiolare quando il vento si alzava al tramonto, una casa non diversa da un animale ferito che vaga per la selva, una selva non diversa da un bouquet di fil di ferro che spunta dalla terra, una terra non diversa da un sacchetto d'acqua forato, morbido al centro e cedevole al tatto, quando ancora i miei figli usavano i cucchiai per far rumore se gli parlavo, me li battevano in faccia mentre parlavo, piccoli soldati che brandivano posate come spade, sia che mormorassi, cantassi o urlassi le mie parole, sia che fossi gentile o duro nel tono di voce, cioè prima che sentissi il dito gelato pendermi tra le gambe, un cubetto di ghiaccio all'altezza dell'inguine, una zona fredda e umida, invece di un membro caldo e ampio che si dilatava solo a sentir l'odore di lei, quando l'odore era un refolo di vento, quando il vento era sangue chiaro che gli alberi trasudavano, prima che mia madre cominciasse a dire «Non ce la faccio» davanti a scale, marciapiedi, soglie di casa, prima che io iniziassi a paragonare il risveglio a un incidente d'auto, il camminare a una caduta libera, zappare l'orto a scavare delle fosse, cucinare per la famiglia a spalmare colla sulle pareti per poi ornarle di perline e gioielli, quando ancora paragonavo il pianto a una strategia di mimetizzazione, aprire la posta a far scattare una bomba, quando mia moglie iniziò a dire «Solo se ti va», prima che prendessi l'abitudine di fingere che non la stavo guardando, quando l'occhio era un pozzo di scuse, quando la faccia era un pezzo di legno sotto il divano, quando il divano era uno strumento per non crollare a terra e oltre, quando l'*oltre* era ancora qualcosa cui pensare la notte, quando in testa mi facevo film indicibili, prima che ai ritrovi cittadini acconciassi la faccia in maniera tale da mostrare il mio lato buono a chiunque si fosse preso il disturbo di guardare, a chiunque per sbaglio avesse guardato nella mia direzione, convinto che, se solo la mia faccia venisse osservata da certe angolazioni, avrei vinto qualcosa e quel qualcosa mi sarebbe parso vero, e le parole che avrebbero spezzato il sigillo che mi serrava le labbra avrebbero potuto significare qualcosa per qualcuno e risultare effettivamente utili quanto una maglia poteva fungere da schermo, come un pezzo di legno poteva fungere da arma, prima che mi rendessi conto, non senza timori, che il mio lato buono si stava sforzando di ricreare il lato cattivo, uguale o peggiore, così che di profilo il lato cattivo sembrava proiettato in avanti, superava il confine tracciato da naso, bocca e arcata sopraccigliare, spingendo verso l'alto la testa come una marea, quando ancora la marea non indicava un avanzamento d'acqua, quando gran parte delle parole non erano ancora avvizzite, quando il loro significato era semplicemente ignoto, prima che iniziassi a tendere i muscoli delle braccia se mia moglie per caso decideva di darmi l'abbraccio che a volte mi toccava ancora chiedere se ci incrociavamo all'ingresso, per poi notare che lei aveva notato che facevo il muscolo pur avendo sperato che mi indurissi al suo tocco e la lusingassi con la mia solita prontezza, quando tendevo i muscoli della pancia se lei faceva per toccarli, per paura che le sue dita riuscissero a penetrare la superficie come impasto, tanto che ogni volta che si avvicinava mi contraevo, scattavo, tremavo, all'inizio volutamente, ma in seguito per abitudine, producevo una serie di tic al principio scatenati dalla sua presenza, poi dal suo odore, poi anche solo da indizi della sua persona, camicie, borsetta, chiavi, fotografie, il suo nome, vedevo tutto questo come una minaccia al mio corpo, e quando ancora dovevo nascondere quell'orrore noto come «parti basse» a chiunque potesse vederlo, tutti i bambini, gli adulti, i cani di questo mondo, cui facevo la grazia di indossare delle mutande larghe, perfino a letto, assicurandomi che il bordo della maglietta superasse il girovita nascondendolo come una tenda, quando i vestiti erano separé, un servizio d'emergenza, prima che il telefono si annunciasse con uno squillo soltanto, prima che al mattino il campanello lanciasse un lamento stonato per poi non rivelare nessuno dietro la porta, prima che la posta diventasse solo un mucchio di pagine bianche, i sassolini schioccassero sui vetri, i gradini svanissero nel prato, prima dei rumori di zuffa, dei fruscii tutto intorno, e noi sempre a tavola, a letto, nelle nostre stanze, sulla soglia, chissà dove ma comunque ahimè rintracciabili, a prova di smarrimento, quando non esisteva la smania di passare inosservati o mantenersi fuori dai radar, e tutto, ogni persona, ogni cosa, era registrato, prima che potessi sentire ciascuno deglutire il cibo che avevo preparato, prima di udire i suoni di morte che produceva con la bocca come se stesse mangiando un microfono e il cibo precipitasse nel suo corpo atterrando nel buio come una pietra, quando ancora piantavo oggetti dentro le persone che in teoria erano la mia famiglia e che avevano cospirato per arrivare a somigliarmi tanto da costituire di per sé una critica al mio aspetto, e questi oggetti non venivano digeriti, bensì restavano a origliare, a spiare in mia vece mentre io mi collocavo altrove, seduto sul divano con ricettari o cataloghi o riviste o libri, all'epoca in cui leggere equivaleva a posare per una fotografia, nel senso che ti muovevi in modo tale che il libro potesse vederti come desideravi esser visto, quando guardare le fotografie equivaleva a nuotare sott'acqua, prima che scoprissi il difetto ai denti che mi si presentava ogni volta che incrociavo uno specchio, che toccavo con la lingua ogni volta che volevo ricordarmi che l'impronta del mio morso ricordava delle orme, e che gli altri l'avevano a loro volta notato, come scoprii accorgendomi che non mi guardavano mai negli occhi ma sempre la bocca, confermandomi di avere un viso difettoso, una vena che sembrava tracciata a matita sul naso, la sgradevole curvatura delle dita che mi mozzava le mani cancellando ogni speranza che potessero un giorno afferrare una tazza, una ciotola, un piatto, del denaro, dei capelli, prima che fosse dichiarato che il mio organo privato era torto, prima che prendessi il vizio di mettermi carponi, astraendomi dal mondo dei bipedi, rinunciando alla mia altezza, trasformandomi in un tavolo, seppellendo giocattoli e lettere in cortile, scavando nell'asfalto con un cucchiaio, pulendo le parti irraggiungibili del gabinetto, gattonando dietro i miei figli quando chiedevano a Papà di fare l'orso o il cane perché potessero saltarmi sopra e cavalcarmi e sferrarmi dei calci là dove ci sarebbero state le branchie se solo fossi stato un essere migliore che non era mai andato via dal mare, qualcosa di più bello che scivolava sott'acqua e respirava con agio, e me ne stavo lì a quattro zampe in cerca di cartelline, documenti, resoconti, e a quattro zampe sorprendevo mia moglie nella vasca, a quattro zampe entravo nell'armadio, in cucina, ovunque in casa insomma, dove tutto appare migliore se visto dal basso, dove l'azione è superflua e una persona può finalmente sottrarsi alla vista, proprio là dove inizia la terra e finisce l'aria, l'ultima fermata per gli oggetti in caduta, dove le cose possono riposare e perdersi, mi mettevo a quattro zampe per scongiurare le vertigini, per essere qualcuno che era già inciampato e non poteva più cadere perché era già giù, aveva toccato il fondo, l'acqua, ma non era ancora andato sotto, tanto che chiunque sopraggiungendo avrebbe potuto a buon diritto gridare «Uomo a terra!», prima che convenisse essere un uomo, uno che doveva recarsi in automobile a vedere come stavano certe persone dette genitori, prima che fossero stabiliti degli appuntamenti fissi per vedere i propri genitori, giorni della settimana con orari e restrizioni precise, come per esempio quando dormivano, o si preparavano ad andare a dormire, o si trascinavano fuori dal letto col proposito di sedere sul divano per mostrarsi ai miei figli, che potevano raggiungere il posto ed esaminarli, tramite conversazione, gioco, scambio di affettuosità, una scrupolosa analisi di quelle vecchie persone che erano chissà come, e in modo dubbio, affiliate a loro, il che accadeva ben prima che l'uomo arrivasse, prima che l'uomo bussasse alla porta una sera, un breve discorso racchiuso in un colpo sul legno, e venisse ad accomodarsi a tavola con la famiglia, un uomo che era tutto un sorriso e aveva una faccia migliore della mia, e prendesse dalla credenza un piatto e le posate dal cassetto, che era il primo che provava, l'aveva puntato senza esitazioni, tanto lo conosceva, e si sedesse con i bambini, parlasse con i bambini, bisbigliasse ai bambini finché quelli non posavano il cucchiaio e ridevano e muovevano la faccia per lui, prima della notte in cui l'uomo mi strinse un braccio intorno al collo mentre cercavo di uscire dal letto per andare a pisciare, costringendomi non a quattro zampe, ma sdraiato sulla schiena, non dolorante, affannato, spaventato, ma solo deluso di essere stato atterrato nella mia stessa casa, tanto che da allora quando di notte mi avviavo a tentoni verso il bagno per fare un goccetto, o me ne stavo lì in piedi con gli occhi chiusi per poi scoprire che non avevo muscoli per spingere fuori la pipì che il mio corpo mi diceva di fare, con le braccia sollevate contro possibili colpi, e camminavo con la guardia alzata, la testa girata di lato, in attesa di essere abbattuto, e perfino di giorno giravo per casa pronto a parare colpi, prima di trovare, una sera di ritorno dal bagno, lui a letto al posto mio, un successore, che stringeva mia moglie addormentata, quando ancora il sonno era usato come arma retorica contro la propria sposa, e mi guardava da una faccia che poteva un tempo essermi appartenuta, e ad ogni modo ben prima che la nostra casa iniziasse ad assottigliarsi, esponendosi ai capricci del vento, della luce, della gente, trasformandosi in un oggetto rimovibile che nonostante gli sforzi non riuscivamo ad ancorare a terra perché, come disse l'uomo, eravamo vuoti, anche se potrei aver sentito male, perché di colpo passò un aereo, e non udii altro che il rombo di un aereo che alla fine non c'era, come scoprii, c'era solo un boato assordante che non cresceva né diminuiva, come se sopra di noi l'aereo girasse in tondo, ma invisibile, quando ancora l'invisibilità si riferiva a cose così vicine da avvertirle come parte del proprio corpo, prima che iniziassi a udire quel frastuono quando aprivo il rubinetto, accendevo la radio, le luci, quando aprivo le porte o le finestre o un barattolo di salsa da versare sul cibo bianchiccio e colloso che offrivo a tutti, bastava quello ed eccolo, il rumore, come attratto da ciò che facevo, e aumentava qualsiasi cosa facessi, ero io stesso la manopola del volume, il mio corpo era un quadrante, e potevo utilizzarlo per creare in casa un livello di rumore tale da rendere la vita, oltre che me stesso, insopportabile, e il mondo non era più un posto dove potevi camminare, perché anche semplici azioni quali camminare o lavarsi peggioravano la situazione, così come parlare, per via dei suoni prodotti dal meccanismo della bocca, o mettersi il pigiama, che somigliava a una dichiarazione di guerra, sdraiarsi, una vera tortura, aspettare di dormire e chiedere ai bambini di fare più piano, un'ipocrisia da spaccare i timpani, e respirare, semplicemente respirare, mi faceva venire voglia di smettere. Se avessi continuato mi sarei ritrovato sordo, il rumore mi avrebbe intasato la testa, era troppo. Andavano prese misure drastiche. Era necessario un nuovo tipo di silenzio. Un'assoluta cessazione del respiro. Un irrigidimento generale. Che, senza dubbio, poteva essere ottenuto con l'ausilio di quelle armi spesso al di fuori della nostra portata che chiamiamo mani.

6

LA BRUGHIERA

Quel giorno al lavoro Thomas il Morto, come si era privatamente soprannominato, aveva commesso un errore di valutazione, rivolgendosi a una collega con un linguaggio infantile. Fino a quel momento non si era piegato a tanto nemmeno col figlio. Perché dare al bambino un'altra ragione per guardarlo con quegli occhi freddi e strani? Né aveva mai ceduto alla tentazione di produrre quei versi affettuosi che solitamente si riservano agli animali e che i colleghi si balbettavano a vicenda quando intascavano la paga e uscivano a festeggiare. Thomas preferiva parole definitive, del tipo che si pronunciano in punto di morte. Era certo che una spiacevole manciata di decenni addietro, quando ancora era un adolescente e se ne andava in giro con la sua barba rada e la cravatta sopra la camicia a maniche corte, sentendolo parlare la gente avrebbe detto che fosse vecchio e stanco e amareggiato, un giovane che aveva già tratto le sue conclusioni sui fattori chiave della giornata, quando la fiducia in se stessi era ancora il mezzo più efficace per assicurarsi una compagna ed evitare una vita di solitudine infernale – non che per lui avesse funzionato. Thomas era una persona che considerava l'atto del parlare, quei discorsi esplosivi e cantilenanti che mostravano al mondo che razza di imbecille uno fosse, un fastidio che per di più inacidiva il corpo come una tossina.

Thomas e la collega si erano trovati a rifornirsi di caffè nello stesso momento, perché Thomas non aveva calcolato bene i tempi e aveva mancato il momento giusto per raggiungere il carrello del self-service prima degli altri. Quell'errore, come gran parte dei comportamenti che lasciava trapelare nel mondo, avrebbe potuto essere evitato: si era ficcato in una situazione che implicava uno scambio imprevisto, spontaneo, rischiando così la totale dissoluzione morale oltre che emotiva. Morte da conversazione, e via dicendo. Evitabile. Dopotutto l'aveva vista, la collega, avvicinarsi con una tazza dipinta a mano che gli penzolava dal dito. Quindi il pericolo di un incontro a viso aperto, non calcolato, non poteva essere più reale di così, e la colpa ricadeva tutta su di lui. Forse era stato per via della sfrontatezza con cui la collega era passata accanto alla sua scrivania. Come si dice, si era chiesto Thomas, quando uno è in grado di farti sentire inferiore, o più in generale di merda, semplicemente camminando? Quando la semplice modalità di deambulazione, severamente disinvolta, funge da monito per soggetti grassi, sudati e irrimediabilmente falliti che, stanchi, gonfi e arrabbiati, se ne stanno seduti sulle loro sedie?

Le avvisaglie erano state ignorate. La collega gli era passata davanti sfoggiando vitalità. Thomas aveva respirato quel piglio, quel contegno alla «non mi avrai mai», così come la scia spiraleggiante di profumo che si era lasciata dietro. Si potrà copulare con una colonna d'aria?, si era chiesto. Da qualche parte ci saranno delle maniglie? Così, stimolato dal profumo e dal proprio desiderio risvegliato, e deciso a ricacciare indietro la paura, era balzato all'inseguimento, neanche la collega fosse stata un veicolo sul quale all'improvviso si era reso conto di dover salire, pur sapendo (o non avendo riflettuto abbastanza) che non avrebbe potuto fare altro se non attendere alla macchinetta del caffè dietro di lei, disturbando l'aria con il proprio corpo voluminoso.

D'altro canto Thomas proprio non riusciva ad afferrare il motivo per cui una persona che sperava di arrivare incolume alla fine della giornata dovesse accettare di prendere parte a quella fantasia di cooperazione, disseminata qua e là come Lego, che la parola «collega» evocava: uno scenario in cui un gruppo di individui, radunati all'ombra dello stesso incombente didietro – una cosa che non aveva mai imparato alla scuola serale era il termine per indicare il suono della voce umana quando sulla bocca era premuta un'untuosa fetta di natica –, decidevano di prendersi a braccetto, canticchiando canzonette, in un impeto di produttività collettiva, solo perché pisciavano contro lo stesso muro o cadevano ogni giorno in uno stato di torpore di fronte ai cracker salati della macchinetta automatica. «Colleghi» era una parola vaga per indicare collaboratori che non avrebbero esitato a banchettare sul suo cadavere, se mai fosse stato trovato privo di sensi in bagno. Eppure anche lei era una sua collega, o collaboratrice, una sua pari, o nemica che dir si voglia, e Thomas non riusciva a togliersi di testa l'Inghilterra. S'immaginava una cartina dell'Inghilterra vecchia e ammuffita che, marcendo perfino nella sua indisciplinata immaginazione, non riusciva a rivelare nulla nemmeno allo sguardo più attento (chi si occupava di controllare, si domandò, le cose che immaginava la gente?). Non era poi così distante, quell'Inghilterra con i suoi uomini barbuti che litigavano a morte per Platone, il quale con garbo si denudava e prendeva parte alla transazione sessuale senza mai interrompere il chiacchiericcio generale, neanche considerasse il massimo della maleducazione ansimare o cedere terreno retorico al momento della penetrazione, perfino con quel britannico esemplare di membro barzotto e fetente di tubero.

La collega aveva gaiamente attraversato il corridoio trascinandosi dietro Thomas, che nel frattempo le fissava l'austero posteriore. Una breve processione, la loro – come una mamma furiosa con bambino piagnucolante appresso, aveva pensato Thomas (un bambino *di gran lunga* più vecchio della madre) –, una sfilata davanti alle scrivanie esterne, le vaschette della posta e le porte dei vari laboratori non dotate di maniglie, bensì di lunghe leve cromate che normalmente si vedono sulle celle frigorifere. Thomas voleva chiamarla, Mamma, aspetta!, e gli era venuta una voglia improvvisa di gorgogliare, buttarsi a terra e massaggiarsi una parte del corpo per tranquillizzarsi. L'aveva liquidato come un *comportamento del tutto accettabile* che non si sarebbe mai concesso. Se solo fosse stato fisicamente morto, o abbastanza ricco, da poter soddisfare quelle, ehm, necessità inespresse!

Non erano amici, Thomas e la collega, ma non si erano forse ritrovati chiusi nello stesso ascensore puzzolente di benzina tante di quelle volte – oltrepassavano i reciproci confini con bellica regolarità e, tutto sommato, ostilità ridotta – da meritare automaticamente, voleva sapere Thomas, un lieto fine di qualche tipo? Esisteva forse una migliore definizione di matrimonio di quella battaglia senz'armi tra due adulti esausti e quindi determinati a fissare un punto sopra la testa dell'altro in un'ostentazione di raggelante indifferenza? Una guerra fredda, l'avrebbe chiamata Ramsey. Ramsey, che lo aggiornava su vita matrimoniale e paternità ogni volta che firmava per ritirare il materiale – un becco di Bunsen, un vassoio e uno strumento per il filtraggio degli allergeni che chiamavano Muso d'Uccello – e che gli aveva parlato spesso delle sue levatacce per andare a controllare quel viziato mangia-carta del figlio, un bimbetto che, a sentire lui, alle otto e mezza del mattino era già sveglio da quattro ore, delirante e sul chi vive come una vittima di torture, una descrizione che a pensarci bene si sarebbe potuta a buon diritto applicare a Ramsey stesso. In effetti, quando provava a immaginarsi il bambino di Ramsey, Thomas vedeva un altro Ramsey, vedeva due Ramsey paonazzi che si rincorrevano in una stanza imbrattata di semolino. Ramsey Grande e Ramsey Piccolo che tentavano di uccidersi a vicenda. Un classico del rapporto tra padre e figlio.

A volte Thomas era quasi sicuro che la collega, magari in ascensore, gli sentisse addosso il tanfo delle poche ore che aveva dormito, mentre di contro a lui era concesso notarle la macchia di sugo sulla schiena o le piccole onde della biancheria ammonticchiata in vita. Alla fine si creava un certo grado d'intimità. Ormai non sarebbero dovuti andare oltre il turgore romantico e l'impeto decadente della condivisione di cui erano preda altri soggetti sposati di mezza età, in favore di una più coinvolgente stagione di compostezza e teatrale indifferenza al reciproco, lieve ma stabile, dolore? Sempre ammesso ovviamente che potessero dire, in generale, di conoscersi.

Thomas disponeva di una sola scusa per percorrere il corridoio fino in fondo – il carrello del caffè – non avendo accesso a nessuna delle stanze che vi si affacciavano, o celle frigorifere che fossero. Sopra le porte comparivano insegne luminose con scritte quali CONTIENE CARCASSA. TORNARE INDIETRO! Ma tornando indietro si attirava troppo l'attenzione, e Thomas dubitava di riuscire a invertire il percorso senza incorrere nella necessità di fornire una spiegazione verbale per quella decisione – *Adesso torno indietro perché ho paura!* – e la sola prospettiva di un'esternazione tanto bizzarra e sospetta, per quanto ben enunciata, gli procurava un certo malessere. Che razza di idiota fa una cosa e poi spiega perché?

Così, in preda al rimpianto, all'adrenalina e alla paura che percepiva ormai come una vecchia amica, aveva trotterellato dietro alla sua collega. Non aveva una tazza personale. Avrebbe dovuto rimediare sul posto. E aveva anche un problemino, ehm, con le mutande. Ma per il momento era in corsa, e faceva del suo meglio per atteggiare viso e corpo in modo da esprimere profonda determinazione, a fare cosa ancora non gli era ben chiaro.

La collega era una donna lunga, interessante da un punto di vista anatomico, oltre che generale. Ma quando Thomas, come era sua abitudine, aveva evocato nella mente uno scenario di nudità coitale con lei per crearsene un'immagine, al posto della vagina non aveva visto altro che uno schizzo a carboncino dell'area in questione, uno schizzo approssimativo di qualcosa in cui in teoria avrebbe desiderato seppellire il volto e piangere di sollievo. La cosa l'aveva non poco infastidito perché, malgrado non sapesse disegnare, era convinto di poter concepire ogni tipo di disegno, un catalogo enciclopedico di, ehm, *squisita immaginificità*, dote che in quel caso risultava del tutto inutile.

Non era la sua nudità ciò che bramava (le pieghe, le curve e i risvolti rosso vivo che culminavano in un'esplosione di peli), tuttavia in lui c'era un che di coscienzioso, una parte asservita a un'elementare forma di speculazione sessuale, come se la sua strategia erotica fosse stata oggetto di sorveglianza da parte di specialisti, e quindi aveva diligentemente introdotto la nudità nel suo personale flusso di pensiero perché ne prendessero nota. Se non altro quegli specialisti avrebbero visto che era in grado di attenersi agli standard nazionali. In ogni caso, nell'evocare immagini di genitali era del tutto imparziale: non passava persona cui non riservasse una cortese occhiata dalla vita in giù. Il risultato era una carrellata di istantanee da caffè, così le chiamava, e lo confortava il pensiero che quella sua fondamentale attività immaginifica, il lavoro visivo che gli era costantemente richiesto e che lo teneva occupato più di ogni altra operazione creativa, consistesse nel dare corpo agli organi sessuali di tutti quelli che vedeva e nel catalogare i relativi dati per uso futuro. Per lo più questo materiale genitale che colorava la sua galleria era una sorta di rielaborazione sintetica del volto della persona, visto cioè come se fosse stato spremuto a mo' di spugna o calpestato dalla suola di una scarpa. L'estetica in ballo – quella che Thomas riconosceva come suo paradigma fondante a livello di raffigurazione, avendo letto in *Tutto su tutti!* di giugno che le nostre immagini mentali sono il prodotto di un più profondo senso di ordine, logica, bellezza e ineluttabilità, che la cosa ci piaccia o meno – era simile a quella per cui un cane (un coniuge, un figlio, chiunque rientrasse nella schiera dei soggetti cui tenevamo e che, soprattutto, nutrivamo) tendeva ad assomigliare al suo padrone. Il prodotto di un processo per cui il volto più incisivo, più forte, veniva spalmato sul volto più debole, rendendolo identico al primo. Il tutto doveva obbedire insomma a una regola scientifica dal nome buffo, qualunque fosse, un vecchio espediente biologico che, a quanto aveva potuto vedere, ci spingeva a tenere a noi stessi e al nostro sostentamento. I genitali, quindi, dovevano in un modo o nell'altro evocare un volto, raccontare una storia, o piuttosto, come pensava Thomas, il volto, con le sue pieghe e i suoi risvolti, doveva fungere da mappa del *terroir* sessuale. Qualcuno che fosse maggiormente influenzato dalla poesia avrebbe certamente potuto uscirsene con una metafora migliore. D'altro canto questo poteva voler dire che la sua immaginazione era irrimediabilmente limitata, visto che aveva bisogno di ricavare indizi da una faccia. Gli artisti avrebbero riso della sua ingenuità. O si sarebbero semplicemente annoiati a morte. Ad ogni modo Thomas confidava che guardando un volto sarebbe stato subito in grado di dedurre l'esatto aspetto dei genitali della persona cui appartenevano. Senza margine d'errore.

Una volta che fossero arrivati al carrello del caffè, Thomas avrebbe dovuto sforzarsi di imbastire con la collega una conversazione che, una volta analizzata a livello di contenuto, stile ed esposizione da chiunque si fosse preso la briga, non lo avrebbe fatto finire in una casa di cura o gettato in un armadio che qualcuno da qualche parte aveva preparato per i miserabili, i soli al mondo e i disturbati. Perché era questo che facevano le persone intorno a lui. Emettevano verbosità a brandelli, e nessuno piangeva mai, né veniva colto dagli spasmi, né moriva. La pulsione quasi sessuale che Thomas aveva verso l'autodistruzione perpetrata tramite incontri difficili, incontri come quelli, con donne che lo battevano su ogni fronte possibile, avrebbe fornito il più dolce argomento d'analisi durante le operazioni di valutazione degli errori che avrebbe compiuto nei giorni a venire, il più appagante dei passatempi. Adesso so come occupare il fine settimana, pensò. Era come se fosse stato programmato per fare proprio la cosa sbagliata, e come gli era già capitato s'immaginò di avere sulla schiena un tastierino numerico a disposizione di tutti, un display umidiccio che non si riusciva a pulire neanche con una di quelle spazzole curve. Sarebbe stata un'altra porzione di pelle che prudeva, doleva, che si rompeva e talvolta sanguinava. Un'altra voce sulla lista. Uomini Grassi col Prurito alla Schiena, si sarebbe chiamato il gruppo di sostegno cui avrebbe preso parte. *Programmiamo papà*, avrebbero detto i bambini, e lui avrebbe sollevato la camicia per farli divertire, con la pancia che strabordava dalla cintura. Di chi era stata l'idea di quel corpo? Sicuro che servisse un altro motivo per sentirsi orribili? E se non un tastierino, magari un alfabeto goffrato sulla cassa toracica – sempre che riusciate a trovare le costole, pensò –, nere topologie a sbalzo come marchiature da bestiame, in modo tale che i pedoni e Dio solo sapeva chi altro avessero potuto mandarlo in crisi senza sforzo e umiliarlo *semplicemente codificandolo*, nonostante trascorresse le sue serate a casa a creare un attrezzo che gli permettesse di prendere il controllo della zona, o se non altro di difenderla da estranei dattilografi.

Protezione era ciò cui Thomas mirava, dalla gente, dalle parole, dai corpi e dagli sconvolgimenti che questi causavano solo con la vicinanza. Perché l'ufficio non gli forniva una tinozza d'acqua salata dove immergersi e stare a macerare ogni volta che alla scrivania non aveva nulla da fare? Una bara – ritta in piedi, trasparente, in modo che gli altri potessero vederlo sospeso nella soluzione salina – che lo tutelasse?

Non avrebbe fatto differenza. Avrebbe scovato l'esubero d'infelicità e vi avrebbe strofinato sopra la faccia finché il prurito non fosse cessato, per quanto improbabile.

Era stata una giornata senza variazioni climatiche degne di nota, le auto grigie sfrecciavano silenziose come proiettili traccianti e l'aria era talmente bagnata e stopposa da sembrare schiuma. La settimana prima una serie di uccelli era stata mandata a schiantarsi e scoppiare contro le vetrate dell'ufficio. Thomas si era immaginato che fosse in corso una parata cittadina e che quello fosse un tentativo di riempire il cielo di colore, ma di recente era arrivata una mail in cui si spiegava che stavano testando un nuovo sistema di scansione del tempo. Thomas non si era preso la briga di reimpostare l'orologio, nonostante a cadenza oraria gli uccelli comparissero in cielo, picchiassero contro la vetrata e subito dopo l'impatto precipitassero sottraendosi alla vista: *puf*, nuvoletta di polvere chiara, e il sobrio orologio bianco appeso alla parete scandiva una nuova ora.

Fino a quel momento nessuno, in ufficio, aveva battuto ciglio, come se un massacro del genere fosse stato solo un incidente di percorso. E se Thomas non avesse visto il mucchio di uccelli che marciva in cortile, be', avrebbe potuto pur sempre immaginarselo, no? Un pensiero con cui non era semplice scendere a patti e che lo teneva impegnato finché, al tramonto, le luci dell'ufficio non imbrunivano e gli impiegati venivano rilasciati in strada, liberi di barcollare a casa, ingropparsi la loro bambola di legno per trarne un po' di conforto e poi gemere tutta la notte sotto le coperte, o qualunque altra cosa facessero, quando non analizzavano soglie allergiche, applicavano il becher alla teoria o ravanavano in un sandwich con un solo, rancoroso dito.

Quella era storia ormai, risucchiata in una pappetta marrognola di oblio. Ora non c'era nessun altro in piedi, oltre lui e la collega. Thomas si girò a guardare gli impiegati e vide colli e teste, braccia rosse e grasse. In laboratorio era l'ora del campionamento degli errori, se non altro nella sua unità, un lavoro frenetico, spasmodico, un affannarsi che somigliava ai primi tentativi di masturbazione: sprazzi improvvisi di digitazione al computer, mentre il gruppo ansimava come un'unica bestia con un polmone difettoso. Seguendo la collega, Thomas badava bene a non far rumore, controllando il respiro e riducendo al massimo il fruscio dei pantaloni. Ma solo perché nessuno guardava, non significava che il suo proposito sarebbe passato, ehm, inosservato. Thomas continuò a fissare dritto davanti a sé, gettando però una fugace occhiata all'untuosa telecamera di sorveglianza, una lente incastrata nel cartongesso sporco dietro al quale con ogni probabilità Sully della sicurezza li stava scrupolosamente ignorando. Thomas se lo immaginava con i pantaloni abbassati e una morbida fetta di pane bianco avvolta intorno al pene, mentre i monitor ammantavano di luce azzurra quei dementi che camminavano, dormivano, si alzavano e si strigliavano, sparsi nei Crawford Labs.

Quella era la parte semplice. Un rettilineo che gli avrebbe dato il tempo di ricomporsi. Ah, ah, risate grasse. Mentre camminava si tirò giù la camicia, incastrò i pollici tra cintura e pantaloni lungo i fianchi gommosi. Mai aggrapparsi a se stessi!, era la vecchia massima di qualche saggio che ora marciva in un fosso, una frase andata persa tra lavori di cucito e tazze di caffè. Si leccò un dito per mano e si passò la saliva asciutta sulle sopracciglia. Un'operazione del tutto superflua. Se solo avesse potuto perdere un arto, o scavarsi nella faccia per ottenere un'espressione che fosse meno thomasesca. *Lavoriamo un po' su questa faccia, che dici?* Al momento, però, la sua faccia appariva come se qualcuno avesse *tentato* di darle un'altra forma e avesse fallito.

La collega, immersa nella sua nube di superiorità, si era preparata in anticipo, non c'era dubbio. È nata pronta, pensò Thomas, e se la immaginò al momento della nascita, già adulta, accolta in una sala luminosa da un team di scienziati che la lavavano con un tubo dell'acqua e le infilavano speciali indumenti per uscire a umiliare il prossimo. Con ogni probabilità lei adorava quelle occasioni di ritrovo in ufficio, non vedeva l'ora che si presentassero per poter gettare merda qua e là, e far abbassare la cresta a tutti.

Ma si poteva scendere più in basso di così?, voleva sapere Thomas. *Se vuoi andiamo sottoterra, eh, che dici?* La risposta sarebbe arrivata presto, al carrello del caffè, dove l'attività primaria di rimediare da bere, quell'animalesca ricerca di fluido caldo e nero che Thomas perseguiva rigorosamente *da solo* per non dover avviare una conversazione, sarebbe durata troppo a lungo per non implicare un qualche genere di scambio verbale.

Il problema era che il carrello si trovava in un ambiente a parte, una specie di arena che il personale di laboratorio – e chiunque lavorasse, bevesse, mangiasse e soffrisse presso i Crawford Labs – era solito chiamare «la brughiera». La brughiera era così mal concepita a livello architettonico che i cosiddetti fondatori dei Crawford erano riusciti a piazzarci dentro solo il carrello del caffè e qualche decorazione in stile germanico che sembrava come spruzzata da un tubo – un tubo con nozioni etnografiche, per giunta. Nascosti da qualche parte c'erano degli architetti che si fregavano le mani, ridendo degli idioti che si sottoponevano a una quotidiana demoralizzazione negli spazi da loro progettati. Demoralizzazione, appiattimento, umiliazione, oltre che, per puro divertimento, totale desessualizzazione. Genitali cancellati. Vuoti levigati con strumenti di Photoshop. Ani stuccati.

Tanto valeva dotare la brughiera di una postazione di cancellamento genitali in cui sostare prima di uscire. Un apparecchio simile a una fontanella, incastrato nel muro. Vi accostavi i fianchi e lui ti ripuliva. E tutte quelle teste d'uovo che se la ridevano e indicavano, magari raggiungendo l'estasi tramite strofinamento. Forse i loro cervelli risiedevano fuori dalla testa, conservati in barattoli ribollenti di Coca Cola. Traevano senza dubbio un piacere pornografico dall'osservazione di quei decessi, di quelle persone condotte in punto di morte e tenute lì in sospeso solo da misure calcolate precedentemente, dalla semplice natura architettonica dell'ambiente. Qualcuno ci aveva già pensato, si disse Thomas, aveva previsto il potere distruttivo di certi spazi, quindi chi se ne importava, era l'ennesima buona idea che lui non aveva avuto. Gli edifici erano tombe, naturalmente, ma questo si scoprì solo più tardi. All'inizio erano macchine di morte. Solo a lui sembrava una metafora confusa? E dove l'aveva letta? Probabilmente in uno di quei libretti tenuti insieme da un nastro che era stato dato a lui e June come regalo di nozze, la dissertazione di laurea del fratello minore di qualcuno. *Tanti auguri, ecco l'oscuro frutto dell'istruzione di mio fratello. Vi vogliamo bene!* Non ricordava di aver inserito una voce simile nella cazzo di lista di nozze, o dovunque lui e Juney avessero elencato gli oggetti che avrebbero trasformato il loro banale matrimonio in un'alleanza fra superpotenze.

Da qualche parte, in un server, giacevano freschi filoni di dati sullo sterminio architettonico, e la teoria era sicuramente *infallibile,* pensò Thomas trascinandosi dietro alla baldanzosa collega che proprio in quell'istante stava scomparendo in fondo al corridoio. D'altro canto, chiunque associasse pubblicamente un edificio a una bara, chiunque denunciasse ciò che ogni umano di cui si avesse notizia aveva già accettato come verità, era ufficialmente considerato da tutti un coglione.

Era evidente che la brughiera fosse stata concepita per agevolare la produttività di cui gli architetti fantasticavano nei loro hotelier – in qualsiasi modo si chiamassero i loro studi –, spazi dove i giovani assistenti, in T-shirt e gambe nude, tracciavano disegni, vincolati per contratto a *rimuovere gli ostacoli* alla creatività dei loro maestri. La brughiera doveva essergli sembrata il luogo ideale per pensare e produrre al meglio, perché no?, in base alla convinzione che le persone che la avrebbero effettivamente occupata per dar sfogo alla propria creatività non sarebbero mai state stanche, abbattute, brutte o tristi. *Come la nostra cara collega, immune ai capricci dello spazio, a prova di mestizia.* La brughiera era fatta per gente che non aveva alcuna voglia di morire in orario. Gli architetti non progettavano edifici per falliti totali, per pappamolla. Per quello erano sufficienti delle zuppiere. Qualcuno aveva mai dedicato una dissertazione a questo? Nessun fratello ciccione era disposto a farlo? *Il posto è ancora vacante.* Le fabbriche avrebbero accolto schiere di camion carichi di tinozze in cui versare gli uomini-zuppa. Finora gli architetti se l'erano cavata con la convinzione che, in base a dati accertati, le persone non fossero già tecnicamente, irrimediabilmente morte, quando invece sciaguattavano nei loro sacchi di stoffa, veri e propri colabrodo ambulanti. È il loro primo errore, pensò Thomas, convincersi di non essere dei costruttori di bare. Perché non chiamare gli architetti col loro nome?

Quella settimana, almeno per il momento, non si erano visti uccelli, ma gli uccelli sarebbero stati una benedizione in confronto a quell'ignoto fascio di fragilità che aveva preso il loro posto. Il nuovo sistema di scansione del tempo aveva assunto la forma di un orrido tonfo umido che scuoteva l'intero edificio, e ogni volta faceva calare il silenzio sulla sala delle analisi dei Crawford Labs, come se un'enorme busta piena di qualcosa, *qualcosa che era capace di provare grande dolore*, Thomas ne era certo, fosse precipitata all'esterno, atterrando con un acuto gemito di agonia. Quel giorno, ogni volta che si era girato verso la finestra, non aveva visto né udito niente, e se i colleghi incrociavano il suo sguardo perso e bisognoso di conforto, sempre che si potesse definire così, ostentavano un certo fastidio nei suoi confronti, neanche fosse un bidello venuto a vuotare i cestini delle cartacce: senso di colpa, gratitudine e disgusto si levavano come fumi dalle loro teste. Una volta aveva frequentato un corso serale, e da quel poco che gli era rimasto in testa aveva appreso dell'esistenza di una parola usata per descrivere la scelta, da parte di un gruppo, di ignorare il dolore del prossimo. Una parola molto bella. Perfino i colleghi più innocui, quelli della specie più comune, erano capaci di crudeltà e raggelanti dimostrazioni di indifferenza. Ma qualunque fosse stato il termine per un simile crimine morale, ora era svanito nell'aria. Non che conoscerlo avrebbe fatto molta differenza.

Thomas fece ingresso nella sala sobria e luminosa a pochi passi dalla collega, e si portò una mano alla bocca. Il solito odore. Non di caffè, ma di arti bruciati. Chissà cosa uccidevano e cuocevano lì ogni notte. Da qualche parte doveva esserci un video a documentarlo. Quella, dunque, era la brughiera: un luogo di morte dipinto di beige, con un carrello solitario come una navicella spaziale di epoca Tudor incassato nel pavimento. Finestre, nossignore. Porte, nossignore. Spazio ottagonale, ok. O magari aveva un numero di pareti diverso, e una, se possibile, appena *più bassa* delle altre: di certo non quattro, insomma. Di uscite romantiche in simili case degli specchi ne aveva già fatte; era stato uno dei suoi appuntamenti preferiti con June, tanto tempo prima, ma la brughiera non produceva la stessa illusione ottica, non procurava gli stessi lievi attacchi di diarrea o di smarrimento, né ispirava perversi pensieri sessuali. A confronto la parete più bassa della brughiera somigliava più a un errore. Forse adesso la brughiera era una stanza degli specchi per gente come lui, con facce ipernutrite e occhi così stanchi da vedere tutto schiacciato, strizzato e leggermente umido. *Ogni stanza è una casa degli specchi per chi ha la faccia difettosa.*

Tolse la mano dalla bocca e saggiò cautamente l'aria, lasciando trascorrere un minuto. Davanti a lui la collega rallentò il passo e Thomas si trattenne sulla soglia, a sorseggiare aria tracciando la schizofrenica traiettoria di un insetto. Diffidava delle soglie – conosceva un gran numero di persone che vi avevano fatto una brutta fine – e prima di allora non si era mai trovato a indugiare nei paraggi della brughiera, poiché aveva i suoi metodi per stabilire che la via era libera prima ancora di mettersi in cammino (che razza di idiota non ne aveva?).

Thomas osservò la schiena finemente abbigliata della collega e avrebbe voluto scriverci sopra un RIP. Era chiaro che i progettisti della brughiera auspicassero decessi spettacolari per chi vi entrava, e Thomas era sorpreso che la collega non avesse già esaurito la sua dose di allegria e la stanza non l'avesse brutalmente smembrata. In generale chi tornava dalla sua avventura al carrello delle bevande era terreo in volto e prosciugato di ogni sentimento, malgrado fosse partito raggiante di carica sessuale, deambulando bene e ostentando felicità. In quel posto qualunque tentativo di negazione della realtà, perfino il più deciso – non che lui fosse un esperto – veniva umiliato. *Vediamo la collega non morire di tante piccole morti a partire da... adesso.* Thomas aveva scoperto che, se aveva da fare del lavoro alla fontana o ai campioni, poteva sedersi a guardare i colleghi uscire dalla brughiera, ed era come assistere a una sfilata di prigionieri di guerra, di quelli che non hanno più un briciolo di energia in corpo e si trascinano dietro la pelle lasca, di quelli che nemmeno il dolore riesce più ad animare.

La collega, però, sembrava al riparo dall'inevitabile sconfitta cui la brughiera condannava tutti quanti. Faceva dondolare la tazza e il suo portamento era quello semplicisticamente estatico del fedele di fronte al grande altare di una celebre divinità. Sembrava colta dall'attimo di esitazione che preannuncia una scelta, e dal suo petto si levavano profondi sospiri di piacere, tanto che a Thomas che la guardava da dietro pareva un soffice muro che respirava. Un muro infarcito di qualcosa di terribilmente seducente. Era autorizzato ad avere un simile pensiero? *Ciao, soffice muro,* avrebbe voluto dire. *Ti amo.*

Quella tazza gli era stata sventolata davanti più di una volta e probabilmente, in zona, non esisteva un altro articolo di ceramica che si fosse attirato altrettanto biasimo. La collega la faceva roteare come se si preparasse a lanciarla contro una parete. E forse sarebbe stato il caso. Il figlio di non sapeva chi era stato erroneamente elogiato per aver prodotto quell'obbrobrio, e ora qualcuno ne stava facendo diligentemente uso al lavoro, *ci beveva* cioè, a dimostrazione che gusto, stile, buon senso e perfino la logica stessa – quintessenza dell'indagine – potessero essere facilmente messi da parte in favore di sbalorditive conquiste infantili.

Thomas seguiva con lo sguardo le oscillazioni di quell'ammasso informe di argilla cotta. Che razza di mostro non avrebbe amato all'istante, incondizionatamente, totalmente, una tazza così, magari finendo per eiacularle di gioia addosso? Sei un essere talmente spregevole – si chiese in segreto, con la voce tonante che suo padre avrebbe potuto usare per vestire i panni dell'avvocato in uno dei suoi servili spettacoli estivi (al cui ricordo si sentì di lanciare un monito generale: Mai assistere alla recita di un padre) – da dover per forza applicare anche in questo caso un metro di valutazione adulto, come un critico? Ti senti forte a denigrare un bambino? Andava bene finché ti ergevi a censore di manufatti prodotti da signore e signori artigiani, a sensale di valori, ma quella era una tazza confezionata da un bambino, per la miseria: che cosa provavamo sminuendola se non la nostra stessa egoistica meschinità, la nostra profonda insicurezza e un'incontenibile smania di alienarci chiunque rientrasse nel raggio d'azione del nostro scrutinio?

Era pervaso da un fiume di retorica in quell'immaginario scontro con la sua collega, che lo incalzava senza pietà, e non era poi così spiacevole sparare sul facile bersaglio, sentenziare dall'alto delle proprie convinzioni morali, anche mentre la grottesca tazza gli dondolava davanti bordata di rimasugli labiali e chissà cos'altro. *Inezie provenienti dalla cavità orale. Stralci di discorso.* Sbuffò e si piegò di lato, mezzo sperando che la collega voltandosi lo notasse, pieno com'era di coraggio. Signore e signori, e ora fa ingresso in sala Thomas l'Impavido, difensore dei piccoli. Non l'avrebbe forse ammirato per questo, perché stava dalla parte dei bambini? Se solo potesse leggermi nel pensiero, si calerebbe subito le mutande. *I miei pensieri dovranno pur contare qualcosa.*

La collega non si voltò. Indurla a farlo con la forza del pensiero gli aveva soltanto prosciugato le energie. Thomas si soffermò a studiarne l'intera figura avvolta nella lana marrone mentre si serviva da bere, e trovò che ci fosse qualcosa di triste nella sua vulnerabilità. Non siamo preparati a essere visti da dietro, pensò, ed era incredibilmente ingiusto, ammesso che la giustizia fosse ancora parte in causa, che chiunque potesse guadagnarsi un simile vantaggio semplicemente avvicinandosi di soppiatto e valutando il territorio corporeo in questione, il quale non aveva avuto alcun modo di prepararsi a subire una tale investigazione. *Ciao, mi chiamo Thomas e ti ho vista da dietro. So già tutto quello che c'è da sapere.* La collega a quanto pareva si era impegnata molto nel progetto di valorizzazione del proprio aspetto – era proprio un gran bel progettino di persona – ma aveva sorprendentemente tralasciato di escogitare un sistema di retrovisione.

Osservata da quella prospettiva, la prospettiva di Thomas, aveva qualcosa di inumano, anche se a ripensarci, forse «inumano» era il termine sbagliato, per quanto fosse soddisfacente da usare. *Sono stato nella brughiera con la mia collega inumana*. Non suonava male. *Era sera, e ho proposto alla mia collega inumana di seguirmi nelle mie stanze al piano di sopra*. A dire il vero quella posizione di vantaggio, rivelandogli il disordinato lato posteriore della collega, gli mostrava una parte umana per cui doveva ammettere di non provare alcuna simpatia: era la parte debole, triste, invisibile – *Nascondi la tristezza sotto un sasso, oh collega dalle belle ossa!* – che gli indumenti non riuscivano adeguatamente a nascondere. Il grande fallimento dell'industria della moda. *Oh, commercianti di tessuti, geni del camuffamento, dove siete finiti?* A livello posturale – non solo con la faccia da poker, ma con il corpo intero – la collega non dava segno di aver notato di essere soggetto di attento scrutinio, ma naturalmente l'indifferenza era un sotterfugio: che cosa ci avrebbe guadagnato, si chiese Thomas, a rivelare un certo grado di preoccupazione? In generale, che vantaggio poteva mai esserci? La gente si faceva bella – quando si faceva bella – sul davanti, e al massimo rivolgeva un'occhiata veloce al riflesso allo specchio della grottesca calamità che si portava dietro e che, per via della torsione, finiva per risultare inverosimilmente allungata. Non era forse il caso che una persona del rango e della statura della collega avesse alle sue dipendenze un assistente, un responsabile d'apparenza (riportate qui l'apprendista architetto!), incaricato di congegnare una serie di prospettive da cui osservarla, e grazie alle quali i di lei potere e prestigio non sarebbero stati altrettanto minabili che se fosse stata vista alla luce del giorno come adesso, esposta, totalmente indifesa e – Thomas esitò scandagliando la brughiera con lo sguardo, dispiaciuto che nessuno potesse apprezzare quella pausa drammatica – sacrificabile? Uno schizzo della sua risatina malefica finì addosso alla collega, e Thomas mosse la mano in aria come per cancellarlo. Io sarò il tuo retrotestimone, voleva sussurrarle. A me la vista peggiore. Invia me, Thomas, in avanscoperta in questa palude di tristezza. A che le serviva tanto potere, se non si accorgeva neanche di quanto apparisse sola, errante e violata da dietro?

Nella brughiera non c'era modo di nascondersi, e lui lo sapeva. L'unico rifugio era il carrello stesso, concepito a forma di casa, una casa in stile Tudor, con le pareti di un misto di gesso e malta, e le assi di legno scheggiate e dipinte di scuro per sembrare intrise d'umidità, o forse per dare al legno un'aria autentica, accentuata da finti fori di tarli, nodi dipinti a mano e altre calibrate imperfezioni che qualcuno, da qualche parte, aveva studiato. Gli balenò in mente il profilo di un morto tracciato col gesso. Thomas non aveva mai visto nessuno badare al già di per sé caotico carrello, rifornirlo o vuotarlo, aggiustarlo. E il suo aspetto – una casa Tudor che erogava caffè – in un modo o nell'altro finiva sempre per inasprirgli l'umore. «Depressione» era un termine un po' forte – lo conservava per un'occasione davvero speciale – ma insomma, veniva colto da una brutta sensazione ogni volta che faceva visita alla Tudor, anche da solo, quando non era avvelenato dalla presenza di un collega. Da quando in qua una casa Tudor era un luogo dove reperire caffè? Che tipo di discorso storico era sottinteso, di preciso? Non sarebbe stato meglio dotare la stanza di una postazione di taglio della testa, con tanto di ghigliottina? Al di là del tepore domestico che suggeriva, basato sulla presunta capacità di comunicare in lingua straniera con i suoi occupanti rubizzi e dalle mani bollite, grasse e probabilmente fetenti d'aceto, il carrello Tudor era provvisto di ruote e sprigionava una serie di bevande disidratanti da una robusta spina color carne incastonata nel suo falso muro. Se quella era stata una delle tante favole obbligatorie da abbaiare in faccia ai bambini della sua generazione – una casa altro non è che un sacco di liquido caldo su ruote in cui si presume nuoti un gigante – lui se l'era persa. Il carrello non avrebbe dovuto possedere degli strati di pelle o comunque, degli strati rimovibili? Ci sarebbe voluta una superficie stagionale, che avvizzisse e ingrigendo si decomponesse, per poi tornare lentamente a gonfiarsi di sangue, a pulsare, magari perfino a sanguinare leggermente al tatto. Quello sì che sarebbe stato un carrello degno di quel nome. Ecco, nella brughiera, una forma di vita che perde liquido scuro. Da un aggeggio simile berrei anche dell'acqua letale, pensò Thomas. Sicuro al mille per cento.

Era tarda mattinata e l'aria nella brughiera si era tinta di marrone. Presto nei punti più deboli si sarebbero verificate eruzioni prandiali, sbotti di fame isolati o di gruppo fra gli impiegati della Crawford, lucidi in volto per la fatica. C'era la probabilità che da un momento all'altro qualche collega invadesse la brughiera con rumori e odori selvaggi, impedendo così a Thomas di fare ritorno alla sua scrivania. Era bloccato, per usare un'immagine militare, fra la brughiera e la sua postazione di lavoro. Dove aveva letto che esistevano nove modi per sfuggire a qualsiasi trappola? Ricordava bene, nove? E tutti implicavano la morte o solo la maggior parte? Forse era solo un romanzo. Qualcuno aveva trasformato un sogno in realtà – *I nove modi per sfuggire a qualsiasi cosa* – e ora gente come lui si trovava a desiderare che fosse vero. Che cosa poteva mai venirne di buono?

Proprio in quel momento la collega avanzò verso il carrello con un piccolo squittio di gioia, e Thomas si sentì come risucchiare dal vuoto che aveva lasciato. Il verso emesso dalla collega – probabilmente era il suono numero diciannove – rivelava il quotidiano sforzo di un corpo in cerca di liquidi, il prodotto acustico dell'uomo intento a soddisfare i propri bisogni in solitudine. Solo se in compagnia – *Vergogna!* – sceglievamo il silenzio. Questo non valeva per la collega, il cui cinguettio poteva essere seguito, se solo Thomas avesse avuto la tecnica e la prontezza necessarie, da un altrettanto gutturale e possibilmente gioioso suono di petto.

Thomas si domandò se non fosse ciò che accadeva negli zoo, quando un branco di bestie iniziava a sbraitare, aggredendo il graffiatoio come per accoppiarsi e compiendo capriole in aria per tutto il recinto. Da piccolo, davanti alle gabbie ovali che ospitavano le straordinarie creature, Thomas immaginava che gli animali lo avessero notato e, nel loro folle modo, lo chiamassero, e gli pareva quasi che le grida cedessero il posto a sospiri di sollievo quando finalmente si allontanava. Tale era il potere che aveva. All'epoca, quando aveva ancora il tempo di preoccuparsi del brutto effetto che faceva a chi lo guardava, era solito dedicare lunghe riflessioni alla questione, e nei giorni in cui riusciva a pensare più lucidamente gli appariva chiaro come fosse il suo stesso corpo a scatenare la frenesia di uomini e animali, e che l'unica soluzione fosse rimuoverlo.

Trovandosi altrove, però, se si concedeva di ragionare sulla necessità della propria sopravvivenza, doveva ammettere la possibilità, per quanto vaga, che gli animali, con i loro strepiti e ululati, e quell'impulso irrefrenabile ad autoinfliggersi dolore, gli dimostrassero a loro modo che apprezzavano, che volevano perfino che si unisse a loro. Era forse l'ennesima occasione persa di cui adesso avrebbe dovuto tener conto?

Non c'era più nessuno ad attendere davanti a lui nella brughiera, pertanto il protocollo da adottare era incerto. Se fosse avanzato nella fila – non che si potesse legittimamente chiamare tale – per riempire il vuoto lasciato dalla collega, avrebbe esercitato una pressione sulla suddetta, mettendole fretta e ricordandole che *dietro c'era qualcuno che aspettava*. Pensò a quando faceva ingresso nell'atrio di una banca e la gente sembrava sospesa sul posto, come se all'improvviso non ricordasse più che cosa stava facendo. *Le mie amiche marionette*, avrebbe voluto dire. Quelle persone però non erano in coda, né d'altro canto sostavano a una distanza tale da dare l'impressione di non farne parte. In ogni caso minacciavano di volerlo fare. Artisti dell'affiliazione, avrebbero dovuto chiamarli. Ci voleva del talento a mandare in crisi chi ti stava intorno spingendolo a mettere in discussione gran parte dei propri assunti di base (si figurò più bello, più magro e con un'aria vagamente femminile, intento ad arringare un pubblico di animali da un podio: *Il mio mestiere è esplorare lo stato confusionale che si genera quando le leggi della prossimità fisica vengono stiracchiate fino al punto di non ritorno. Il mio obiettivo è destabilizzare il sistema di attraversamento pedonale e le strategie di aggregazione a una coda, impegnando coordinate non reclamate con la mia stessa forma fisica e restandovi aggrappato con ostinazione fino a suscitare in qualcuno una voglia irrefrenabile di uccidermi. Il contesto in cui lavoro sono le banche e i negozi, i nostri spazi comuni, luoghi in cui spingo le persone a formulare quesiti fondamentali circa le mie coordinate*). Questi soggetti in attesa andavano interrogati, erano loro a pretenderlo – *Avanti, chiedimi dove sto!* – e Thomas sapeva di non volere, nella maniera più assoluta, essere interrogato su quell'argomento come su nessun altro. Il suo era un credo! Respingere le domande a ogni costo. Quanto sarebbe stato più semplice? *L'azione dovrebbe scoraggiare ogni approccio.* Una frase da incorniciare.

Quando doveva muoversi, dopo che lei si era mossa, per non suscitare una protesta da parte sua? È mio diritto non essere imitata. Come se vigesse un copyright anche sulla condotta. Ad ogni modo, non proiettando ombra sulla collega poteva dedurre di essere abbastanza distante dal carrello, e da qualsiasi altra cosa in quella stanza, da far sì che, agli occhi di un nuovo arrivato – *Iddio ce ne scampi e liberi, morte al nuovo arrivato!* –, non sembrasse in coda, ma intento a vagare nei pressi del centro della brughiera con un qualche arcano proposito religioso in mente. Magari nemmeno così arcano. Questo è un uomo, avrebbero detto, che sta per sacrificare un bambino su una pira. Acciuffatelo prima che accenda il fiammifero.

Lo spazio vacante poteva aver aggravato la situazione. La brughiera non era mai stata reclamata come territorio appartenente al laboratorio, fatto a dir poco strano: ogni singolo centimetro cubo di cui disponevano non era forse costante oggetto di contesa tra i ritardati con cui lavorava? Si autodefinivano Primi, Veloci o... Thomas sentì un sorriso sbocciargli in faccia, del tipo che si rimette in riga con la mano... Ebrei.

Si guardò intorno perché quello era il genere di pensiero che aveva tutta l'aria di essere, chissà, *intuibile*. Non si formula un pensiero così senza mostrare a tutto il mondo di che pasta si è fatti. Pensieri simili esalano dalla testa, chi ti sta intorno li respira. Era certo che non fossero ebrei, eppure, evocando quelle figurine dalla testa sudata che altro non erano che i suoi co-impiegati, le persone fisiche che lo avrebbero guardato male se avesse rifiutato di sottomettersi (nel contesto che ormai era conosciuto col nome di Occhio a Come Parli) e che avrebbero perfino interpretato la parte delle guardie reali in modo convincente, desiderò di possedere le conoscenze giuste per metterli a tacere: fingere che i Primi fossero ebrei e che gli ebrei fossero partiti avvantaggiati nell'Homestead Act, che avessero sollevato un polverone e piantato bandiere, eretto *shtetl*, intonato inni mentre il sole calava sul maledetto *veld*. Era un *veld* anche allora, o i *veld* erano arrivati dopo, altrove?

Mentre sostava nella brughiera, l'immagine – la gente, la sua gente?, che a frotte accorreva a reclamare il proprio spazio, una tempesta di ebrei – assunse una consistenza oleosa nella sua testa e fu un sollievo. I conoscenti erano proprio le persone che ingaggiavano una guerra fredda con te quando oltrepassavi il limite. Quello non era rancore ebreo, ma amore ebreo, significava amare gli ebrei a tal punto da catapultarsi nel passato per compiere ardite gesta e salvare vite. Va', avanti o indietro, ma va', giovane ebreo! Vallo a dire ai tuoi conoscenti, però. I conoscenti azionavano un mantice che ti soffiava addosso una nuvola di aria maleodorante. Agli occhi degli altri, come sapeva, non appariva come un vero ebreo, e tuttavia per i non ebrei era ebreo che più ebreo non si poteva. Aveva superato se stesso. Come chiamare quella zona di appartenenza, se non alienazione di terzo grado? Nelle loro menti i non ebrei lo avevano dotato di barba e tunica, e forse avevano già fatto i loro sporchi comodi con lui su un divano abbandonato nel deserto. Quante volte avevano immaginato di ucciderlo?, si chiese, ed esisteva un indice di massa critica, dove sopraggiungeva una pratica cessazione delle funzioni se la morte del soggetto era agognata da un numero sufficiente di persone? Che la sua collega l'avesse già mentalmente ucciso? Possibile. Com'era possibile che il suo desiderio di morte avesse contribuito in un certo qual modo a creare quella sensazione di freddo e irrigidimento che adesso avvertiva. *Mi stai uccidendo col pensiero*, avrebbe voluto dirle, *lo sento*.

La sala tremò e, per un solo, accecante momento, sulla brughiera piombò l'oscurità. *Notte*, pensò Thomas. *Grazie al cielo*. Con un sibilo acuto le luci si riaccesero e in quel sinistro bagliore gli giunse alle narici un odore, un odore lontano, come di persona che veniva cotta. Strizzò gli occhi nella luce, si stropicciò il viso e tornò a guardare la collega perfettamente composta. Un bagno di sangue non l'avrebbe distolta, e forse era proprio quello il loro segreto: erano morti come sassi e il mondo poteva pure riversarglisi addosso, non gli avrebbe fatto né caldo né freddo.

Era tempo di passare oltre. Lì non c'era niente di straordinario da vedere, e in quel frangente non sembrava neanche il posto ideale in cui stare.

Thomas occupò lo spazio evacuato di recente – lo spazio della collega – imitando la tecnica di progressione degli insetti. Avanzò con cautela, a piccoli passi, ritraendosi di tanto in tanto come per porgere delle scuse, e nel mentre continuava a conquistare terreno, un'orbita appositamente studiata per dare l'impressione che, di fatto, non avvenisse nulla. Penetrò nell'ombra della collega che, malgrado non fosse un'ombra ma una chiazza scura ai suoi piedi, come di qualcosa che si era riversato fuori da una sacca che teneva legata in vita, era pur sempre la sua ombra e Thomas la stava conquistando. Come fare progressi sul lavoro? Bastava fingere di non farne affatto. Come ingrassare? Inghiottendo la propria risata. Era così che un tempo ballavano i suoi genitori, mantenendo le distanze, come a dire, Scusa scusa scusa.

Fu così che avanzando nell'ombra all'improvviso sentì l'aria schiarirsi, raffreddarsi, e si ritrovò a respirare con ansiti brevi e ravvicinati. Il mondo aveva mai assistito a una scena di tale intensità drammatica?

Questa è vita vera, gente, avrebbe voluto dire. *Non si scherza!*

Per strategico che fosse, Thomas non aveva previsto che la collega avrebbe imboccato l'altra strada, quella che non aveva preso in considerazione. Doveva aver notato la sua presenza, fiutato il suo odore, e – che diamine! – perfino sentito il suo sapore sulla lingua, e ciononostante continuava a trillare con indifferenza facendo, se possibile, ancor meno caso a quel gentiluomo esageratamente garbato che a momenti si ritrovava infilato nei vestiti. Devo forse diventare te, avrebbe voluto sapere, per farmi notare? La libertà che la collega si prendeva, propagandosi in sua presenza – quella ribollente fontana di piacere che aveva dentro era al suo picco massimo – risultava, per così dire, *problematica*. Certo, ci si lasciava andare a certi gorgoglii biologici soltanto quando si era soli, ma era anche vero che la collega non si era ancora accorta che lui fosse lì, o non riusciva ad accordargli la qualifica di presente. Eppure era lì, che respirava a neanche un metro da lei. Un'omissione del genere era davvero in suo potere? Doveva abbracciarla, per darle prova della sua esistenza?

Thomas arretrò. Ritirata. Il profumo di lei, il suo clima, la sua cosiddetta sfera erano troppo da sopportare. Non si rischiava di andare in mille pezzi in un'atmosfera simile? C'erano leggi cui appellarsi, ne era certo, ma che fosse dannato se le conosceva. Forse questo, in definitiva, era l'odore che emanava ogni persona: il ricordo dei naufraghi che vi si erano abbattuti. Thomas sentiva che avrebbe dato di stomaco, se avesse respirato ancora il suo passato. Non ne valeva la pena, si rese conto, e si girò a guardare il triste spazio che avrebbe dovuto riattraversare per tornare alla scrivania, senza il suo caffè rancido, e la soglia che mai prima di allora aveva arrecato tanto disagio alla sua persona. Che fosse la maledetta soglia numero uno? E che merito c'era ad attraversarla?

La differenza fondamentale fra Thomas e la collega, una differenza di applicazione del loro protocollo di gestione degli errori, eh eh, era che nella catastrofe la collega sorrideva (Thomas lo intuiva perfino da *dietro*), sussultando ed eruttando felicità come una macchina progettata per mostrare campioni di allegria a persone che non sapevano cosa provare.

Uno sherpa del buonumore. Oggi come gradirebbe sentirsi il signorino?

Thomas, invece, mostrava una discreta propensione per il proverbiale non-me-ne-va-bene-una. Si guardava intorno e vedeva solo pareti di nulla, nell'aria l'odore di corpo bruciato era tale che faticava a resistere alla tentazione di aprirsi un varco a morsi. In piedi dietro la collega – attenda il suo turno, signorino! – dovette ricordarsi che ancora esisteva, grazie al cielo, una barriera fra i suoi pensieri e il mondo esterno, e che le persone che notavano la sua arruffata e spugnosa grassezza, il suo lanuginoso abbigliamento ridotto a stracci dai tanti lavaggi, il grasso in eccesso sul dorso delle mani – in caso che un domani mi trovassi a corto di cibo – non avrebbero visto anche i suoi, ehm, *particolari pensieri*. A quanto ne sapeva, non era stato ancora inventato uno strumento per penetrare quel grumo che aveva al posto della testa, e quindi se avesse fatto una smorfia, un sorriso, un ghigno, o fosse apparso folle come oggettivamente *era*, non ci sarebbe stata alcuna prova apparente della sua materia interiore, e quella consapevolezza rappresentava una fonte di conforto sufficiente dinanzi all'ipotesi che, contro la sua volontà, si verificasse un'involontaria *esposizione di dati sensibili*.

La situazione si stava stabilizzando. Bene. La presunta invasione di ombra, la situazione che apparentemente l'aveva visto aprirsi una breccia nell'ombra della collega, era ormai archiviata, in attesa di essere visionata un domani da una folla di curiosi. L'avrebbero intitolato *Piccole disavventure nella brughiera*? *Il giorno in cui la nave è colata a picco*? *Io, collega*? Che simpatica tragedia si era consumata nei loro laboratori, quel giorno, e per cosa? Thomas si guardò intorno in cerca di qualcuno da incolpare. Normale routine. Tutto regolare. La collega avrebbe preso il suo caffè. Thomas avrebbe atteso il suo turno da bravo signorino. Uno a uno, gli eventi sarebbero sfilati in sacro ordine lungo la giornata. Un insignificante calo di correttezza, nient'altro. Mezzogiorno avrebbe riportato la calma. Thomas avrebbe rivolto un cenno alla collega che gli passava accanto, un cenno stanco ma deciso, come quelli che elargiva ogni settimana a migliaia di persone. Lei ci avrebbe letto una prova di valore. Una vaga insinuazione al fatto che normalmente qualcuno avrebbe fatto la fila per prendergli il caffè, ma quel giorno, per una volta, Thomas voleva concedersi il lusso di vedere come si comportava la gente qualsiasi, di sviluppare empatia. Oh, ma che ne sapeva? Magari lui e la collega si sarebbero abbracciati prima che lei lasciasse la brughiera. In tal caso, però, avrebbe dovuto posare il caffè, altrimenti gli avrebbe imposto il calore della sua tazza per tutto il tempo e il momento si sarebbe sciupato. Avrebbero dovuto prestare troppa attenzione, e che razza di abbraccio poteva venirne fuori? Pertanto c'erano questioni da valutare, dettagli da mettere a punto. Ma gli stava bene.

Forse, se avesse avuto fortuna, se fosse sopravvissuto al test, perché non poteva essere altro, il cuore non gli sarebbe balzato fuori dal petto per andare a schiantarsi sulla Parete delle Idee che incombeva sopra il carrello delle bevande. Forse era quello il vero significato del termine *redshift,* che sentiva ripetere in continuazione durante le riunioni dedicate alle dimostrazioni di fattibilità: una lenta e silenziosa uscita del cuore dal corpo pesante e disidratato di un uomo che era...

Perché disturbarsi a completare il pensiero. *Puf.* Riusciva quasi a sentire il rumore che il suo cuore avrebbe fatto mentre veniva risucchiato fuori dalla sua gabbia di ossa e grasso. Non era quello il momento in cui di solito la gente *preparata* se ne usciva con qualche consiglio paterno ricavato dal suo passato, per aiutare chi era in difficoltà a lavare via la crisi, così che potesse tornare a ruggire di risate, a bere un bel boccale di densa birra straniera e fare qualcosa di indicibilmente gratificante a un piccolo animale chissà dove? A volte dava sollievo ridurre a brandelli qualcosa di caldo. Quante cose ci insegnavano i genitori, quante perle di saggezza recuperate da antichi scrigni, o simili. *Papà diceva sempre*... ma non gli venne in mente nulla. Cominciò a scavare fra i ricordi e i bei detti che i genitori avevano avuto la magnanimità di condividere con lui, ma gli pareva di avere la mano infilata in un barile di pesce marcio.

Se avesse, ehm, inchiodato la sua testa alla Parete delle Idee, quale idea, di preciso, avrebbe comunicato?

All'esterno cadde un altro sacco – o una cosa parimenti orribile – e Thomas si accorse che non stava respirando. Un morbido velo di silenzio era calato come foschia pochi momenti prima del tonfo, o dello scricchiolio, prima insomma che quel qualcosa fatto di carne atterrasse sull'asfalto provocando l'effetto acustico di un sacco di tela. Col senno di poi sapevi sempre di aver sentito cadere qualcosa, era per via di quello che non avevi sentito, pensò Thomas. Avrebbe voluto scherzarci su, ma riusciva solo a pensare *il senno di poi... non fa ridere.* Al tonfo seguì un grido strozzato, e Thomas non vedeva la collega abbastanza bene in faccia da intuire se avesse sentito anche lei, quella sofferenza, quell'accartocciamento, quell'orrida colonna sonora di crudeltà che chissà perché veniva incanalata nel laboratorio allo scopo di avvisarli che era mezzogiorno.

Ah, già, pensò. Doveva essere uno di quei casi in cui solo agli uomini grassi come lui era concesso il privilegio di udire rumori di morte. Un trattamento speciale, malgrado sembrasse tutto fuorché quello. Una delle tante Punizioni Creative. Thomas si vide, più tardi quella sera, o comunque non appena fosse riuscito a sistemare i dettagli e *completare la scaletta di attività domestiche* con June e il bambino, nell'atto di sedersi in poltrona e percuotersi la mano con un mazzuolo finché non smetteva di sanguinare e assumeva l'aspetto di una gomma da masticare spiaccicata sulla tappezzeria. L'obiettivo era andare oltre il banale, stereotipato dolore procurato dal martellamento dell'appendice, in favore del prolungato tepore che si avvertiva quando le terminazioni nervose venivano corteggiate a tal punto da decidersi a uscire per la prima volta allo scoperto. Ben mi sta, pensò Thomas. La prossima volta vediamo se ho ancora voglia di alzarmi per fare qualcosa, andare da qualche parte. *La prossima volta ci penserai due volte prima di fare il vivo!*

Triste a dirsi, la collega non sembrava avere alcuna familiarità con l'autolesionismo. Era una forma di igiene che le risultava estranea, non c'era dubbio. Come si faceva anche solo a fraternizzare con persone incapaci di concepire vividi scenari di automutilazione? Com'era possibile approcciarsi all'atto sessuale senza provare piacere al pensiero di essere schiacciati da un camion, fosse anche soltanto come esercizio catartico?

Di quale parte essenziale del cervello era sprovvista, per ignorare tali basilari e necessarie tecniche di *modificazione fisica*?

La collega si stava ricaricando al carrello, Dio solo sapeva come. Da dietro sembrava la gigantesca bambina di una favola illustrata davanti a una distesa di regali strabilianti. Era sbalorditivo constatare come un cucchiaino di tipo professionale desse alla gente l'impressione di poter esternare platealmente la propria felicità. Thomas sospettava che la collega fosse una dipendente fissa. Se un giorno da precario ti ritrovavi stipendiato, all'improvviso eri raggiante di gioia come quei bambini di cui educatamente si dice che devono ancora *entrare in possesso di sé*, nel senso di dare, ehm, prova di possedere una vita interiore. Stupidi ma felici, li chiamava lui, come se ci fosse differenza, e perché no, considerato che gli avevano succhiato via parte del cervello con una cannuccia e tutti fingevano che l'evidente imbecillità altro non fosse che un prototipo di anticonformismo non ancora ratificato dalle istituzioni scolastiche. Colpa del linguaggio cauto che si usava in presenza dei bambini sbavanti. Ma a incarnare cotanta deficienza in quel caso era un'adulta, *la suprema collega*, una specie di portavoce della crescita fallita, il cui elegante tailleur riusciva soltanto a mitigare una natura – avrebbe voluto sussurrarlo forte, gridarlo sottovoce – da *ritardata*. Era una parola da sputare, rifletté, e da sputare in faccia a lei, ma non avrebbe reso l'idea, no?, e in ogni caso quel suo abbigliamento formale era fuorviante. Il tailleur come ammortizzatore di cretinismo.

Forse era quella la soluzione escogitata per camuffare gli scemi del mondo. Fargli indossare abiti formali. La sua collega l'aveva imparato in conservatorio?

Formulando simili pensieri mentre la guardava rapportarsi al carrello come se stesse compiendo un definitivo atto d'amore, Thomas avrebbe voluto poter dire di aver raggiunto il limite, che tutto questo era troppo e via dicendo, che non ne poteva più, e povero me (il genere di elucubrazioni in cui gli piaceva indugiare in privato, soliloqui di indignazione), ma riusciva sempre a trovare la forza di sopportare insulti e sofferenze maggiori, come se possedesse una sorta di orifizio espandibile attraverso cui le trasgressioni degli altri prontamente fluivano. Si stupì della sua tolleranza a quel tipo specifico di massacro. Avvertiva la necessità di inchinarsi alla potente collega, a quella signora che riusciva a rimanere tale anche sotto le forme più estreme di pressione. Si ricordò che esisteva un pesce provvisto di una simile capacità di adattamento, una creatura informe che si nutriva degli errori del mare, e controvoglia riconobbe un'utilità ecologica in quel suo comportamento. Faceva male a pensarla così?

Quando l'esemplare di una specie arrivava a sfregiarsi per nascondere al compagno un conflitto interno, a rivoltarsi come un calzino e assorbire in profondità le tossine di un temibile dilemma, proteggendo in tal modo l'amato da una crisi, si diceva... cosa cazzo si diceva?

Questo sarebbe stato il suo ruolo, e benvenuta la chiarezza che ne sarebbe derivata. Thomas, ti presento Thomas, avrebbe voluto dire: Voi due stasera farete l'amore. Non gli piacque, almeno non del tutto e non senza rimpianto, immaginarsi impalato posteriormente, ma lo fece lo stesso, e le immagini che evocò erano più vivide di quelli che era solito chiamare i «cartoni animati del mulo»: Thomas come mulo di chi aveva più successo, più conoscenze, più sicurezza e fascino di lui, insieme a qualche altro soggetto nella media, che si sarebbe meravigliato a scoprire di essere stato ammesso nel cast di quel suo elaborato scenario per interpretare il ruolo, be', dello stupratore, alla fin fine, ruolo che prevedeva di montare lui, Thomas, fino a farlo piangere, spezzarlo a metà e lanciarlo giù da un tetto con un calcio volante. A volte gli sfilavano i pantaloni, gli salivano sulle parti basse e le profanavano ripetutamente. Altre gli sparavano, lo gettavano a mare, lo trascinavano in vicoli dove scavavano delle buche e altre ancora grattugiavano in una fossa ciò che restava di lui.

Quei cartoni animati erano un'opera di collage difficilmente traducibile in qualcosa che anche gli altri potessero vedere. Come condividere col prossimo un tale compendio di immagini? Pensarsi morto era la sua specialità, questo lo sapeva, e forse il trucco era non fare aperta mostra dei suoi sentimenti attribuendogli senso e peso, dato che ufficialmente non contavano (ed ecco che si presentava l'occasione di riportare un'altra perla di saggezza genitoriale: «Nessuno deve sapere cosa pensi», questo gli aveva detto la madre, dopo che aveva dedicato un pomeriggio al progetto del silenzio nel periodo in cui frequentava la *scuola a casa*, come la chiamava lui), perché che c'era di male, da un punto di vista astratto, a rischiare di imbattersi in una collega nei pressi del carrello delle bevande – *Ma ciao, Collega!*, avrebbe esclamato una versione più rifinita di lui – e magari scambiare con lei raffiche di parole, per agevolare il flusso del sangue verso l'inguine e spargere nell'aria un sentore di sesso? C'erano luoghi peggiori in cui incontrarsi, e perché il carrello non poteva essere il contesto ideale in cui sbarazzarsi dell'impaccio che lo coglieva sempre quando subodorava la tanto sospirata possibilità di un convegno con donne non ospedalizzate che il mondo tardava a concedergli?

Non valeva neanche la pena parlare delle condizioni che rendevano, ehm, improbabile quel genere di convegno con la collega. Erano al lavoro, completamente vestiti, non si conoscevano bene, non poteva portarla a casa sua, perché se anche Juney non se ne fosse accorta, di certo l'avrebbe fatto l'infermiera. Se invece avesse nascosto la collega in un sacco e se la fosse portata a casa, l'infermiera avrebbe dovuto controllare personalmente il contenuto del sacco, cosa che non avrebbe fatto, e Thomas a quel punto avrebbe solo dovuto aspettare che se ne andasse prima di far uscire la collega dal sacco e, se necessario, provare a rianimarla.

Niente di tutto questo però sarebbe stato molto, ah ah, *collegiale*, no?

Il caffè precipitò nella tazza della collega con la violenza dell'acqua nello scarico di un gabinetto, e lei si girò verso la postazione di zucchero e compagnia bella. Fu un movimento rapido, eseguito con una leggiadria che lasciò Thomas di stucco. A modo suo era un tipo elegante, e quel portamento sembrava suggerire che anche in età avanzata non avrebbe disdegnato del sano sesso in piedi contro l'anta dell'armadio. Stava forse tentando un approccio, con quella spalla abbassata e il bacino leggermente inclinato, a mo' di riverenza? Era consuetudine, naturalmente, rispondere a un'avance con un'altra avance. Non si metteva su il muso, non ci si mostrava seccati, e di certo non si *fingeva di non aver capito* che un messaggio era stato lanciato, perché questo sarebbe stato indice di un *difetto del radar mentale*, di una testa bacata oltre che insensibile. *Non è il mio caso. La mia testa funziona benissimo*. Sarebbe rimasto aperto alle possibilità. Quelli della collega erano gesti-ponte. Risuonavano di un desiderio dolente. Voluto o non voluto che fosse, da un punto di vista legale sempre di desiderio si trattava, e se l'avessero interrogato in proposito avrebbe potuto a buon diritto rispondere: È stata lei per prima a creare intimità, signore. Esisteva forse una posa che poteva assumere, una posa che riflettesse il di lei desiderio e magari trasformasse quel flirtare astratto in un effettivo convegno? Serviva uno strumento di conversione. Da qualche parte poteva esserci un libro che gli avrebbe insegnato a cambiare completamente umore e adattarsi. Quanto impiegava un individuo, che non fosse colto da arresto cardiaco, a passare da un febbrile stato di risentimento a uno di tenera e vulnerabile civettuosità?

Per terra c'era una moquette color nulla assoluto, e in ogni caso Thomas si era trovato fin troppo spesso a notare che l'atto dello scrutinio calzaturale – che consisteva nel guardarsi i piedi perso nei propri pensieri – rappresentava un lampante invito a essere interpellati, pregati o altrimenti coinvolti in qualcosa di esterno ai confini della propria ragionevole e sudata solitudine. Guarda giù e preparati a prenderla in quel posto, pensò. Non si sarebbe lasciato sorprendere a fissarsi i piedi, e la natura indaffarata della collega – quel brulichio di tonchi che aveva scelto di interpretare – gli forniva un perfetto diversivo. Se osservato – se? –, avrebbe assunto l'espressione di quell'animale monodentuto e a pelo corto di cui aveva letto e, come lui, avrebbe seguito ogni esplosione di movimento o colore, perché non farlo sarebbe stato stupido (non perché ciò che la donna stava facendo fosse lontanamente interessante, ma perché non dar peso a tanta frenesia sarebbe risultato sospetto e, per citare il resoconto trimestrale del suo rendimento lavorativo, *pericolosamente insulare*).

Era spiacevole poter capire così tanto di qualcuno semplicemente osservandolo nell'atto di versarsi del caffè, e dal canto suo Thomas si chiese in che modo quelle nuove informazioni potessero tornare utili sul piano erotico. Gli erano bastati pochi minuti per farsi un'idea tutt'altro che rassicurante. Ad esempio sembrava affetta da longitudine diffusa, alle braccia, alla faccia e, tragicamente, anche al busto, tanto che si era resa necessaria l'aggiunta di una fascia – le donne di certo avevano un nome migliore per indicare quella cosa, un termine da catalogo che aumentasse l'attrattiva di quella che altrimenti sarebbe stata considerata alla stregua di una benda postoperatoria – là dove una camicia sarebbe stata sufficiente a coprire l'intera area. Quello che lo preoccupava di più era il fatto che un simile abbigliamento avrebbe costituito un problema emotivamente insostenibile in termini di pura resistenza umana, un ostacolo cui sentiva di non poter sopravvivere. Gli sembrava assurdo dover avere a che fare con un articolo simile – una fascia! – nel remoto caso che lui e la collega si fossero trovati coinvolti in una sessione di zin-zin, ed essere costretto a svoltolarla, piegarla o perfino, che diamine!, allacciargliela dopo colazione sotto lo sguardo lattiginoso e vacuo del padre di lei, dichiarato clinicamente morto, il quale ogni giorno veniva trascinato in carrozzina a mangiare i suoi cereali mentre lei scappava a una conferenza, lasciando lui a pulire il suo disastro e... Thomas si fermò di fronte a quell'ipotesi di realtà così profondamente improbabile, quel viaggio interiore in cui solitamente eccelleva e da cui a volte gli capitava di trarre *materiale utile per la pubblica condivisione*, e tuttavia mentre attendeva che finisse di servirsi, fumante di rabbia nella sua ombra, provò un moto di avversione nei confronti della collega. Contava qualcosa che le sue fantasie non si fossero ancora realizzate né mai l'avrebbero fatto? E in base al giudizio di chi? Una forma di ricompensa risiedeva nella loro stessa irrealizzabilità; quella furia non poteva essere completamente inventata, e in fin dei conti era colpa della collega se quei pensieri erano anche solo stati *pensati*. Tutta colpa sua. Tale era il suo potere di turbarlo. Ma le potenziali compagne non avrebbero dovuto fornire una qualche forma di conforto, invece di causare una preoccupazione così intensa e repentina?

Non l'avrebbe mai saputo, non poteva, e una Teoria del Compagno Ideale gli sembrava un soggetto troppo difficile da approfondire. Alla fine, qualsiasi cosa contenesse sangue e avesse il dono della parola sarebbe andato bene, ma anche quella restava una fantasia irrealizzabile. Stavano prendendo il caffè nello stesso momento, fine della storia. Qualche anno prima Juney gli avrebbe detto, *Thomas, non è un'idea brillante*. Nascosto nei meandri del suo sorriso si annidava già il panico che avrebbe preso residenza fissa sulla sua bocca. Quanto alla collega, il monolite del corteggiamento doveva ancora essere scalfito, e colto da un brivido Thomas si rese conto che ciò che il corteggiamento per lo più implicava, nei tempi in cui vivevano (o nella storia in generale, forse), era l'estenuante scrutinio dell'infinito andirivieni degli amici di lei – tutti in un modo o nell'altro sciupati, sfigurati da un veleno che faceva apparire i loro volti come disciolti e li avvolgeva in un fetore fruttato, o corrotti internamente, guasti e pronti a odiare chiunque si azzardasse a manifestare affetto nei confronti di quella che consideravano una di loro. Di certo gli amici della collega vivevano nel regno delle battute complici, terminavano l'uno la frase dell'altro e trasformavano ogni avance in un gioco... Si soffermò a pensare a un gioco che prevedesse la presenza di fucili e bambini, e una corsa alla costruzione di bare. Se c'era una cosa in cui quegli amici eccellevano, era nel piacersi a vicenda al di là di ogni ragionevole sospetto. Mentre il mondo assisteva con sdegno alle loro manifestazioni di imbecillità, quelli serravano i ranghi e si amavano con ferocia ancora maggiore. Avrebbero messo alla prova il suo senso dell'umorismo, la sua resilienza, il suo grado di irritabilità – *altissimo, Collega!* – e di tolleranza della conversazione, di qualsiasi tipo, perché anche solo spingersi oltre la brutalità di un «ciao» sarebbe stato, be' sarebbe stato come... Thomas era troppo stanco per dare un nome a quella specifica forma di tortura – e l'idea di produrre una metafora per se stesso gli sembrò di colpo ridicola – ma alla fine si vide schiacciato sotto una lastra di ferro, capace di respirare quel tanto che bastava ad andare nel panico, per poi riprendersi e ricadere nel panico e infine morire di spavento. Non sarebbe sopravvissuto a un simile attacco, e d'altro canto per sentirsi una merda conosceva vie ben più efficaci che entrare in un bar e imporre alla sua faccia una serie di *espressioni appena accettabili* per un gruppo di amici di lei, che tanto valeva si accanissero sul suo coso con martello e sega.

Ad ogni modo non era un buon giorno per sottoporsi a quell'esame, nemmeno se dopo il lavoro avesse avuto il tempo di tornare a casa a cambiarsi. Quella mattina si era arrischiato a indossare i pantaloni che rivelavano ogni cosa, un capo color kaki capace di prendere una singola goccia di pipì scivolata fuori dalla sua fredda e difettosa appendice, e trasformarla in una macchia delle dimensioni di un pugno prima ancora che avesse il tempo di tornare alla base a nascondere la vergogna. Roba da dargli fuoco, ecco cos'era. Di buono il suo cubicolo aveva che riusciva a nascondere quello che lui chiamava il suo *piccolo incubo* allo sguardo clinico altrui, che di per sé era la moneta di scambio più in voga fra gli impiegati. Il vero scopo di un cubicolo era quello, nascondere le parti basse. Durante una delle quattordici capatine che aveva fatto in bagno, aveva ammucchiato un bel po' di carta igienica sulla parte in oggetto, e anche quella aveva contribuito a far allargare la macchia che appariva già circondata – a chiunque si fosse preso il disturbo di guardare – da un alone salino. Un'onda di marea aveva invaso i suoi pantaloni, ed era di per sé uno sviluppo inquietante. L'urina conteneva sale? O quello era il risultato del mescolamento dell'urina con il detergente che aveva usato per lavare i pantaloni? Thomas si guardava il cavallo per lo più per evitare di incrociare sguardi, un comportamento largamente frainteso e, a suo avviso, abusato. Ma a guardarsi il cavallo si fornivano importanti prove, e di sicuro gli altri dell'ufficio avevano il mirino puntato su di lui. Che brutto momento aveva scelto per vagare in quegli spazi, e ora doveva pure aspettare i comodi di una donna lunga e larga prima di potersi servire il suo caffè e finalmente svanire.

Un cenno di saluto accompagnato dal nome della collega gli sembrava la mossa migliore. Nei sei anni in cui aveva lavorato al laboratorio, però, Thomas si era sentito ripetere quel nome così tante volte che ora gli risuonava in testa come un fischio sordo, il sibilo di un coltello che struscia su un osso. Ricordava ogni circostanza in cui gli era stato detto il suo nome: dove si trovava, chi era stato, e come nel mentre avesse acconciato la faccia in un'espressione di interesse tale da provare perfino dolore, un sacrificio da fargli dimenticare l'unica cosa davvero importante durante quella transazione, ovvero imprimersi il nome nella memoria. Come si chiamava, in biologia, quella specie predisposta all'apprendimento inverso, o era perverso? Non riusciva a ricordarselo. Qualcosa qualcosa. Quadrupede a ventre caldo che non coglieva le imbeccate e per un motivo o per un altro finiva sempre impalato, violentato dagli orsi, soggetto a crisi di pianto notturne. Deduzione inversa, questa espressione se la ricordava. Ma il nome della collega non gli veniva proprio, in testa aveva solo quel rumore di corpo fatto a pezzi con una sega. Sentiva che sarebbe riuscito a riprodurlo con la bocca. Se la collega si fosse girata gliel'avrebbe tossito in faccia, ora che era alla postazione dello zucchero e compagnia bella, e lei avrebbe apprezzato che le dedicasse quel nome astratto, quella parola pura che non era mai stata pronunciata prima. La collega però non avrebbe fatto niente, se non forse fingere, più educatamente possibile, di non aver notato che quell'uomo alle sue spalle, quello che le respirava sul collo – il cui pene, come sapeva (e perché non avrebbe dovuto?), era innaturalmente freddo, specie la punta –, insomma lui, avesse perso il controllo del proprio corpo in una tale prossimità con lei. Il rumore che le avrebbe dedicato sarebbe stato un bel rumore, ma probabilmente le sarebbe solo parso che Thomas avesse soffocato uno starnuto, o si fosse cacato addosso, magari solo un po'. A quel punto sarebbe stato marchiato, e la di lei pietà, burla, indifferenza – la sacra trinità! – l'avrebbero riportato ai vecchi tempi con June, prima che cominciasse a essere sempre così stanca, quando l'amore era una serie di scuse balbettate, distribuite nel corso di una giornata straziante, che la sfiancava finché al posto dello sdegno non s'insediava un'esausta indifferenza che di tanto in tanto ammetteva anche il sesso.

La collega sorrideva fra sé mentre apportava imperscrutabili modifiche alla sua bevanda. Zucchero, latte, cannucce, bastoncini. Adesso agitava una specie di gomma da cancellare sulla tazza? Un po' di caffè finì nel lavello quando il sapore della bevanda le strappò una smorfia. Ancora modifiche, cauti sorsi, smorfie esagerate e sbuffi. La collega rispondeva alle proprie azioni con l'enfatico semaforo della bocca, a vantaggio di chi Thomas proprio non lo sapeva, dato che incredibilmente ancora non si era girata verso di lui, il ciccione triste, Mister Thomas Qualcosa e il suo Mignolo Gelato, Thomas Frankenstronzo e Mister Incubo.

Thomas si intromise nel suo campo visivo. Un leggero accorgimento, rompighiaccio numero 49. Le offrì il suo contatto visivo, ma la collega pareva ancora faccialmente avversa. Forse era una di quelli che dialogavano con se stessi, una persona preoccupata, iperconcentrata, costantemente immersa in un universo parallelo, una persona che godeva della propria compagnia (cosa che solo la gente insopportabile veniva incoraggiata a fare, dato che nessun altro le resisteva accanto), che si compiaceva di essere una società a sé, e solo perché si trovavano a prendere il caffè nello stesso momento non significava che avrebbe permesso a un ciccione pisciasotto vestito da damerino di farle compagnia. A bloccare Thomas era proprio il fatto che la collega stava facendo tutto da sola, interpretava anche la sua parte e nel frattempo lo lasciava lì, a oscillare sul posto di dietro e a fingere di non origliare – o di non essere consapevole di – quello scambio in cui era convinto di dover avere voce in capitolo. La collega si era a tutti gli effetti divisa in due e Thomas era diventato la ruota di scorta. Antropologicamente lo trovava sbagliato. Tanto valeva che morissero tutti, lei era a posto. *Signore e signori, ecco a voi nel ruolo di Thomas: la Collega!* In passato doveva aver firmato un contratto (s'immaginò il padre barbuto, gonfio d'orgoglio, giovane, forte, con uno di quei giganteschi portafogli europei cucito alla maglietta) per cui era obbligata a partecipare espressivamente anche alla più piccola impresa. Se la vide accettare il compito senza cruccio e firmare, convinta al cento per cento di potercela fare. O santo cielo, la vita è così facile! Una meravigliosa bazzecola!

Di lì a breve Thomas si sarebbe servito il suo caffè, magari spingendo in fuori il posteriore mentre abbassava la levetta del thermos. Avrebbe potuto interpretare la scena in modo da illustrare una versione parallela di grottesca autosufficienza. Se la collega voleva distruggerlo con la sua tutto sommato bizzarra esibizione di solitudine, allora lui si sarebbe ritirato in un dialogo privato con se stesso circa un argomento qualsiasi, per dimostrare di essere atleticamente a suo agio anche da solo, dato che la solitudine era uno sport, se non altro per come la praticava lei. Per esempio avrebbe potuto valutare uno scenario – con possibile coinvolgimento di gestualità quali scrollare le spalle, ingobbirsi, spostare il peso da una gamba all'altra – e mostrare così a chiunque lo stesse guardando – Vergogna! – che era così preso dai suoi ragionamenti – Guardate Thomas! È perso nei suoi pensieri! – da aver iniziato a inscenare i pro e i contro di una questione i cui dettagli sfuggivano ai più, ma che era comunque importante.

Ma chi si comportava così se non certi personaggi – *Ahi voi, patetici impostori, o quel coglione, quello che scrolla le spalle, come si chiama?* – che a volte capitava di vedere nei cartoni animati che tanto piacevano a suo figlio? Una macchietta. Un fantasma televisivo del cazzo. Sotto la loro influenza, per settimane il piccolo aveva risposto – era già un miracolo che parlasse – «Non so» anche a Buongiorno e Buonanotte, o a frasi come Ti voglio bene e Non allontanarti. Ripeteva di continuo «Non so», quel piccoletto nel suo pigiama chiazzato di cibo, e lo diceva con una tale calma e determinazione da indurre a credere, o se non altro a prendere in considerazione, che avesse trovato la definitiva soluzione a tutto.

Attento, William.

Non so.

Buongiorno, tesoro.

Non so.

Alla fine Thomas aveva deciso di sintonizzarsi su un'unica frase e trasmetterla in tutta la casa finché i suoi occupanti non avessero ceduto implorando pietà fra le lacrime, o semplicemente implorando pietà, dato che June se la cavava male a piangere. Suo figlio non sapeva, ed erano in due.

A guardarla, sembrava che la collega sapesse, pensò. Certo che sapeva. Sapeva un sacco di cose, e anche tutto il resto. Sapeva e basta, e che il cielo avesse misericordia di chiunque non fosse lei, perché quanto a soluzioni definitive, la collega era a posto. Cosa si proverà?, si chiese Thomas. Cosa si prova davvero? *Puoi dirmelo, Collega? Puoi dirmi ciò che sai?*

Erano trascorsi mille anni, e sembrava che nella brughiera fosse caduta un'orribile neve già disciolta. Le creature erano nate, cresciute e morte, si erano sbriciolate, se ne riusciva solo a *intravedere* le tracce strizzando gli occhi nell'aria che si era fatta più densa intorno a Thomas. Poi di colpo, stringendo il suo caffè, la collega girò sui tacchi e andò dritta verso di lui.

Thomas rivolse in fretta lo sguardo là dove avrebbero potuto esserci degli alberi che crescevano, con i rami tesi a offrirgli il riparo di piccole chiazze d'ombra. Che bel posto, dopotutto. Lui era un sentiero che il sole poteva seguire fra l'alba e il tramonto, e la gente poteva strisciare fuori dalle tane insanguinate, passargli accanto ai piedi e trascinarsi fino alla pozza d'acqua, per bere o lasciarsi morire.

Il volto della collega - *dove l'aveva già visto?* - appariva fresco e giovane, la pelle radiosa, come se prima di dormire nessuno l'avesse mai ridotta in lacrime a furia di mazzate in testa. Ce l'aveva fatta, una dei pochi, e ora era lì per salvare lui! Una tremante emozione gli fiorì nel petto. Perché mai non si lasciavano tutti avvelenare da quell'aria dolce? Il pulviscolo che gli girava intorno si era addensato in un vortice, e Thomas gioì di non essere lui ad avanzare con tale velocità e determinazione verso lo spaventoso uomo che attendeva in coda. Se non puoi attraversarlo, né girargli intorno, scavalcalo: un gioco che suo padre era solito fare con lui. *Ah, potessi essere me, ancora per un po'*. Gli uccelli sciamavano da ogni direzione, o così sembrava, e Thomas si meravigliò che la collega riuscisse ancora a tenere in piedi la sua ardita pantomima.

Mentre lei si avvicinava Thomas si preparò, ma la collega era tutta sorrisi facili e non c'era modo di evitarla.

«Ciao, Thomas, come andiamo?»

Conosceva il suo nome. Ovviamente. Chinò il capo sulla tazza e bevve un sorso, gli occhi puntati su di lui come se niente fosse.

Il momento era intriso di chimica sessuale; lo avvertì dentro come un violento attacco di prurito. Esposto troppo a lungo a una tale sensazione, un uomo poteva morire. *Un uomo poteva morire.* Mantenne la posizione, osservando il volto della collega registrare la sua incapacità di proferire parola. *La faccia non può nascondere ciò che sa!*, avrebbe voluto dire. *Per potente che tu sia, è la tua faccia a mostrarmi cosa pensi!*

Era la verità. La collega si sforzava con tutta se stessa di apparire rilassata mentre se ne stava lì ad attendere che lui rispondesse – *mi sto sciogliendo* –, ma le sue sopracciglia si erano mestamente piegate verso il basso e sembrava fin troppo sollevata di poter nascondere la bocca dietro la tazza. *Sempre la solita tazza. Quello che è stato è stato, io questa tazza la amo.*

Tutta la sua faccia sarebbe stata da chiudere in un barattolo, studiare, vendere. Vi si leggeva un bel miscuglio di emozioni: la preoccupazione prevaleva, o una sembianza di preoccupazione – un trucco appreso forse a un corso di recitazione –, perché di certo era consapevole di doverne mostrare in una simile circostanza – *questo tizio non parla e, cielo, quegli alberi!* – ma probabilmente non si era mai trovata costretta a esibirne una dose tanto squassante, e cos'altro poteva produrre nel mentre, se non una spiritata espressione angelica? Quella era una donna che moriva di paura a guardarlo.

L'aria della brughiera doveva essergli penetrata dentro, perché all'improvviso avvertì un crescente calore, e quella cara donna gli mostrava la faccia, la sua bella faccia accuratamente acconciata. Che utilità avevano le facce? Bisognava fare qualcosa, qualcosa di molto speciale. Lo tormentava il pensiero di non potersi portare a casa quella faccia, di non poterla toccare e rimirare ogni volta che si sentiva triste o stanco. Che bello sarebbe stato accoccolarsi accanto a quella donna, assorbire il calore di quella pelle e magari sentire la lieve, dolce brezza prodotta da quella bocca disperdere parte dell'orribile polvere che lo ammantava. *Ne ho un po' anche qui, di questa robaccia lasciata dagli altri. Madame, può aiutarmi?* Poteva assisterlo, proteggerlo con la brezza che solo la sua bocca sapeva emettere? Era forse sbagliato chiedere, e farlo da creatura ancora estranea al mondo, essendo appena strisciata fuori dagli alberi, una creatura nuova e bisognosa di tutto ciò che solo lei poteva dargli?

Sporse in fuori il labbro inferiore e spalancò gli occhi, pronto allo scatto. Le avrebbe regalato la sua faccia migliore e più innocente.

«Tommy vuole che coega stinge», mormorò come un bambino.

Ecco, l'aveva detto.

La faccia di lei si fece più grande e lunga, aperta. Sembrava che cercasse di deglutire qualcosa.

«Come?» La collega alzò le guance a mo' di domanda, e Thomas immaginò il piacere che si provava a desiderare di sapere qualcosa con tanta intensità. Se solo avesse potuto parlare per lei, dire ciò che lei aveva paura di dire.

Rispondi alla mamma, tesoro. Dimmi, che c'è che non va?

Era buio e freddo, e la faccia che lo guardava con tanta tenerezza, che brillava quasi, aveva la bocca più bella del mondo. Troppi alberi, eh sì: l'aria si fece densa e scura, e non si riusciva a vedere né fare un granché. A lui piacevano gli alberi, naturalmente, occupavano il loro posto nel mondo, ma c'era qualcosa di sbagliato in quella situazione. Gli alberi avrebbero dovuto offrire conforto, non rappresentare un ostacolo. Di chi era stata l'idea? June sarebbe rimasta scioccata, assolutamente scioccata. Doveva raggiungerla e assicurarsi che stesse bene. L'aveva lasciata al sicuro?

Ormai conosceva quella donna che lo guardava dall'alto, sorridendo, e pensò che col tempo se ne sarebbe innamorato, e non ci sarebbe stato niente di male. Ora era disposta a portarlo a casa con sé?

Thomas era già sdraiato sulla schiena, beato all'ombra dei grandi alberi.

«*Stingimi*» disse alla donna. «Ti pego stingimi».

Sulla scrivania c'era un bicchiere d'acqua e nella sua mano un panno umido. Il panno era premuto sulla sua testa, e la sua testa stava squisitamente bene. La mano che reggeva il panno era la sua mano ed era una mano di cui certo non ci si poteva lamentare. Tutto era in ordine. Lui era seduto. Al sicuro. Stringeva in mano un bel panno umido e non ricordava che la sua fronte fosse mai stata meglio rispetto a come stava con quella salvietta ruvida e fresca premuta contro. *Portatela di nascosto a casa. Oh, devi.* Non aveva mai pensato a tenersi un panno fresco premuto sulla testa, per quanto sarebbe stato strano andarsene in giro così. Non aveva mai pensato di poterlo fare, e invece poteva, perché no? Chi glielo impediva? Era un'idea fantastica, perfetta. Thomas si chiese se qualcun altro avesse già fatto la stessa scoperta. E che scoperta! Era triste pensare che un giorno quel panno si sarebbe asciugato e avrebbe cominciato a procurargli un leggero fastidio a contatto con la cute. Così però rovinava tutto. Basta brutti pensieri, pensò. Questo è il mio momento, e devo godermelo. E non si tratta nemmeno di piccoli piaceri. Questi sono fra i piaceri più grandi che ci siano.

L'edificio tremò e un grido roco – proveniente dall'interno di un sacco? – risuonò nell'aria. Afferrò il bicchiere d'acqua. Oh, poteva essere stato di tutto. Gli uffici producevano rumori di ogni tipo, no? E che ne sapeva lui dei grandiosi meccanismi di un edificio come quello? Qualcuno doveva aver consultato la tabella dei meccanismi e spuntato una voce. Ma certo. Era evidente che non fosse nulla di cui preoccuparsi. Un'esca sprecata. Che ne avrebbero fatto, ora che lui non si lasciava più ingannare?

Si rassegnò ad affrontare la giornata. Se avesse sentito qualcosa non avrebbe detto nulla. Si sarebbe esclusivamente dedicato al lavoro che riposava sulla sua scrivania. Alle cinque, nello spogliatoio, si sarebbe tolto la pettorina della Crawford e avrebbe indossato cappotto e cappello. Un bicchiere d'acqua non avrebbe guastato. E magari dell'altra da spruzzarsi in faccia per svegliarsi e prepararsi al viaggio. Sarebbe stato bello tornare a casa. Quando le porte scorrevoli si fossero aperte, si sarebbe ritrovato fuori insieme a tutti gli altri, ingobbito contro il vento, e si sarebbe avviato per la sua strada. A domani, avrebbe detto a chiunque fosse stato in ascolto.

Con un pizzico di fortuna avrebbe trovato il figlio ad attenderlo sulla soglia. L'avrebbe preso in braccio e portato dentro, a cenare e fare il bagno. Quella sera si sarebbe seduto con lui davanti al tavolino di legno che aveva costruito con le sue mani. Ci sarebbero state le solite cose da fare e il materiale da riordinare in vista della giornata di lavoro successiva. Come sempre, avrebbe passato la spugna insaponata sulle superfici e ovviamente non avrebbe dimenticato di chiudere la porta a chiave.

Avrebbe tratto un particolare piacere nel togliersi i vestiti, infilarsi i pantaloncini e la maglietta da notte. Erano morbidi e sempre puliti, adorava indossarli.

Spente le luci, si sarebbe apprestato a leggere una storia seduto in fondo al letto del piccolo. Una storia che parlava di un cavallo che si era perso per molto, molto tempo. Il cavallo invecchiava e dimenticava di essersi perso, e la bambina che l'aveva smarrito diventava un'adulta distratta, troppo indaffarata per trovare il tempo di dirgli qualcosa di carino. Finché un giorno non le tornava in mente il suo cavallo e allora piangeva ripensando a quanto si era divertita da bambina. Il giorno che il cavallo morì, a mille miglia di distanza da lei, la bambina, ormai una giovane donna, si agitò nel sonno in preda a un incubo terribile.

Dopo aver letto la storia, fatto un ultimo giro della casa e aver dato un bacio al bambino, avrebbe spento anche la sua luce. Per un attimo gli occhi del figlio avrebbero brillato nel buio e Thomas, com'era ormai sua abitudine, avrebbe atteso in silenzio sulla soglia di sentirlo sussurrare: «Papà».

E se, quando fosse entrato in camera, avesse trovato June già a letto, precedentemente attaccata al suo apparecchio dall'infermiera, be', avrebbe comunque abbassato la sponda, sollevato i fili, e si sarebbe sdraiato accanto a lei, anche solo per un po'.

Quando infine la luce dei lampioni si fosse estinta sfrigolando e le grida provenienti dalla stanza del bambino si fossero spente, si sarebbe preso un momento per sé e se lo sarebbe stretto al petto, ma non troppo forte, per non ucciderne la bellezza. Quelli erano gli istanti più belli del mondo, eh? Sembrava che qualcuno ne avesse fatto un involto morbido, da aprire all'occorrenza. Dentro c'erano solo silenzio e aria fredda, e la certezza che tutti gli altri dormissero. E nell'aria si spandeva un mormorio, come un canto lontano, che da sempre era la prova che ogni cosa, fino all'ultima creatura, stava bene. Un istante per cui valeva la pena di vivere e respirare nell'aria dolce.

Thomas sarebbe rimasto perfettamente immobile accanto alla moglie addormentata, tendendo l'orecchio fino allo stremo, finché dall'aria non fossero svaniti tutti i rumori tranne quello del suo stesso respiro, e allora si sarebbe sollevato a sedere e avrebbe guardato la sua Juney.

«Mi sei mancata oggi» le avrebbe detto.

E si sarebbe chinato a darle il bacio della buonanotte.

Ringraziamenti

Ringrazio gli editor e le prime persone che hanno letto questi racconti: Heidi Julavits, Denise Shannon, Deborah Treisman, Jordan Pavlin, Andrew Carlson, Andrew Eisenman, Deb Olin Unferth, Matthew Derby, Rob Spillman, Ben Metcalf, Halimah Marcus, Sumanth Prabhaker, Marty Asher, John Freeman, Ellah Allfrey e Bradford Morrow.

Ringrazio Michael Chabon per il suo aiuto, la sua generosità e amicizia. Ringrazio Sam Lipsyte, di tutto. Grazie a Matthew Ritchie e Anne MacDonald, Artspace Books e Madras Press; grazie allo Yaddo e alla MacDowell Colony per lo spazio e il tempo. Grazie a Chris Doyle e Michael Sheahan per lo spazio ideale.

Infine grazie a Peter Mendelsund per lo splendido lavoro.

IL NOSTRO CATALOGO

FICTION

1. Alexandra Kleeman, IL CORPO CHE VUOI
2. Bonnie Nadzam, LIONS
3. Mary Miller, HAPPY HOUR
4. Joy Williams, L'OSPITE D'ONORE
5. Ben Marcus, L'ALFABETO DI FUOCO
6. Jill Eisenstadt, ROCKAWAY BEACH
7. Alexandra Kleeman, INTUIZIONI
8. Rita Bullwinkel, LINGUA NERA
9. Ben Marcus, VIA DAL MARE

NON-FICTION

1. Amy Fusselman, IL MEDICO DELLA NAVE / 8
2. Garrard Conley, BOY ERASED – VITE CANCELLATE

FREEMAN'S
RIVISTA LETTERARIA A CURA DI JOHN FREEMAN

N.1 SCRITTORI DAL FUTURO

N.2 POTERE

Stampa: Printì
Manocalzati (Avellino)